C'est sur les lieux mêmes de son enfance, dans la vallée du Thoré, sur les flancs de la Montagne noire, que **Laurent Cabrol** *a situé l'intrigue de ce roman habité par l'amour de la terre et balayé par le vent d'autan – le vent qui rend fou…*

L'Enfant de la Montagne noire

DU MÊME AUTEUR

Les Disparues de la Saint-Jean, collection Terre de Poche, De Borée, 2006.

Les Jardins de Laurent, en collaboration avec Martine Gégardin, 2003.

Imprimé en U.E, mars 2010
Dépôt légal : janvier 2008
ISBN : 978-2-8129-0133-1

Laurent Cabrol

L'Enfant de la Montagne noire

De Borée
Terre de poche

Prologue

C'ÉTAIT UNE NUIT du mois d'août 1955. L'orage qui éclata au-dessus des deux villages de Saint-Laurent-le-Haut et Saint-Laurent-le-Bas fut l'un des plus violents de ce siècle. Dans les fermes bâties sur les flancs de la Montagne noire, les habitants restaient terrés, remerciant le ciel que la plus grande partie de la moisson fût déjà rentrée. Cette nuit-là, des grêlons gros comme le poing tombèrent sur toute la région. Et la foudre frappa la vieille fabrique de laine, située à trois kilomètres de Saint-Laurent-le-Haut.

Le bâtiment était abandonné depuis longtemps déjà. Il ne restait plus que des murs de pierre grise, carcasse vide recelant quelques rouleaux de laine brute. Une ruine, devenue le paradis des rats, des araignées et des oiseaux nichant dans les poutres soutenant le toit, mais aussi celui des enfants qui venaient jouer dans ce lieu où flottait encore l'odeur âcre des teintures. La foudre tomba sur l'usine en tout début de nuit. Et comme il n'avait pas encore plu, elle l'embrasa entièrement en quelques minutes.

Quand les pompiers arrivèrent enfin, il était trop tard. Ils n'avaient plus devant eux qu'un gigantesque brasier. Des flammes hautes de dix mètres montaient vers les nuages noirs courant dans le ciel. La chaleur était si intense que les moellons des murs eux-mêmes éclataient, projetant des gerbes d'étincelles. Dans les volutes de fumée noire qui enveloppaient le lieu du sinistre, les pompiers déroulèrent leurs lances, mais l'eau qu'ils projetèrent sur le brasier ne fut pas d'un grand secours, et il fallut attendre que les nuages crèvent et déversent des trombes de pluie pour qu'enfin l'incendie recule et qu'ils puissent s'engager dans les ruines.

Quand ils vinrent à bout de l'incendie, il ne restait plus grand-chose du petit cadavre d'Agnès.

La fillette, âgée de cinq ans, avait disparu la veille au soir. Sa mère, Mathilde, son père, François, avaient longtemps battu les champs, avant de se décider enfin à prévenir la gendarmerie. Et voilà qu'on venait de retrouver le corps à demi carbonisé de l'enfant, gisant en position fœtale dans un recoin des ruines fumantes.

Agnès n'était pas morte par accident. Elle ne s'était pas endormie dans l'usine, où elle avait joué toute la journée. L'enfant avait été enlevée, puis abandonnée là par son ravisseur, qui avait noué autour de ses poignets et de ses chevilles une solide corde de chanvre – que les pompiers, effarés, découvrirent lorsqu'ils voulurent évacuer le minuscule cadavre.

Dehors, debout devant les ruines, Justin Gilles attendait. Un grand homme sec, au visage plissé de rides, aux yeux d'un bleu perçant. Âgé de quarante-cinq ans, il exerçait la profession de localier au petit journal de la région, *La Montagne noire*. Il était venu pour « couvrir » l'incendie. Quand il vit passer la civière portant le corps recouvert d'un drap blanc, il comprit qu'il tenait l'affaire de sa vie…

I

ICI, AU SUD DU TARN, chaque geste de la vie est aux couleurs du vent. Les vieux savent d'instinct d'où il vient en promenant leur regard sur la Montagne noire. Quand l'autan balance les cimes des arbres vers Mazamet, ils savent ce qu'il ne faut pas faire. « Par vent d'autan, expliquent-ils aux enfants, ne transportez pas les œufs pleins – ceux que le coq a remplis –, sinon ils se videraient et il n'y aurait pas de poussins. Ne touchez pas au vin : ce n'est pas le moment de le tirer, ni d'ouvrir la barrique, sinon il tournerait. Et surtout, surtout, ne tuez pas le cochon : la viande rancirait. »

Ici, le vent commande la vie. Car l'autan est puissant. Il pousse ses rafales à 80 km/h ; dans les champs, même les vaches lui tournent le dos. Le soir venu, il se cache. L'air devient tout miel, la terre asphyxiée reprend ses odeurs et se redresse. Sacrément fière…

Mais le lendemain, tout recommence. Car le vent d'autan, c'est trois, six ou neuf jours. Et pour le briser, il n'y a que l'orage. Quand il arrive enfin, le vent passe à l'ouest, et tout reprend vie. Autrement.

Aujourd'hui, en cette fin août torride de l'année 1955, l'autan souffle comme s'il ne devait jamais s'arrêter. Venu de la Méditerranée, à soixante-dix kilomètres de là, il se lève, gorgé d'eau salée en suspension dans le golfe du Lion. Puis il s'engouffre dans le couloir de la Montagne noire et, par effet Venturi, il forcit sur Labastide, avant d'éclater à la base de l'entonnoir de la plaine tarnaise, de Revel à Castres. Il s'étale ensuite jusqu'à Toulouse…

Le vent. Le vent d'autan. Le vent qui rend fou. Il souffle maintenant depuis deux jours. Et Mathilde, terrée dans la cuisine de la métairie, en perd la tête. Ce vent âpre, qui balaie tout sur son passage, elle le déteste ! Comme elle déteste la maison de pierres plates au toit d'ardoises où elle vit – et ce pays où elle est née…

C'est en été que Mathilde a été conçue. Un été d'il y a vingt-six ans – un soir de battage. De toute éternité, ces soirs-là, les hommes éreintés par leur journée de travail s'assemblent dans les granges pour boire du vin des pays de l'Aude et manger les poulets tués pour l'occasion, les pâtés de cochon, les boudins – menu immuable, lui aussi. Les femmes et les filles vont et viennent de la cuisine à la tablée, attendant la fin du repas avec l'impatience des amours retenues. Ensuite, quand la nuit est enfin tombée, la grange frémit, la paille s'agite. Par prudence ou par pudeur, les chats qui y ont élu domicile s'esquivent. Et le royaume des amoureux est en fête, sous l'œil complice des parents, qui eux aussi, jadis, se sont couchés dans le foin…

C'est donc un soir de l'an 1929 que Mathilde a été conçue. Sa mère, Catherine, une jeunette qui n'avait pas tout à fait seize ans, était amoureuse depuis longtemps de Paul, un ouvrier agricole de près de vingt ans son aîné. Il était aussi grand et trapu qu'elle était menue et jolie. Un célibataire endurci, le Paul, mais elle avait juré de tout faire pour l'attirer à elle. Au cours du repas, elle a longtemps tourné autour de lui, lui réservant les meilleurs plats, veillant à ce que son verre soit toujours plein, frôlant le bas de sa jupe, l'aguichant – autant qu'une fille honnête peut se permettre de le faire, un soir de battage. Lui n'a pas réagi. Puis, à la fin du repas, comme elle se trouvait sur son passage, il lui a souri. Et ensemble, ils se sont dirigés vers un coin tranquille, un champ fraîchement moissonné sur lequel flottait encore l'odeur sèche de la paille. À quelques lieues devant eux se dressait la Montagne noire.

« Tu vois, a lancé Paul à Catherine, la montagne, on dit qu'elle est noire, mais en fait, elle est bien verte. »

Catherine devine ses épaules. Il est épais, le drôle, et grand – le regard noir, la tignasse noire. Dans l'obscurité, sa silhouette se perd dans les plis du versant. Un bel homme… À seize ans, il sciait les arbres pour en faire des planches. Sa main gauche en témoigne : il manque une phalange au majeur. Et sa voix cassée : il a passé de longues années de sa vie à crier pour couvrir les bruits de la hache et de la scie à moteur. Il en a oublié qu'une voix, ça se module. Alors il parle fort. Plus tard, Mathilde aura peur de lui, à cause de cette voix tonitruante, qui hurle même pour tenir les propos les plus anodins.

« La montagne, dit Paul à Catherine, j'y ai taillé des châtaigniers par centaines. J'ai coupé, j'ai coupé. À force de la déplumer, je me disais qu'elle deviendrait blanche, la bougresse. Tu parles ! L'été d'après, elle était encore plus noire, plus fournie, plus touffue… »

Et pourquoi est-elle noire, cette grosse montagne verte ? De près, et de face, les arbres, les bosquets, les roches verdoient à travers le ruisseau de lumière. Mais à mesure qu'on s'éloigne, tous les détails se désaccordent, et la végétation se conjugue en un jeu de lumière qui vous fait croire qu'ici, le soleil est penché. L'ombre noire des chênes, des sapins, des châtaigniers se mélange pour former un tapis profond, sauvage, un tapis qui vole en se découpant dans la couleur du ciel…

« Voilà pourquoi elle est noire ! hurle encore Paul avec douceur. Parce que le soleil est penché ! Il est toujours couché, le fainéant ! Et la montagne est triste… »

Catherine l'écoute. Silencieuse. L'entend-elle seulement ? Ce n'est pas sûr. Elle attend le moment – inévitable – où Paul se retournera vers elle et la prendra par la main. Alors, ils gagneront la grange. Alors, elle sentira contre son corps le corps de l'homme qu'elle désire.

Un mois plus tard, au moment de dépouiller le maïs, Catherine a déjà compris qu'elle est enceinte. Tous les soirs, les métayers jettent une charretée d'épis au beau milieu de la maison, et tout le monde s'assoit pour les effeuiller avant de les attacher pour les pendre, deux épis dans chaque main, et un nœud à la feuille. Catherine, elle, lutte contre le mal au cœur qui la saisit dès le réveil. Elle n'a encore rien dit à Paul. Mais elle sait, à présent, qu'elle passera sa vie à son côté, avec l'enfant conçu le soir du battage…

*

* *

« Paul. Paul… »

Avril. Le temps du printemps. L'heure du renouveau. Le moment, pour Catherine, de donner naissance à l'enfant qu'elle porte depuis neuf mois. Voilà deux jours que, couchée sur la paillasse de maïs où les femmes d'ici accouchent, elle souffre. Personne ne peut rien pour elle. Ni son mari, ni sa mère, accourue pour l'aider, ni la sage-femme qui lui ordonne de pousser plus fort. Catherine n'en peut plus. Elle est à bout de forces. Elle mord avec hargne un bout de toile qui étouffe ses cris. Et puis enfin, vers midi, à l'heure où le soleil au zénith illumine la montagne toujours aussi noire, Mathilde vient au monde…

Elle est brune. Le teint mat, les yeux sombres. Une petite noiraude, maigre à faire peur, et déjà, dans son premier cri, une sorte de révolte. Cette petite fille-là, c'est sûr, aura du caractère. Il n'est que de regarder ses poings minuscules qui battent l'air avec rage, et sa frimousse qui se tord de dépit quand on la met au sein de sa mère… Mathilde n'a rien de ces bébés dodus, replets, qui s'endorment avec au coin de la lèvre une goutte de lait. Elle est rageuse, têtue, furieusement différente. À la regarder, Catherine se demande si c'est vraiment elle qui l'a portée – si elle est bien sortie de son ventre…

*
* *

1940. La guerre fait rage. Paul est parti au front. Catherine est sans nouvelles de lui. Elle reste seule avec Mathilde. Mais elle n'a guère le temps de s'occuper de l'enfant. Il faut vivre. Il faut manger. Pour cela, Catherine a dû se faire embaucher dans l'une des innombrables usines de peau et de laine qui ont fleuri dans tout le pays et crachent leurs eaux rouges dans le Thoré – cette rivière qui sépare les deux villages de Saint-Laurent. Catherine travaille dix heures par jour, six jours sur sept. Les peaux de mouton viennent d'Argentine, d'Australie ou d'Afrique du Sud, mais c'est ici qu'elles sont traitées, dans cette vallée où la qualité de l'eau assure un lavage parfait. Elles sont trempées, étuvées, pelées, séchées puis triées. D'un côté, les cuirots, de l'autre, la laine. Catherine est au pelage. Hommes et femmes se démènent pour séparer la laine de la peau. On pèle à la main, à l'ancienne, comme au début du siècle, avec un long couteau courbé terminé par deux poignées. La mécanisation n'a pas suivi, et beaucoup d'usines vivotent. Les femmes ont du mal à suivre. Catherine est exténuée.

Quand sa mère travaille, Mathilde est livrée à elle-même. Voilà qui convient bien à la fillette farouche et solitaire qu'elle est devenue. Tôt le matin, alors que sa mère est déjà partie, Mathilde se lève, ajoute quelques bûches dans le poêle. Ensuite, elle avale un grand bol de lait, enfile son unique robe et ses chaussures éculées, puis court à l'école. Elle n'y apprend rien – ou pas grand-chose. Et tandis que le maître explique la grammaire, elle laisse son esprit courir en regardant le ciel, par la fenêtre.

Un jour, Mathilde quittera le pays. Un jour, elle ira à la ville – cette ville de Toulouse qu'elle n'a jamais vue, mais qu'elle imagine, avec ses rues larges où marchent des passantes vêtues de soie et coiffées de chapeaux à voilette. Un jour, elle aussi sera une dame. Elle aura une belle voiture, une Panhard noire, peut-être, avec des sièges en cuir. Dans son appartement, il y aura des domestiques – et aussi l'eau courante. Plus besoin d'aller la tirer au puits, été comme hiver, plus besoin de porter le seau jusqu'à la cuisine. Finies, aussi, les corvées : Mathilde aura des mains douces et fines, aux ongles toujours propres. Et elle aura de l'argent, puisque son mari sera un homme riche. Elle pourra manger autre chose que des pommes de terre, des châtaignes et ce pain trempé dans une soupe au chou que sa mère prépare avec les légumes de leur potager – un lopin de terre minuscule qui jouxte leur maison de pierre, où elles n'ont pour tout mobilier qu'une table, quelques chaises, une grande armoire et deux lits… Voilà à quoi songe Mathilde pendant les longues heures d'école. Sitôt que la cloche sonne, elle s'envole, avec tous les autres, pour rejoindre un autre paradis : la campagne. Les enfants sont libres d'aller et venir comme bon leur semble. Parfois, Mathilde se joint aux deux fils de Georges, le métayer ami de son père. En été, ils s'en vont construire une petite cabane dans le fourrage, avec les meules de foin sec. C'est un exercice périlleux. Les fermiers détestent que l'on vienne défaire leur travail – mais c'est justement ce qui plaît à Mathilde. Qu'on la surprenne et elle se mettra à courir ! Elle court vite, Mathilde, bien plus vite que les garçons, et bien malin qui la rattrapera…

*

* *

« Mathilde ! »

C'est une journée d'automne pluvieuse, de celles qui voient fleurir les colchiques et pousser les champignons. Paul est revenu du stalag, où il est resté enfermé quelques mois. Mathilde a eu bien du mal à le reconnaître. La détention l'a amaigri, a creusé ses traits, durci son caractère.

Désormais, à la maison, Paul régente tout. Il s'efforce de dompter sa fille, trop longtemps livrée à elle-même. C'est lui qui l'appelle, de sa voix de stentor. Mais Mathilde ne répond pas. Aujourd'hui, elle a décidé d'aller retrouver son ami Jérôme, qui garde les vaches de son père. Délaissant le troupeau, ils construiront une cabane – encore une, mais, cette fois, au fond du bois, Mathilde a volé une scie dans la remise. Elle s'en servira pour couper du petit frêne, puis elle attachera les branches avec de la ficelle, pour former quatre coins, reliés entre eux par des genêts tressés.

« Mathilde ! »

Non, Mathilde ne répondra pas au père. Elle est dans son abri. Totalement invisible, et elle n'en sortira que pour aller jouer près de la mare aux canards. Peut-être Jérôme l'aidera-t-il à construire un radeau, et ils se promèneront sur l'eau, bousculant les canes qui couvent. Ou bien ils iront dénicher des œufs de poule dans les granges voisines ; le jeu consiste à rester assis, en silence, jusqu'à ce qu'une poule se mette à chanter, et à se faufiler ensuite jusqu'à elle…

« Mathilde ! »

Voilà Paul. Il la cherche. Mais elle, la rebelle, s'est déjà enfuie. Personne ne commande Mathilde. Un garçon manqué, qui ne rêve toujours que d'une seule chose : aller à la ville. Fuir les deux villages de Saint-Laurent-le-Haut et Saint-Laurent-le-Bas, ces hameaux qui se ressemblent comme des jumeaux et qui pourraient s'assembler comme deux moitiés de poire ou de pomme… Mais le temps passe. Une année puis l'autre. Et Mathilde grandit sans que rien ne change. La guerre se termine. Le jour de l'armistice, elle saigne pour la première fois et signe son entrée dans le monde des femmes…

*

* *

Des cris. Des hurlements insupportables. Mathilde se bouche les oreilles pour ne pas les entendre. Aujourd'hui, le père tue le cochon. Un gros verrat de près de deux cents kilos, qu'elle a elle-même nourri tous les soirs avec les restes de la cuisine, bouillis dans un grand chaudron en cuivre. Dehors, devant la maison, Paul a sorti le *bagnadou*, une sorte de grande auge en bois. Mathilde ne voit pas la scène. Mais elle l'imagine. Paul a attrapé le verrat. Il lui a noué une corde autour du cou et le muselle. Maintenant, il utilise toute sa force pour soulever la bête et la poser sur l'auge renversée qui va servir de table d'exécution. Un hurlement, encore. Plus déchirant, plus insupportable que tous les autres. Puis le silence. L'animal est mort, la gorge tranchée. Le sang coule dans une grosse bassine. On le remue pour qu'il ne caille pas. Il sera mélangé au gras du porc, aux oignons et aux aromates, avant d'être pressé dans le boyau. C'est le boudin d'ici.

Catherine rentre dans la cuisine, puis, après avoir jeté un bref coup d'œil réprobateur à sa fille, assise au coin de la cheminée, elle s'empare d'une grosse marmite, dans laquelle elle a versé une grande quantité d'eau à bouillir. Elle va en remplir le *bagnadou*. Paul y plonge la bête morte pour pouvoir la peler plus facilement. Il gratte la peau épaisse, ressort l'animal et commence à le découper. Aucun morceau de viande ne sera jeté car dans le verrat, tout est bon. Les cuisses feront les jambons, salés et enfermés dans *l'escaladou* – un coffre de bois rempli de sel et de cendre pour les faire mûrir. Catherine s'affaire.

« Mets la graisse à chauffer, Mathilde ! »

La mère a jeté l'ordre d'un ton sec, peu amène. De mauvaise grâce, Mathilde se lève, rejette en arrière ses longs cheveux noirs tressés – défaits, ils battent sa taille d'un voile frisé et soyeux. Elle obéit. D'abord, elle verse la graisse dans un chaudron, attise le feu. Ensuite, elle découpe en très petits morceaux la viande du cou, dégoulinante de sang : l'odeur lui soulève le cœur. Puis elle la sale, la poivre et la mélange à la mie de pain et aux œufs, formant de petites boules qu'elle lance dans la graisse chaude. Les « bougnettes » sont bientôt cuites. Mathilde sait qu'elle va en manger pendant dix jours – fraîches, puis rancies et passées à la poêle. Elle sait aussi que, tout l'hiver, elle mangera du cochon, sous toutes les formes – saucisse sèche, saucisse fraîche, boudins, pâtés, jambons, museau… Et s'il y a une chose que Mathilde hait, plus que le vent d'autan qui secoue la maison, plus que la maison de pierres sèches où on gèle l'hiver, plus que ce pays qui l'a vue naître, c'est bien le cochon…

Et cependant, elle ne dit rien. Elle ne part pas. Elle aurait l'âge d'aller à la ville, pour trouver un travail. Ses parents ne s'y opposeraient même pas. Seulement voilà, à seize ans, comme sa mère l'a été avant elle, Mathilde est amoureuse…

Il s'appelle François. François Bonnet. Son père est métayer. Ni très grand, ni très large d'épaules. Juste ce qu'il faut de robustesse pour manier la charrue et pousser le cul d'une vache qui rechigne à sortir de la mangeoire. Ses années se comptent en printemps. « J'ai vingt-six printemps », dit-il, sans craindre de passer pour un coquet.

Vingt-six ans, oui. Et l'amour de la terre et des vaches – qui le lui rendent bien. Quand il rentre à l'étable, le rythme des bêtes s'apaise, et le troupeau en chœur jette un coup de tête en l'air, comme pour saluer sa présence et attirer son regard. Lui n'en a cure. Il ne voit pas ses vaches, il les sent. « De la fleur de ma peau », dit-il…

François ne parle pas, ou très peu. Pour lui, la solitude se goûte comme un bienfait. Il n'a de cesse d'arborer la fierté du campagnard – roi errant au sein du troupeau, capable de discerner d'un regard l'humeur du bétail ou d'anticiper à merveille les changements de vent. Sa force, il la puise ici, sur ces terres de petites montagnes où il a grandi, sans même s'en apercevoir. De ruisseaux en buissons, entre les monts et la vallée, son espace vital paraît immense, cependant il se réduit à quelques centaines d'hectares. Et rien à ses yeux ne justifie qu'il bouscule le rythme de ses heures passées dans les champs…

Comment une rebelle comme Mathilde a-t-elle pu tomber amoureuse de lui ? Peut-être à cause de ses yeux très bleus, un bleu qui étincelle et qui vous fascine. Combien de filles a-t-il capturées ?

« Avant toi, dit-il à Mathilde, aucune ne comptait. »

Depuis qu'il la connaît, il lui donne rendez-vous à l'église Saint-Bernard, à trois kilomètres du village, au milieu des prés et des bois. Les moines l'ont bâtie au XIe siècle avec les pierres des champs avoisinants. Ils en avaient fait un relais sur le chemin de Compostelle, qui passe à dix ou quinze mètres de là. Une halte de repos et de prière face à la Montagne noire.

Le monument n'est guère abrité. Battu par le vent d'ouest et le vent d'autan, rongé par la neige et la pluie l'hiver. Neuf siècles ont eu raison de la bâtisse dont il ne subsiste que deux murs, le bas de la nef et le clocher. Pourquoi François retrouve-t-il Mathilde dans cet endroit désolé, froid l'hiver, trop chaud l'été ? C'est simple. L'église est au milieu des parcelles qu'il travaille. Derrière la faucheuse ou la charrue, il a en permanence un regard attendri pour le clocher, persuadé qu'il peut à tout instant sonner les heures ou le tocsin. Une sorte de repère diffus, mais nécessaire.

« Comme pour les marins le port du littoral », dit-il souvent à Mathilde.

Puis, un jour, alors qu'ils se trouvent dans les ruines, il lui demande comme ça, à brûle-pourpoint :

« Est-ce que tu veux m'épouser ? »

Mathilde croit que les pierres du clocher vont lui tomber sur la tête. Elle ne répond pas. Son regard bascule vers la rosace, puis vers le mur de la nef. Un simple pan de mur qui a résisté miraculeusement à neuf siècles d'intempéries. L'escalier de pierre qui monte à la tour est intact. Mathilde gravit lentement les marches, une à une, jusqu'au sommet. Puis elle s'immobilise. Les bras en l'air, le poing serré en femme de la liberté, dans un éclat de rire, elle s'écrie du haut de ce clocher vacillant :

« Si tu veux, je serai ta femme ! »

Cette joyeuse humeur la surprend. Elle si taciturne, la voilà soudain enthousiaste à l'idée de se marier à François. Un réel sentiment l'attache à ce garçon discret, proche de sa terre et de ses bêtes. Si proche, d'ailleurs, qu'on a peine à croire qu'il puisse accorder un quelconque intérêt à une femme. Veut-il se marier par amour, ou par intérêt, « vu qu'à la ferme, une femme est plus utile qu'un ouvrier agricole » ? Mais pas de doute : pour François, c'est l'amour qui compte. Mathilde, il la connaît suffisamment. Il sait qu'elle ne rêve que de robes, de dentelles, de coiffures et de parfums. Elle ne veut pas être fermière. Elle le lui a assez dit.

« *Fa parès* ! a-t-il répondu. Ça ne fait rien. Peut-être qu'on ira à la ville… »

Mathilde et François seront donc mari et femme. Ils le proclament ensemble, haut et fort. Elle du haut de son clocher, lui quatre mètres plus bas. Puis Mathilde, euphorique, redescend son petit escalier de pierre à pas bien appuyés, tout en chantonnant la marche nuptiale. Ils se déclarent fiancés, s'embrassent furtivement.

Au même instant, un gros nuage traverse le ciel et vient se poser sur l'herbe, là-bas, au fond du pré, à côté de la mare des vignes. Il monte, il court sur la prairie puis passe, insensible et puissant, assombrissant d'un coup sec l'église et les amoureux…

Mathilde n'a pas vu le nuage. Elle n'a pas vu le piège. En mai, elle a passé un anneau d'or au doigt de François.

Et depuis, ses journées s'écoulent une à une, toutes semblables, dans une maison de pierre qui l'enserre, comme une cellule de prisonnière…

II

MATHILDE l'a appris quelques jours seulement après ses épousailles. Gustave, le plus gros propriétaire de la région, qui possède la filature située près du Thoré, leur confie une métairie – et pas n'importe laquelle : celle des « Deux Tilleuls », une ferme qui jouxte presque sa propre maison. « Une chance », a dit François. Une chance ? Mathilde n'en sait trop rien. Car elle rêve toujours à Toulouse…

L'image de la ville l'a traversée au moment où, le repas de noces enfin achevé, elle est montée se coucher avec François. Elle grimpait les marches de l'escalier menant à leur chambre – sa chambre de jeune homme, puisqu'il l'accueillait sous le toit de ses parents, en attendant mieux. Un pas après l'autre, Mathilde imaginait les larges rues de la Ville Rose et les femmes vêtues de soie qui s'y promenaient. Sous ses pieds, le bois des marches crissait. Puis François a ouvert la porte de la chambre et il l'a soulevée d'un geste brusque, avant de la jeter sur le lit.

Il était ivre, c'est vrai. Mais Mathilde ne lui pardonnera jamais la violence de leur première étreinte. Oubliés les baisers tendres donnés derrière les buissons de ronces de l'église en ruine. Abolis les serments. François n'était plus qu'un homme avide de laisser libre cours à son propre plaisir. Et quand ce fut fait, il s'endormit les bras en croix. Ses yeux, durant l'étreinte, avaient viré au gris acier.

Pour commencer, Mathilde n'a pas bougé. Puis, doucement, le plus doucement possible, elle s'est dégagée du corps puissant de son époux, et elle est sortie du lit. Ensuite, elle a enlevé sa robe blanche – dans sa hâte, François n'y avait même pas songé. À côté du lit, sur la commode, il y avait un broc d'eau et une cuvette en faïence. Mathilde s'est lavée du mieux qu'elle a pu. Puis elle a défait une à une les épingles de son chignon, elle a brossé ses cheveux et les a tressés méthodiquement en deux nattes épaisses. Enfin, elle a passé la robe de nuit de percale blanche achetée pour l'occasion sur le marché et elle s'est allongée, toute droite, aux côtés de François. C'est à cet instant que deux grosses larmes ont perlé à ses paupières – les premières que Mathilde versait, depuis le jour où son père l'avait surprise dans sa cabane, au fond des bois, et qu'il l'en avait sortie par les cheveux, avant de détruire à grands coups de pied la hutte édifiée avec tant de soin…

Mais François n'a pas su qu'elle avait pleuré. Il n'a pas compris non plus pourquoi, les jours suivants, Mathilde lui a à peine adressé la parole. Trop heureux de s'installer avec elle dans « sa » ferme, aux Deux Tilleuls. C'est un long bâtiment dont les pierres ont été ramassées une à une dans les champs – les plates pour les murets, les plus épaisses pour les bâtiments. À Saint-Laurent, tout le monde sait faire ça. Construire un mur, c'est la première leçon de vie des petits. Ils n'ont pas cinq ans et, déjà, ils apprennent à sélectionner les pierres à deux faces, puis à les arranger, à les caler, à les assembler pour bâtir, bâtir encore.

En face de la maison, la Montagne noire, avec toute sa rondeur, sa force, sa brutalité. Devant la bâtisse, deux tilleuls. Parce qu'ici, le tilleul, c'est l'arbre familial. Sous leurs énormes branches – les arbres font bien trente mètres de haut –, on lave les patates, on écosse les haricots, on plume les volailles, on saigne les lapins. C'est la place des soupirs et des rires, l'endroit des retrouvailles, celui où l'on vient, tout simplement, pour planter ses yeux sur le tronc comme on promène son regard sur les flammes de l'âtre…

La maison se confond avec la ferme. En haut, la grange. En bas, l'étable et l'écurie. Juste à côté, la cuisine, la pièce où l'on passe sa vie. Le sol est de terre battue. Au fond, une grande cheminée dans laquelle brûle du bois de châtaignier qui pétarade comme un feu d'artifice. Au-dessus des flammes, un énorme chaudron en cuivre rempli de soupe. À droite, une table et trois méchantes chaises. Un vieux vaisselier, donné par Catherine à sa fille. Et puis, bien sûr, un énorme évier de pierre, dans lequel Mathilde lave le petit linge et la vaisselle. Ici, ce n'est pas comme chez Gustave, le propriétaire. Il n'y a pas d'eau courante. Été comme hiver, Mathilde doit aller la tirer du puits qui se trouve à vingt mètres de la ferme. Quand elle revient chargée du seau trop lourd, elle soupire. Elle sait que l'eau sera glacée, qu'elle rongera sa peau, lui creusera des crevasses profondes, douloureuses, que ses ongles s'y casseront, s'y écailleront – mais quelle femme, ici, fait attention à ses mains et à ses ongles ? Aucune. Aucune, sauf Mathilde…

Un souffle. Un bruit de sabot. Les bêtes sont là, juste derrière la porte, puisque l'étable jouxte la maison. Il y a dix vaches laitières, plus celles qui tirent les charrettes, attelées par paires. Les bœufs, ça reviendrait trop cher et c'est peu rentable.

« Une vache bien dressée, ça tire une charrette et ça te donne du lait », résume François.

Et puis, toujours derrière le mur, il y a les deux chevaux, Coquet et Pêchard, qui hennissent de bien-être parce que la journée a été dure et qu'il fait bon rentrer chez soi. La vie de François Bonnet ne peut se concevoir hors de ce lien avec le bétail qui, depuis des générations, entretient le plus tenace des cordons ombilicaux. Il porte un amour filial, inavoué, à ses chevaux. Il a pour les flatter des gestes qu'il n'a jamais eus pour aucune femme : cette manière de leur caresser la croupe, de frapper sur leurs flancs, d'une main puissante, cette tendresse quand il les bouchonne… Quand Mathilde le voit faire, elle ressent une pincée de jalousie. Il n'y a pas trois mois qu'ils sont mariés, et déjà, plus rien de tout cela pour elle. François a changé. Il ne pense plus qu'à la terre et aux bêtes. Et puis le voilà maintenant avec une idée fixe : acheter un tracteur.

La première fois qu'il en a parlé à Mathilde, elle a haussé les épaules. Un tracteur ! Comme s'ils avaient les moyens !

« Les tracteurs, a dit la jeune femme, c'est pour les riches. Nous, avec le fermage, on a à peine de quoi manger… »

Elle a raison. Chaque année, les Bonnet doivent donner à Gustave Amalric le tiers de leur récolte de blé, trois sacs de grain et d'orge, douze douzaines d'œufs, vingt poulets, un cochon, cinq canards et une barrique de vin. Mais François n'est pas homme à se laisser décourager. Bien au contraire… Il vit, il respire, il rêve avec cette idée fixe du tracteur, pour les labours. Parce que les labours, avec les chevaux, c'est ce qu'il y a de plus pénible. Ici, toutes les parcelles sont en pente. Le Champ Grand n'en finit pas de monter, et François, derrière la charrue, souffre pour les bêtes. Elles peinent. À chaque sillon, le souffle est plus court, le cliquetis du harnais plus sec et les odeurs de poils, de sueur et de fumier plus enveloppantes. Et pourtant, en ce début septembre, le vent d'autan est agréable, et il faut retourner la terre…

*

* *

« Oh ! *Ba pla* ! »

François arrive en haut du champ, fait tourner la charrue. Il arrête les chevaux, qui ont compris que la halte sera bonne. Tous deux replient en chœur leurs sabots en position de repos. François s'assoit lui aussi, visage face au vent qui souffle mou, charriant les bruits de la vallée, à peine atténués. Il est 7 heures du matin, l'usine sonne la fin du travail de nuit. François respire à pleins poumons – c'est bon, l'air qui vous emplit la poitrine, qui vous donne comme un coup d'ivresse –, puis il soupire. Son regard glisse sur le chemin qui descend du Banquet. C'est l'heure du passage de Jeanne et Jeannette, les jumelles du Grouble, qui se rendent à l'usine. Elles sont parties depuis belle lurette. François salue les deux sœurs qui passent leur chemin et pressent le pas. Elles n'aiment pas Mathilde – une pimbêche, qui se croit plus maligne que tout le monde et prend à la messe des airs de dame. Depuis que François l'a mariée, « elles ne le saluent qu'à peine ». Il faut dire que Jeannette, la plus forte, celle qui a les cheveux nattés en une tresse filasse, est sortie avec François, voilà deux ans. Peut-être espérait-elle secrètement l'épouser. Mais il s'est vite lassé d'elle. Et il l'a plantée – encore heureux qu'ils n'aient pas couché !

Un nouveau hurlement de sirène. À l'usine, les ouvrières prennent leur travail sous l'œil glacé du contremaître – un parpaillot qui ne desserre jamais les dents. François regarde son champ, ses bêtes, et pose enfin les yeux sur la Montagne noire. Jamais il ne pourrait rester enfermé toute une journée dans une usine. Avant leurs épousailles, Mathilde lui a dit qu'elle aimerait bien l'y envoyer. Ainsi, il gagnerait plus d'argent et ils pourraient faire des économies, pour aller s'installer à Toulouse. Mais François ne se voit pas vivre à la ville. Rien ni personne ne l'arrachera aux pas des chevaux. Et il faudra bien que Mathilde le comprenne. Sur ce point, d'ailleurs, il n'est pas trop inquiet. Avec le temps, Mathilde s'assagira. Elle cessera de se comporter comme une gamine capricieuse. Elle fera comme toutes les femmes d'ici. Elle mettra au monde des enfants – François en veut quatre, deux garçons et deux filles – et elle les élèvera. Tout en prenant soin de la ferme.

« Allez… Hue, *di Diou* ! »

Le voilà qui crie, François. Brutalement, comme pour évacuer les pensées qui l'obsèdent – et les promesses faites à Mathilde, entre deux baisers, des promesses arrachées par le désir qui le tenaillait. Des promesses qu'il ne tiendra pas…

« Hue ! »

Les chevaux n'ont rien compris à cette violence soudaine et sursautent, en arrachant la charrue qui s'enfonce sèchement dans la terre caillouteuse. Ce soir, François reparlera du tracteur à Mathilde…

*
* *

« Tu vois, Mathilde, avec un tracteur, on viendrait à bout des trente-huit hectares. Même seul, je pourrais faire face… »

Le voilà qui recommence. Assis juste à côté de la cheminée – en septembre, les nuits sont déjà fraîches –, les coudes sur la table en bois, il rêve à la machine qui les délivrerait de tous leurs soucis. Il sait déjà laquelle acheter : le Farmall, importé depuis moins d'un an par International Harvester. Un tracteur solide, robuste, qui sera bientôt vendu chez les Goussard, sur la montagne d'en face.

« La terre, ça finit toujours par donner, dit François en avalant une cuillerée de soupe de châtaignes dans laquelle il a fait tremper du pain. Il suffit d'être patient. Un jour, tu verras, on l'aura, notre Farmall… »

Debout devant l'évier de pierre, Mathilde ne répond pas. Elle se détourne, elle sort de la maison. Elle court à la cabane, bâtie au fond du jardin. Elle ouvre la porte à la volée et, sans prendre le temps de la refermer, courbée vers le trou, elle vomit d'un coup tout ce qu'elle vient de manger. Huit jours, déjà, qu'elle est secouée de nausées. Et elle sait bien pourquoi. Trois mois après s'être mariée, elle a un enfant dans le ventre ! Elle avait pourtant prévenu François qu'elle n'en voulait pas – pas tout de suite. Et il a fait attention, chaque fois. Mais il faut croire que ça n'a pas suffi. Le mois dernier, ses règles ne sont pas venues. Elle les a attendues avec inquiétude. Cinq fois, dix fois par jour, elle regardait pour voir si enfin elle était tachée. Mais rien. Puis elle a eu des nausées. Et cette fois, elle a compris qu'il n'y avait aucun doute. Elle n'a rien dit à François. Car cet enfant, elle n'en veut pas. Elle va le faire passer…

*
* *

La maisonnette est bâtie juste à côté du Thoré, face à la filature de Gustave Amalric. Sans un regard pour l'immense bâtiment dans lequel les ouvrières nettoient la laine, Mathilde avance sur le petit chemin bordé d'orties et de ronces. Au passage, elle s'y griffe la cheville et grimace. Comme un mauvais présage… Deux pas de plus, et voilà la jeune femme devant la porte. Un simple battant de bois fissuré, à la peinture blanche écaillée. Autour du chambranle s'enroule un lierre aux feuilles épaisses. Un peu de fumée s'échappe de la cheminée de pierre… Madeleine est là et bien là. Comme promis.

À Saint-Laurent, cette vieille, maigre à faire peur et dont le sourire découvre une bouche totalement édentée, passe pour une sorcière. Mais Mathilde ne craint pas les sortilèges. Elle participerait volontiers à un sabbat, si elle pouvait se débarrasser de ce qui grandit en elle… Madeleine pourra peut-être l'y aider, sans invoquer le diable pour autant. On raconte en effet que la vieille femme connaît mieux que personne les simples qui guérissent. La camomille pour le mal d'estomac, le tilleul pour les nerfs, la pariétaire pour les rhumatismes, bien sûr. Mais ce n'est pas tout. Solange, qui est ouvrière à l'usine, a raconté à Mathilde comment la vieille l'a guérie du charbon… « Ça me faisait une petite plaie ronde sur le bras. Toute petite, mais très profonde. Qu'est-ce que ça me faisait mal ! Mon bras était devenu énorme, et rouge comme une cerise ! Madeleine a mis des herbes sur la plaie, et puis aussi du gras de cochon. Deux jours plus tard, j'étais guérie. »

« Madeleine ? »

Mathilde frappe timidement. Le battant de bois s'ouvre, la rebouteuse apparaît dans l'entre-bâillement.

« La fille de Catherine ? marmonne-t-elle, fixant Mathilde de ses petits yeux sombres et perçants. Qu'est-ce que tu veux ?

– Je peux rentrer ? »

Du pied, Mathilde pousse la porte, écarte la vieille femme et pénètre dans la maison. Jamais elle n'a vu un tel fouillis. Dans un coin, une paillasse. La paille est recouverte d'un plaid semé de grosses taches de graisse. Sur la table, une pile d'assiettes sales, des verres à demi remplis d'un vin rouge épais. À droite, une autre table, et des bocaux pleins d'herbes. Un peu plus loin encore, des vêtements, entassés pêle-mêle sur une commode à laquelle il manque un pied.

« Qu'est-ce que tu veux ? répète Madeleine.

– Je suis enceinte, dit Mathilde.

– Enceinte ? Et tu veux le faire passer ? »

Sans attendre la réponse, Madeleine attrape Mathilde par le poignet et la tire jusqu'à la paillasse.

« Allonge-toi. Je veux voir où ça en est… »

S'allonger ? Dans cette saleté ? Mathilde se crispe. Mais elle obéit. A-t-elle le choix ? La voilà étendue, jupe relevée, culotte baissée. Madeleine lui palpe le ventre – il est encore totalement plat et ne laisse pas soupçonner la vie qui y croît. Puis elle écarte les cuisses de Mathilde et plonge deux doigts dans son sexe…

« Oui, conclut-elle, tu es bien enceinte. Et le gosse m'a l'air bien accroché ! Mais on va voir si on peut arranger ça… »

Laissant Mathilde se rajuster, la vieille se dirige vers les pots remplis d'herbes.

« Tu vas faire une tisane, dit-elle en lui tendant un bouquet de feuilles sèches. Bois-en deux litres, deux jours de suite. Ensuite, tu devrais te remettre à saigner… »

Mathilde a payé la rebouteuse. Elle est sortie de la maison en courant, serrant contre son cœur le remède qui devait la délivrer. Le soir même, puis le lendemain, elle a bu la tisane. Ensuite elle a attendu.

Il n'a pas fallu longtemps pour qu'elle soit prise de terribles crampes. Mais elle a eu beau souffrir pendant des heures, le sang n'est pas venu. Bien au contraire. Les semaines suivantes, son ventre s'est mis à gonfler. Et Mathilde a compris que la vieille Madeleine, cette fois, avait failli à sa réputation…

« Achetez mes assiettes ! Achetez mes assiettes ! »

C'est jour de marché à Saint-Laurent-le-Bas. La place centrale du petit village est encombrée d'étals où s'entassent des vêtements, des chaussures, des meubles, de la vaisselle. En ce venteux jeudi de mars, la foule se presse devant le bonimenteur qui désigne une grosse pile d'assiettes blanc et bleu.

« Mille cinq cents francs la pile ! crie-t-il. Mille cinq cents francs la pile ! Qui les veut ? »

L'homme regarde les badauds assemblés devant lui. Au premier rang, Mathilde, tout juste enceinte de sept mois. La grossesse a arrondi son visage et les creux de ses épaules – plus trace des salières qui lui donnaient l'air d'un chat efflanqué. Et l'on comprend, à la voir, que le poids du bébé la gêne… Elle se tient penchée en arrière, une main sur les reins, l'autre sur le ventre. À côté d'elle, François la soutient un peu.

« Allez, on en profite ! crie le bonimenteur. Mille cinq cents francs, c'est trop cher ? Je baisse à mille ! Non : à cinq cents ! Cinq cents francs la pile ! Personne n'en veut ? »

Murmures dans la foule. À la droite de Mathilde, Claudine, la femme du maire, esquisse un geste. Puis elle se ravise.

« Cinq cents francs, personne n'en veut ? Eh bien ! »

Le vendeur se saisit de la pile d'assiettes et, d'un geste souple, l'attrape et la brandit au-dessus de sa tête.

« Je les casse ! » s'exclame-t-il.

Et le voilà qui laisse tomber la vaisselle, qui s'abat avec fracas et se brise en mille morceaux sur le sol ! La foule recule, la foule s'exclame, la foule gronde. Quel dommage ! Quel gâchis ! Mais c'est le jeu. Un jeu qui ravit toujours les villageois et qui pourrait s'appeler : « Jusqu'où baissera-t-il avant de casser ? »… Déjà, le bonimenteur ouvre l'un des cartons placés derrière lui et en tire une nouvelle pile d'assiettes – bleu et blanc, cette fois.

« Mille cinq cents francs la pile ! Qui en veut ?

– Tu viens, Mathilde ? »

François presse l'épaule de sa femme, elle se détourne à regret. Elle aurait bien besoin de vaisselle, à la ferme. Voilà des mois qu'ils mangent dans de pauvres assiettes ébréchées… Mais avec l'enfant qui va arriver, ils n'ont plus un sou. Mathilde suit donc son mari, qui écarte devant elle les badauds. Quelques dizaines de mètres plus loin, il se plante devant un gros camion très long, ouvert sur le côté, laissant voir un étal d'outils. Il y a là des meuleuses, des perceuses, des scies sauteuses. Un rêve pour François… Mathilde soupire, résignée – c'est peut-être la grossesse. Depuis quelques mois, elle n'a plus le goût de se révolter. Plus même le goût d'espérer. Puis, d'un coup, elle pâlit.

« François, dit-elle, il m'arrive quelque chose. Je suis toute mouillée… »

*

* *

Mathilde est allongée sur le lit de l'hôpital de Castres où elle vient de donner naissance à une petite fille prématurée, qui pèse à peine trois livres. L'accouchement a été facile. Mathilde, malgré ses hanches étroites, a mis au monde son bébé en moins de cinq heures. Mais les médecins ne savent pas encore si la fillette survivra. Elle repose dans une couveuse, si petite qu'on a peine à croire qu'elle peut respirer. C'est François qui a choisi son prénom. Comme il pressait Mathilde de donner son avis, elle a fermé les yeux et s'est détournée. Alors, il s'est décidé. L'enfant s'appellera Agnès – comme sa grand-mère, qui vit toujours à Saint-Laurent-le-Haut. Son choix arrêté, François s'assoit au chevet de sa fille. Il regarde ses mains minuscules, aux ongles à peine ébauchés, ce petit visage fripé, ce crâne recouvert d'un fin duvet qui cache mal la peau rosée, délicate, semée de veines bleutées… Elle n'est pas belle, cette enfant, qui n'a même pas la force d'ouvrir les yeux. Mais François a déjà pour elle une forme d'adoration. Et, tandis que sa femme dort du lourd sommeil des accouchées, sans se préoccuper du sort de son nouveau-né, il reste là, à la regarder. Oubliant la terre qui l'attend, les vaches qu'il faudrait traire, les chevaux qui, dans l'écurie, doivent se demander pourquoi personne ne vient les nourrir. Oubliant aussi ce tracteur flambant neuf qu'il rêve tant d'acheter, ce qu'il tirera, jour après jour, de la terre rebelle.

III

PEU AVANT LE BAPTÊME DE LA PETITE AGNÈS, Paul, le père de Mathilde, eut sa première attaque. Il est tombé raide, devant sa maison, alors qu'il sortait prendre le frais sur le pas de sa porte. Le médecin a mis plus de quatre heures à venir. Il a ausculté le vieillard, puis a simplement hoché la tête. Il n'y avait rien à faire qu'attendre. La vie de cet homme relevait de la volonté de Dieu…

Paul a survécu. Mais il restera paralysé – et c'est sur une chaise, porté par quatre gaillards de ses amis, qu'il assiste à la messe de baptême. Normalement, elle aurait dû avoir lieu dans les trois jours suivant la venue au monde de la petite fille, et c'est la sage-femme qui aurait dû la porter à l'église, comme il est d'usage dans le pays. Mais Agnès n'aurait pas supporté d'être sortie de sa couveuse. Alors François a décidé de passer outre la tradition et d'attendre. Et c'est un jour de juin, par un grand soleil de début d'été, que l'on a porté l'enfant au prêtre…

Pour l'occasion, François a convié les Bonnet. Tous ont accepté son invitation, Frédéric, son frère aîné, qui habite une ferme située à une bonne dizaine de kilomètres, en direction de Mazamet, est arrivé dans une jardinière toute neuve. Roger, son cadet, est venu avec Chantal, sa promise. Ses parents, Claude et Violette, sont au premier rang. Derrière eux sont les nombreux oncles, tantes, cousins et cousines que compte la lignée. Tous, sans exception, ont remarqué que Mathilde, entièrement vêtue de sombre, ne desserre pas les dents.

Plus tard, au moment du repas, sous les grands tilleuls ombrageant la ferme, Mathilde ne mange presque rien – dédaignant les pâtés, les cochonnailles, les poêlées de patates, le pain tout frais, et même les gâteaux à l'anis servis au dessert. Personne ne fait de remarque. Et c'est tout juste si Amélie, l'une des cousines germaines de François, ose timidement demander pourquoi elle n'allaite pas son bébé.

« Je n'ai pas de lait, répond sèchement Mathilde. Et puis, de toute façon, le lait de vache, ça lui profite aussi bien… »

Ce n'est que bien plus tard, longtemps après le drame, que certains des invités se rappelleront son comportement, si rare chez une femme qui vient d'accoucher d'un premier-né…

*
* *

Cinq ans ont passé. Cinq longues années, toutes pareilles. Des mois d'hiver, des mois d'été. À la Noël 1954, le père de Mathilde, le vieux Paul, a fini par mourir – victime d'une seconde attaque. Il est tombé sur le sol de terre battue de sa cuisine, tout droit. Sa tête a heurté le coin de la table. Quand Catherine est arrivée, il avait déjà cessé de respirer.

Tout Saint-Laurent est venu assister à la veillée funèbre. Mais il est impossible d'organiser des funérailles. Dehors, il gèle à pierre fendre. La terre est si dure qu'on ne peut y enfoncer une pelle. Les vieux qui meurent l'hiver ne sont pas enterrés. On place leur cercueil dans la grange ou au grenier, en attendant que le sol du cimetière soit de nouveau meuble…

Et Paul reste là, endormi pour toujours dans l'appentis de sa maison, quand Catherine dresse la crèche. Le vieil homme est vêtu de son seul costume et d'une chemise blanche. Le laissant à regret, Catherine accompagne Mathilde, Agnès et François à la messe de minuit : cinq kilomètres à pied jusqu'à l'église de Saint-Laurent-le-Bas.

« Regarde, Mathilde, dit François, alors qu'ils marchent dans la campagne, faisant crisser la glace sous leurs pieds. Regarde la montagne… »

Elle se dresse, là, devant eux, blanche dans la nuit claire. Les chutes de neige ont été abondantes. Un paysage féerique baigné d'une pleine lune dessine les contours du moindre sapin, des rochers, des à-pics. Autour d'eux, les champs gelés s'étirent en larges bandes sombres ; devant ondulent les lumières des marcheurs qui, comme eux, se dirigent vers Saint-Laurent… À cet instant, François est heureux. Aussi heureux que quand il laboure sa terre, ou qu'il flatte ses chevaux. Il est loin de se douter que Mathilde, elle, ne pense qu'au froid qui lui gèle les chevilles et les pieds.

« Il est né ! Il est né, le divin enfant ! »

La place du village résonne de vivats et de chants. Une foule joyeuse s'écoule de la petite église, comble pour l'occasion. François, sa fillette endormie sur son épaule, salue le maire, venu avec sa femme, Claudine. Mathilde note machinalement qu'elle est chaudement vêtue d'un manteau neuf et qu'elle porte aux pieds des bottines fourrées de mouton.

« François, dit-elle, il me faudrait des chaussures… »

François hoche la tête. Mathilde a raison. Mais où trouver l'argent ? Le fermage mange tous leurs bénéfices…

« On verra », répond-il.

Puis, un ton plus bas :

« On verra… »

« On verra. » Combien de fois Mathilde a-t-elle entendu ces mots ? Elle n'a plus que quatre assiettes. Elle marche en sabots le plus clair du temps. Elle s'habille de fripes. Malgré l'amour que lui porte François, elle sait qu'il ne pourra rien changer à leur mode de vie. Et qu'il a renié toutes les promesses qu'il lui a faites, dans le temps, comme il dit… Pour l'arracher à sa terre, il faudrait un miracle. Et des miracles, Dieu n'en fait pas – sinon, voilà longtemps qu'il aurait exaucé les prières de Mathilde…

Elle marche. Toute droite, les yeux fixés sur la route, ses cheveux noirs poudrés de la neige fine qui commence à tomber. Et elle cherche, elle imagine ce qui pourrait bien décider son homme à quitter la ferme – et ces tilleuls aux branches dénudées montant vers le ciel comme autant de griffes noires. Mais elle a beau tourner et retourner les choses dans sa tête, rien ne lui vient. Et maintenant, elle doit retourner à la cuisine pour réchauffer le repas de Noël. La soupe est déjà sur le feu. À peine rentrée, elle l'attise, met la dernière main à la préparation des volailles parées et farcies de châtaignes. Mais au moment de passer à table, elle n'a pas faim, malgré l'heure tardive et la longue marche dans le froid. C'est à peine si elle goûte le repas, ne mangeant au dessert qu'un peu de la couronne semée de graines d'anis.

*
* *

Printemps. La période des semis. Le temps où les fleurs du tilleul embaument. Les premières douceurs, où il fait bon sortir sans frissonner…

Tous les matins, Mathilde se lève à 5 heures pour aller traire les vaches. Ensuite, elle charge les bidons de lait mousseux sur la jardinière et y attelle Coquet. Il lui faut une demi-heure pour se rendre, au pas, jusqu'à la laiterie, où elle dépose sa cargaison. Quand elle revient, François est parti aux champs depuis longtemps. C'est le moment de faire les labours. Ici, on dit « reprendre », parce qu'ils n'ont pas été achevés à l'automne. L'hiver est passé par là. La neige a apporté à la terre le complément d'azote dont elle a besoin. Il est temps de briser les mottes et d'émietter le sol. Les grosses dents vibrantes du « cultivateur » ont du mal à désagréger la terre durcie. François doit appuyer fermement sur l'outil, et Pêchard, le percheron, est à la peine. La reprise des labours n'est jamais simple, quand l'hiver a été rude. Après, ça ira mieux ! Un coup de herse et la terre sera prête. François aime ces instants d'avant les semailles. C'est la vie qu'on prépare. Sur cette parcelle, il mettra l'avoine pour les chevaux et l'orge pour la volaille. Dans le champ voisin, à la Baïsette, il sèmera le ray-grass, la luzerne et le dactyle. La préparation du sol prendra trois ou quatre semaines. Puis François attendra l'eau du ciel. Quand, après trois jours de vent d'autan, le ciel rougira à l'ouest, du côté de Mazamet, il sait que la bise rentrera et qu'il pleuvra quelques jours. Alors, vite, il va semer, arpentant les champs d'un pas lourd et régulier, plongeant ses mains dans *lou granaïou*, un gros sac de graines qui lui serre la taille.

Du bois du Pradel au bois des Fargues, il lui faut remplir *lou granaïou*. Si seulement la charrette pouvait le suivre le long de la haie, il n'aurait pas besoin de redescendre chercher la semence. Mais qui va guider les chevaux ? Pas Mathilde, qui s'y refuse obstinément…

Elle, elle nettoie la maison et donne le grain à la basse-cour. Et puis elle s'occupe du potager, le « jardin », comme ils disent. Ce lopin de terre – le garde-manger de la famille – est un vrai bonheur. Un régal pour les yeux. Il est protégé d'un petit grillage à moutons à large ouverture, doublé d'une clôture fine enterrée et impénétrable. Les lapins ne passeront pas ! Au fond de la parcelle, les arbres de plein vent, pruniers, abricotiers, cerisiers. À l'entrée, les carrés de thym, ciboulette, persil, ail et oignon, à portée de main en cas d'urgence en cuisine. De part et d'autre, en bordure, les fraisiers, les pommiers en espalier et une sorte de raisin de table. Au centre, les planches de choux, haricots, fèves, radis, salades, poireaux, courgettes, carottes, cornichons, pois, betteraves et navets, plus soixante-dix plants de tomates, le tout quadrillé de huit allées de terre. Mathilde prend soin de tout cela. Le potager des Bonnet pourrait figurer en bonne place dans les manuels de « savoir-jardiner » !

La jeune femme bêche, retourne, sarcle, cueille, mais lutte aussi contre les mulots, les taupes, les escargots, les limaces et les doryphores. Et puis vient l'heure de la préparation du repas, et la lessive… Mathilde ne lave pas son linge à la ferme. Pourtant, les ruisseaux sont abondants, et l'eau claire, fraîche et pure. Mais c'est l'eau des bêtes, et le savon pourrait les rendre malades, ou tuer les truites qui y abondent. Alors, elle entasse le linge dans les comportes à vin, de celles qui servent à transporter le raisin. Et vas-y, pousse, Coquet !

La charrette part pour le lavoir, là-bas dans la vallée, au bord du Thoré. La rivière n'a rien d'engageant. Elle est d'abord détournée par les usines de délainage, qui recrachent une eau de rinçage noirâtre et bouillonnante. Le lavoir est à l'écart, sur un petit ruisseau qui s'échappe du Thoré et dégringole quelques rochers où l'eau s'épure un peu. À tour de rôle, les femmes de Saint-Laurent viennent y laver le linge. L'endroit est abrité par deux pans de toit d'ardoises sous lesquels s'alignent six postes de lavandières bâtis au début du siècle avec les pierres du pays. Mathilde a sa place assignée, celle de la pierre plate – tout en haut… Elle est réservée aux grandes, pour soulager les douleurs dorsales.

Ici, c'est l'endroit où l'on cause. Du village, des enfants, des récoltes, du travail à l'usine et des hommes. Ce jeudi de mai, il y a là Marinette, Thérèse et Camille. Mathilde est de joyeuse humeur, elle rit et parle haut en tapant sur le linge. Elle raconte à la cantonade cette légende du Peigne d'or que lui avait contée sa grand-mère. Quand la fée Saurimonde allait laver son linge près d'Hautpoul, au bord de l'Arnette, sa beauté était telle que les oiseaux dansaient autour d'elle pour l'admirer. Elle déroulait alors sa chevelure et la démêlait avec un peigne d'or. Mais un jour, elle se pencha un peu trop et laissa filer son peigne qui disparut en tourbillonnant dans le torrent. Elle cacha son visage dans ses mains pour dissimuler ses larmes. Quand elle ouvrit les yeux, les eaux de l'Arnette scintillaient de paillettes d'or.

Aujourd'hui encore, affirme Mathilde à toutes celles qui l'écoutent, « si l'on regarde fiévreusement les eaux du lavoir d'Hautpoul, l'Arnette se met à briller. Des feux de l'or… » Et les yeux de Mathilde étincellent d'envie… Puis elle se tait, pensive, écoutant les autres raconter les dernières nouvelles.

La vache de Justin est morte cette nuit, en vêlant. Le vétérinaire n'a rien pu faire pour la sauver. Anthony, le fils du maire, a attrapé la rougeole. Claudine, sa mère, est très inquiète car, malgré tous ses soins, la fièvre ne baisse pas. Demain, à Saint-Laurent-le-Bas, la Jeannette se marie. Il était temps ! elle va bientôt avoir trente ans. Son promis est, paraît-il, un gars de la ville, Julien…

Un gars de la ville ? Mathilde tend l'oreille. En vain. Pour les deux autres lavandières, le sujet est clos. Elle ne saura pas où Jeannette a rencontré son fiancé, ni comment elle l'a décidé à la marier…

Et c'est ainsi qu'ont passé ces cinq dernières années, entre Noëls triomphants et été brûlants, au rythme des saisons qui s'écoulent, immuables. Mathilde n'a pas beaucoup changé. C'est tout juste si ses hanches se sont un peu arrondies, sa peau légèrement tannée. Agnès, elle, est devenue une vraie petite fille – mais c'est à peine si sa mère la regarde grandir. Bien sûr, elle prépare ses repas, coud ses habits, la soigne quand elle est malade. Mais elle n'a jamais pour elle un mot tendre et, le soir, c'est François qui la couche. Un instant privilégié pour le père et la fille – deux complices qui, toutes portes fermées, se chuchotent secrets et contes… Depuis qu'elle est en âge de comprendre, Agnès adore les histoires de fées, de gnomes ou de sorcières. Et quand le diable y a un rôle, c'est encore mieux ! François lui raconte donc une à une toutes les légendes de la région – et Dieu sait qu'il y en a…

« Là-haut, au pont du Banquet, lui dit-il, le diable fait du feu dans une grande caverne. Ensuite, il s'en va rôder autour des maisons, et le bétail devient fou… »

Silence.

« Écoute, Agnès ! Écoute ! »

Le père et la fille tendent l'oreille.

« Les vaches font un drôle de bruit, dans l'étable. Est-ce que le diable ne leur aurait pas rendu visite ?

– Le diable, papa ? Tu crois que le diable est là ? »

Agnès se recroqueville sous ses draps, hésitant entre la peur et le fou rire. Elle est bien, là, entourée des bras de son père. Elle respire son odeur d'homme – un relent âcre de sueur et de savon mêlés. Elle se blottit contre lui, frotte sa joue contre la sienne, fait une petite grimace parce qu'il pique. Puis elle ferme les yeux. Et elle l'écoute fredonner cette chanson qui, selon l'usage, se chante au mois de mai devant la porte des métairies où demeurent les jeunes filles :

Jeunes filles qui êtes au lit,
Je vous souhaite bonne nuit.

Sortez la tête à la fenêtre.
Il n'y a pas le moindre souffle de vent.
Là, nous causerons un moment.

Puis ils font la prière, comme tous les soirs. Agnès aime la dire, parce qu'elle l'a inventée toute seule :

Petit Jésus, viens dans mon cœur,
tu m'as donné la grâce.
Va-t'en, va-t'en, vilain péché !
Reviens, reviens, petit Jésus !
Je ne pécherai plus.

Agnès s'est endormie. À dix mètres d'elle, dans la cuisine, Mathilde ravaude ses chaussettes, près de l'âtre. Elle ne répond pas à son mari qui la rejoint et qui lui dit d'un ton très doux :

« Elle sera belle, Agnès, plus tard. Elle sera aussi belle que toi. »

*
* *

« Agnès ? Agnès ? »

Une fois n'est pas coutume, Mathilde appelle sa fille. Aujourd'hui est un jour important. Elles doivent aller toutes deux faire des courses au village. Il est 10 heures. Le soleil de juillet est déjà haut dans le ciel. Tout à l'heure, il fera trop chaud sur la route. Il faut partir sans attendre.

« Agnès ? »

Où donc est bien passée cette enfant ? Tout à l'heure, Mathilde l'a vue traverser la cuisine, après avoir bu son bol de Banania – elle avait encore des moustaches de chocolat autour de la bouche. Elle lui a demandé d'aller se laver au puits. Agnès a fait « oui, oui » d'un signe de tête, puis elle est sortie, ses cheveux en bataille. En la regardant, Mathilde s'est une fois de plus demandé d'où lui venaient ses boucles d'un blond roux, sa peau claire, ses yeux presque bleus à force d'être verts. Puis elle a recommencé à éplucher ses pommes de terre. Elle est maintenant habillée et prête à partir, mais Agnès s'est volatilisée. Elle n'est pas dans la cour, où quelques poules picorent des grains de blé. Ni dans l'étable. Ni dans la grange… Mi-furieuse, mi-inquiète – après tout, Agnès n'a que cinq ans –, Mathilde avance sur le chemin. Puis, mue par une sorte d'instinct, elle se dirige vers la propriété de Gustave, située à moins de deux cents mètres.

Jamais encore Mathilde n'est entrée dans cette immense bâtisse, faite de pierres du pays, comme sa ferme, mais certainement bien plus confortable. À ce qu'on raconte dans le village, il y a l'eau courante dans la cuisine. L'eau courante ! Mathilde ne peut y croire. Il y a aussi un réfrigérateur pour conserver les aliments. Mieux : dans un coin du vaste salon, on a installé un poste de radio à lampes, de ceux qu'il faut d'abord faire chauffer pour qu'ils fonctionnent, mais qui diffusent ensuite de la musique, et même des jeux. Et puis, chez Gustave, il y a même le téléphone… Tout en avançant sur le chemin, Mathilde secoue la tête. Toute sa richesse – la filature de laine emploie plus de soixante ouvrières ! – n'a pas rendu Gustave plus heureux. Sa femme est morte en couches, lui laissant un seul fils, Albert. Un enfant chétif, malade un jour sur deux, et qui n'a jamais rien appris à l'école, en dépit des leçons particulières que son père lui a fait donner. Petite, Mathilde a fréquenté la communale avec lui, une année durant. Albert était la risée de tous les gamins de Saint-Laurent : il ne savait rien faire – pas même jouer aux billes. L'année suivante, son père l'a placé en pension à Toulouse. C'est là qu'il a grandi. Puis il est revenu chez lui. Même pas bon pour le régiment, un problème de poumons, paraît-il…

« Agnès ? »

Mathilde vient d'apercevoir sa fille, assise à l'ombre d'un noisetier. Un jeune homme est près d'elle. Albert ? Oui, c'est bien le fils de Gustave. Mathilde reconnaît sa pâleur, son visage chafouin, ses cheveux blond filasse… Curieux ! Elle qui pensait justement à lui… Mathilde s'avance un peu plus. Puis elle s'arrête. Interloquée. Albert, l'air grave, parle à l'oreille d'Agnès. Il passe son bras autour des épaules de l'enfant.

« Agnès ? »

Mathilde se plante devant eux, toute droite, les joues très rouges. Sa fille lève vers elle un regard étonné. Albert, lui, se redresse d'un bond. Puis, sans dire un mot – Mathilde n'est que l'employée de son père –, il tourne les talons. Élégant jeune homme vêtu d'un costume beige…

*

* *

« Agnès, c'est la première fois que tu parles avec lui ? »

Mathilde et sa fille sont en route vers Saint-Laurent-le-Bas. Pour faire les courses, comme c'était prévu. Mais dans la jardinière, la mère questionne l'enfant. À son grand étonnement. Pourquoi sa mère semble-t-elle si fâchée ? Elle n'a rien fait de mal. Elle ne faisait que parler avec Albert. Un bien gentil garçon. À chaque fois qu'ils se rencontrent dans le petit bois de noisetiers, il lui donne des bisous…

« Des bisous ? demande Mathilde en sursautant. Où ça, des bisous ? Sur la joue ?

– Oui, sur la joue… »

Silence. Puis, sautant du coq à l'âne, Agnès supplie :

« Maman, quand on sera arrivées à Saint-Laurent, tu m'achèteras un bonbon à la menthe ? »

Les bonbons ! Ils sont là, amassés dans de grands bocaux de verre, posés bien en évidence sur le comptoir de Jacques Didier, l'épicier du village. Un nom un peu inhabituel dans le pays, mais les anciens vous diront que c'est un nom inventé. Jacques Didier est le fils Doutry. Très jeune, il s'est engagé dans la Légion étrangère, où on lui a donné une nouvelle identité. Paraît-il qu'il aurait fait des choses « pas très claires ». On ne l'a revu que vingt longues années plus tard. Le garçon haut en jambes, à la taille fine, aux grandes mains déliées a fait place à un homme robuste, au front têtu, au visage barré d'une grosse moustache brune. Jacques aurait pu reprendre son patronyme, mais il n'a jamais voulu…

« Maman ! »

Mathilde et Agnès viennent d'arriver à l'épicerie. La petite s'est arrêtée devant les bocaux posés, à la caisse. Et ses yeux s'agrandissent. Que choisir ?

Cette pastille de menthe dont elle avait tellement envie, tout à l'heure ? Oui, mais laquelle ? La verte ou la blanche ? Et il y a aussi les réglisses en rouleaux, ou en bâtons que l'on mastique pendant des heures, et les caramels mous qui collent aux dents, les sucres d'orge, les berlingots de toutes les couleurs et les pommes rouges enrobées d'une croûte caramélisée, plantées sur un picot…

« Je voudrais du sucre, monsieur Didier. Cinq kilos, s'il vous plaît… »

Mathilde suit l'épicier dans la petite pièce où s'entassent les sacs de lentilles, les pâtes, le sucre, le café, le poivre, le sel, toutes ces denrées nécessaires à la vie, et que les paysans ne peuvent pas tirer de la terre. Il y flotte une odeur de banane, totalement incongrue ; Jacques Didier s'obstine à vendre ces fruits dont il raffole… Il empaquette le sucre dans du gros papier brun et tend les sacs à Mathilde. Puis il s'approche d'Agnès, toujours figée devant les bocaux de bonbons.

« Tiens, petite ! »

Il tire une pastille de menthe – une blanche – de l'un des bocaux et la lui donne. Un coup d'œil à sa mère, qui fait signe que oui ; Agnès fourre le bonbon dans sa bouche. C'est fort. C'est frais. C'est délicieux. Reconnaissante, la petite fille remercie. Puis elle sort du magasin derrière sa mère. Elles entrent maintenant dans la boulangerie, où règne une délicieuse, une croustillante odeur de pain frais. Derrière les miches entassées à même le sol, le fournil, dans lequel s'activent le boulanger, Albert Sagnes et sa femme, Marinette… Après les avoir salués, Mathilde se saisit d'un pain d'un kilo et sort sans payer. L'été dernier, elle a apporté du blé, et le boulanger a prélevé son dû. Maintenant, il lui cuit son pain. Deux à trois kilos toutes les semaines…

« Viens, Agnès ! »

La petite fille rêvasse devant les éclairs et les religieuses au chocolat. Mais il n'y a pas d'argent pour le superflu, et bien assez de fruits à la maison pour faire des tartes !

Mathilde se dirige à pas pressés vers la coopérative. C'est un immense hangar dans lequel s'entassent les articles de droguerie, les produits ménagers et les jouets. Agnès se précipite vers les poupées. Voilà presque un an qu'elle rêve d'une Bécassine – une merveilleuse poupée à la robe grise liserée de blanc, aux yeux de plastique noir bordés de grands cils. Albert, le monsieur du bois de noisetiers, a promis de la lui offrir, si elle est bien sage…

IV

« François, il faut que je te parle. »

La nuit est tombée sur la Montagne noire. Par la fenêtre de la cuisine laissée ouverte, on ne voit que sa masse puissante qui ferme l'horizon des Bonnet.

Derrière le mur, les bêtes sommeillent. Agnès s'est endormie, elle aussi, serrant sa vieille poupée de chiffon. François peut regagner sa chambre. C'est le moment que choisit Mathilde pour l'apostropher. La jeune femme est debout contre l'évier de pierre, les bras croisés sur la poitrine. Elle fixe gravement le sol. Soudain, un souvenir revient à la mémoire de François. Mathilde avait la même figure, voilà six ans, lorsqu'elle lui a annoncé qu'elle était enceinte. Se pourrait-il qu'elle lui donne un autre enfant ? Voilà déjà longtemps qu'il l'espère…

« Tu es grosse, Mathilde ?

– Ah ça, non ! »

La réponse a fusé. Sèche. Définitive. François baisse la tête. Quand elle le veut, Mathilde sait parler comme on gifle.

« François… »

La jeune femme hésite de nouveau. Tournant et retournant ses phrases dans sa tête. Voilà des jours qu'elle réfléchit à ce qu'elle doit dire. Car de la portée des mots qu'elle va prononcer, elle le sait, dépend son avenir…

C'est en revenant de courses à Saint-Laurent-le-Bas que l'idée lui est venue. Tout le long du trajet, elle a pensé à ce qu'elle a vu sur le chemin menant à la propriété de Gustave. Agnès et Albert, assis l'un à côté de l'autre… Le bras d'Albert passé autour des épaules de l'enfant… Leurs deux visages si proches… Lorsqu'elle est arrivée à la ferme, quelque chose avait germé dans son esprit. Un projet encore vague, mais qui soulevait en elle une sorte d'euphorie. Elle a arrêté la jardinière. Elle a fait descendre Agnès. Elle a dételé Coquet. Elle a porté ses paquets dans la cuisine. Et tout en accomplissant ces gestes familiers, elle rêvait. Et la scène qu'elle voyait se superposait au paysage – un mirage délicieux, qui faisait battre son cœur bien plus vite. Car Mathilde se voyait annoncer à son époux qu'Albert, le fils du propriétaire, avait perverti la petite Agnès. « Il la caressait,

François… » Et elle voyait François s'empourprer. La colère, ça lui a toujours fait monter le sang à la tête. Il se lève. Puis il sort, Mathilde sur ses talons, traverse la cour, monte le chemin qui mène chez Gustave. Il va chercher Albert. Et une fois qu'il l'a trouvé il l'empoigne et le frappe, si fort qu'il lui casse le nez… Mais le songe de Mathilde n'est pas fini. À présent, debout sous les branches odorantes des deux tilleuls, elle imagine la rage du vieux Gustave. Il arrive chez eux, vêtu de son costume coupé sur mesure, chaussé de lourdes bottes de cuir, malgré la chaleur. Il se plante devant François. « Vous avez deux mois pour quitter la ferme », lui dit-il. Et c'est ainsi qu'enfin, contraint et forcé, François accepte d'aller s'installer à Toulouse… Cohérent, n'est-ce pas ?

Un simple rêve, bien sûr. L'œuvre de l'imagination de Mathilde. N'empêche. Il la poursuit. Il la hante. Et avec les jours qui passent, c'est devenu une idée fixe… Mathilde s'est persuadée, peu à peu, que ce rêve-là deviendra réalité. Il suffit d'une chose. Qu'elle ait le courage de parler à François.

« François… »

Debout dans sa cuisine, adossée à l'évier, Mathilde récapitule ses mots, une dernière, une ultime fois. Puis, enfin, comme on se jette dans une eau glacée, elle les laisse franchir ses lèvres.

« J'ai vu Albert, le fils de Gustave, dit-elle. Il était avec Agnès. Dans le petit bois de noisetiers… »

Elle parle, Mathilde. Elle joue son va-tout. Elle a caché l'une de ses mains derrière son dos, elle enfonce ses ongles dans sa paume pour maîtriser les tremblements de son corps. Sa lèvre inférieure frémit, un tic imperceptible qui la gagne toujours quand elle va mentir, mais que François ne remarque pas, abasourdi par ce qu'elle lui raconte.

« Il la caressait, François…

– Le salaud ! »

Il se lève, le visage empourpré. Comme Mathilde l'avait imaginé. Le voilà debout, les poings serrés, la bouche mauvaise. Il marche vers la porte. Il l'ouvre. Il va sortir… Derrière lui, Mathilde réprime un sourire de triomphe. Elle a gagné. Tout se déroule exactement comme elle l'a prévu…

« Le salaud ! » répète François, immobile sur le seuil de sa maison.

Mais il ne bouge plus. Après cinq ans de misère, il est au bord de la réussite. Cette année, la récolte promet d'être particulièrement bonne. Deux des vaches sont d'excellentes laitières. Pour la première fois depuis qu'il trime sur les terres des Deux Tilleuls, il va faire des bénéfices, même le fermage déduit. Et il irait mettre tout cela en l'air, en corrigeant Albert ? François baisse la tête. Partagé entre l'amertume et la colère qui lui rongent le cœur. Puis, pour finir, il se retourne et fixe Mathilde.

« Tu vas surveiller Agnès, lui lance-t-il. Et quand tu ne la surveilleras pas, ce sera moi. Comme ça, Albert n'aura plus l'occasion de l'embêter… »

*

* *

Début juillet. Les quelques orages qui ont traversé la Montagne noire ont été vite balayés par le vent d'autan qui sèche tout dans son souffle. Chez les Bonnet, la moisson a commencé ce matin. Dès les premiers tours de lieuse, la poussière s'est levée au-dessus du blé gorgé de chaleur. La machine trace la parcelle dans un cliquetis régulier, ponctué d'un claquement sec qui achève la gerbe. Puis celle-ci bascule, tombe et vient jalonner les passages. François observe. Il n'est pas au volant de la lieuse, c'est Gilbert qui la conduit. Un garçon volontaire, travailleur, jamais souriant mais toujours serviable. Elle est à lui, la lieuse. Il passe de ferme en ferme pour proposer ses services. Comme chaque année, il sera payé sur la base du quintal de blé.

François est inquiet. Comme toujours. Arrivé près de la machine et des premières gerbes, il se penche et arrache quelques épis qu'il broie dans ses mains. Il les tripote rageusement entre le pouce et l'index, puis les fait couler dans sa paume. Il scrute, soupèse, respire le grain, puis jette la poignée au sol d'un geste grave. « Il est mûr et soufflé, dit-il à mi-voix. La récolte sera bonne. » Puis il s'en retourne à la ferme sonner le rassemblement. Il va falloir ramasser les gerbes au plus vite ! Les nuages montent et si le vent d'autan se calme, c'est sûr, la pluie va rentrer. Inutile de battre le rappel, Mathilde est déjà là, avec les deux chevaux qu'elle a attelés : Coquet et Pêchard. Le gerbier doit prendre forme avant la nuit.

La lieuse tourne toujours. Après la Baïsette, elle passera au Champ Grand, puis au pré de l'Église. François compte, évalue, soupèse une fois de plus ce que lui laissera la moisson quand il aura donné le blé au boulanger pour le pain de l'année et stocké au grenier l'avoine pour les chevaux et l'orge pour les volailles. Combien restera-t-il ? Trois ou quatre cent mille, dit-il. De quoi payer les dettes de l'épicier qui fait crédit depuis deux mois pour le café, le sucre, l'huile et le sel. Peut-être pourra-t-il s'offrir la veste de chasse qu'il a vue chez Carrayol, à Mazamet. Une veste jacquard avec cartouchière intégrée !

« François, je t'attends ! »

C'est Mathilde qui crie, excédée d'attendre, l'arrachant à sa torpeur. C'est jour de moisson et

Mathilde prend sa part de travail. Aller aux champs pour rentrer la récolte, ça ne l'amuse pas, loin de là. Mais elle sait bien que l'argent du ménage est là ! Le lait rapporte de quoi assurer le quotidien, mais les robes, les chaussures, les parfums – voilà des années qu'elle rêve d'un flacon – dépendent de la moisson. François lui a aussi promis une jupe écossaise, de celles qu'ils fabriquent à la manufacture de Rigautou. Pour le reste, il faudra batailler, et elle se sent déjà lasse à cette idée…

Allez ! Assez traîné. Mathilde attelle les bêtes au « plateau », la grosse charrette plate qui sert au fourrage et à la paille. L'attelage monte en cahotant le chemin de la mare, sous l'œil des pies, des grives et des geais, qui attendent de récupérer leur pitance. Mathilde s'amuse de leur ballet. Les merles, si sauvages, approchent tout près, se posent sur le plateau, aux aguets. Ils sautillent nerveusement, leurs ailes tressaillent et se replient. Tête à droite, tête à gauche, ils picorent les grains coincés près de la ridelle, puis, d'un saut en arrière, décollent en plongeant au ras du sol. Ce chemin qui monte de la mare aux champs est un espace de quiétude. On y respire les fougères, le houx, le lierre et le frêne.

Mathilde est debout sur la charrette. Elle tient les guides et crie : « Oh ! Oh ! » Sa voix douce mais autoritaire dirige l'attelage qui vire vers les prés.

Alors, le soleil soudain lâche ses lumières et l'éclaire violemment. Mathilde resplendit, entière, au bas des champs, ses jambes fines, son ventre rond, ses seins pleins que le corsage retient à peine… Elle est belle, fière, rebelle. François, qui termine son travers, la suit du regard, les chevaux au grand trot, et se dit qu'il a eu raison de la marier…

*

* *

Juillet, toujours. L'été est une fournaise. Mathilde trouverait presque plaisir à rester à la cuisine, qu'elle déteste tant d'ordinaire. L'endroit est frais et sombre car tout le jour durant, elle laisse tiré le volet de bois. Quand elle rentre de la laiterie, elle s'assoit à la table et reste là, sans bouger, à regarder les rais de soleil à travers la pièce. Il n'y a personne dans la ferme. Personne, pas même la petite Agnès. François a bien réfléchi : pour être sûr qu'elle ne croisera pas Albert, il a décidé de l'emmener avec lui aux champs… Quand son père lui a annoncé que, désormais, elle passerait ses journées avec lui, la fillette a sauté de joie. Depuis, tous les matins, elle se lève sans rechigner, s'habille d'une vieille robe, enfile ses savates et s'en va sans même se coiffer. Ensemble, père et fille partent ensuite jusqu'au

Champ Grand. Agnès descend et s'installe dans une petite prairie, où de grands arbres lui font de l'ombre. Elle reste là toute la matinée, s'occupant à des riens, comme seules savent le faire les petites de cet âge. Un jour, elle tresse des couronnes. Une autre fois, elle se fait une gerbe d'herbes hautes. Elle s'invente des histoires, s'imagine princesse d'un pays lointain, des serviteurs à ses pieds.

« On mange, Agnès ? »

François vient de revenir. D'un geste ample, il ôte son marcel et essuie son torse couvert de sueur. Puis il déballe le petit panier contenant leur repas. Bien sûr, ils pourraient redescendre à la ferme pour déjeuner. Mais François a du travail – trop de travail pour un homme seul. Il doit faucher les prés tardifs, émonder les châtaigniers et les jeunes arbres. Et puis il y a le regain à couper, la terre à déchaumer. Un labeur écrasant. Alors François déjeune sur le pouce, dans l'herbe, avec sa fille. Il coupe des tranches de saucisson, les enfourne dans du pain, accompagne les sandwiches de tomates cueillies le matin même au potager et simplement assaisonnées d'un peu de sel. Ce repas frugal est arrosé d'eau. Pour le dessert, ils croquent une pomme. Parfois, François autorise Agnès à s'éloigner un peu, à cueillir les fraises des bois ou les mûres. Un régal qui teinte de violet les lèvres et la langue de la petite… Après le repas,

François installe confortablement sa fille pour la sieste. Puis il retourne à son travail.

C'est ainsi que s'écoulent les journées, toutes pareilles dans la torpeur de l'été. Puis, à la mi-août, arrive la batteuse. Et brusquement, ce jour-là, la ferme devient ruche.

La batteuse est un monstre. Poussiéreux, énorme, difficile à manœuvrer, pesant. Près d'une tonne sept ! Il faut d'abord la caler contre le gerbier, juste à la bonne place, la roue avant droite bloquée sur le talus. François tourne autour d'elle, ôte un paquet de poussière, triture quelques grains perdus sur la trémie.

« C'est l'avoine des Faye, dit-il à Mathilde. Regarde : le grain est long, renflé, la balle est bien sèche. Il n'y a qu'eux pour en faire d'aussi belle. »

Dans le son de sa voix, il y a de l'amertume. François a encore en mémoire le grave incident qui, l'année dernière, l'a opposé aux frères Faye. Gilbert et Gérard, deux célibataires endurcis, habitent à un kilomètre à vol d'oiseau des Deux Tilleuls. Pour donner plus d'eau à leurs bêtes, ils n'ont pas hésité à détourner le ruisseau qui passe sur leurs terres. Depuis, François ne leur adresse plus la parole. Les Faye ne viendront pas l'aider au battage avec les autres fermiers…

« Les voilà ! Les voilà ! »

Agnès, postée en éclaireuse au bout du chemin, salue l'arrivée des premiers paysans. Parmi eux, les Rouanet, de Brassac, les Puech, venus de Saint-Alby, puis les Sagnes, les Cousinié, les Aussenac, les Petit... Aujourd'hui, ils seront en tout près de quarante à jeter les gerbes dans la gueule de la batteuse.

Dans un grand nuage de poussière, la machine recrache la récolte de l'année, qui fera vivre la maisonnée. L'avoine pour les chevaux, l'orge pour les volailles, et le blé pour la semence et le pain du boulanger...

« Cette année, il aura son quintal, pense François en mesurant du regard le gerbier. Et j'en porterai un bon peu à la coopérative... »

Le bon peu, c'est le surplus ; ça fera de l'argent pour des vêtements. Mathilde sera contente : elle aura des chaussures neuves...

*

* *

Août. Agnès a encore grandi. Ses jambes s'étirent comme celles d'un girafon. Ses cheveux prennent des reflets d'un roux vénitien. Avec le hâle, ses yeux semblent encore plus verts. François l'emmène toujours avec lui quand il va aux champs.

D'ailleurs, ces derniers temps, la petite s'est trouvé un ami qui la rejoint souvent dans la prairie. Léon Gasteaux a tout juste vingt et un ans, mais il se comporte comme un tout petit enfant…

Au village, tout le monde se souvient de la naissance de Léon. Sa mère, Marcelle, avait quarante-cinq ans quand elle s'est trouvée grosse pour la dixième fois. Son corps était si abîmé qu'elle ressemblait à une vieille femme, mais ça n'empêchait pas son mari, le grand Joseph, de continuer à l'honorer, comme il disait, nuit après nuit… Quand elle s'est aperçue de son infortune, Marcelle est allée à Castres consulter son médecin. Celui-ci l'a bien prévenue : avec son diabète, pas question d'un nouvel enfant.

« Vous devriez consulter deux de mes confrères, lui a dit le praticien.

– Mais pourquoi ?

– Pour pratiquer un avortement thérapeutique, trois avis médicaux identiques sont obligatoires. C'est la loi… »

Marcelle a obéi. Elle a obtenu les trois avis. Mais ensuite, aucun docteur n'a accepté de la délivrer. Trop risqué, lui ont-ils dit l'un après l'autre. C'est ainsi qu'elle a dû endurer sa dixième grossesse. Et plus le temps passait, plus cela se gâtait. À sept mois, le fœtus pesait plus de quatre kilos. Marcelle ne pouvait plus se lever... Il lui a fallu trois jours entiers pour accoucher. Trois jours durant lesquels son mari a fait dire des messes... Pour finir, Léon est né. Tout noir, incapable de respirer, incapable de crier. Dix bonnes minutes ont été nécessaires à la sage-femme pour le ranimer en lui soufflant de l'air par la bouche. Après ça, Marcelle s'est vite aperçue que son dernier garçon était un demeuré...

Aujourd'hui le cerveau de Léon est toujours celui d'un enfant. Mais son corps est celui d'un géant aux gestes très doux, qui s'amuse à faire faire l'avion à la petite Agnès... Quand il la soulève vers le ciel, l'enfant rit ; elle crie : « Plus haut, Léon ! Plus haut ! » Là-bas, dans le champ, François les regarde. Content de voir sa fille s'amuser. Il ne sait pas, François, et d'ailleurs personne ne sait que, depuis quelque temps, il se passe de drôles de choses dans le corps et dans la tête de Léon...

*
* *

25 août, Un jour comme les autres ? Non. Aujourd'hui, c'est la fête au village. Une fois n'est pas coutume, c'est Mathilde qui y mènera Agnès. Elle en profitera pour acheter du raticide, et aussi

ces nouvelles pâtes, les Lustucru, dont elle a vu la publicité dans un numéro de *La Montagne noire*, le journal local, édité à Mazamet. Elle attelle la jardinière. Pour l'occasion, Agnès a mis sa plus belle robe et chaussé des sandales neuves. Elle a aussi accepté de laisser tresser ses cheveux en deux nattes épaisses nouées de rubans bleus. Elle porte autour du cou sa chaîne et sa médaille de baptême, un petit angelot d'argent offert par sa grand-mère Catherine.

L'odeur sucrée de la barbe à papa. Les pommes d'amour, recouvertes d'un sucre rouge et croquant. Les petits chevaux de bois qui tournent au son d'une valse mélancolique. Des piles de boîtes de conserve, qu'il faut abattre avec des balles de chiffon. Une loterie, dont le premier lot est une oie vivante. Agnès ne sait plus où donner de la tête. Pour une fois, sa mère lui offre tout ce dont elle a envie… Pourquoi est-elle si gentille, aujourd'hui ? Pourquoi ce visage tout à coup adouci, cette bouche souriante, cette voix sucrée ? Agnès n'en sait rien. Elle n'en revient pas. Mais elle en profite pour s'amuser autant qu'elle le peut. Voilà même – incroyable surprise – que sa mère lui demande :

« Alors, Agnès, tu veux toujours ta Bécassine ? »

Et comme l'enfant opine de la tête, Mathilde lui tend la main et, lui caressant la joue :

« Eh bien ! viens, je vais te l'acheter », ajoute-t-elle.

Quelques commères le diront plus tard aux enquêteurs : la petite fille et sa mère ont quitté la fête vers 16 heures ou 16 h 30. Le soleil était encore haut dans le ciel. Agnès, le visage rayonnant, serrait contre elle une magnifique poupée, vêtue d'une ample robe grise et d'un petit bonnet blanc…

*

* *

19 heures. Pour François, la journée est enfin terminée. Une journée harassante. Il a attelé deux vaches à la charrue – oui, des vaches ! Elles tirent aussi bien que les chevaux. Puis il a commencé un labour très long, très pénible. Ici, dans ce petit coin du Tarn, la terre est truffée de cailloux. Tous les deux ou trois mètres, ils affleurent, et il semble que plus on en enlève, plus il y en a ! Alors ils sont mis de côté, en attendant d'être ramassés pour en faire des murs. Et il serait vain de croire que cela change d'une année sur l'autre ! Au contraire. Plus on laboure, plus les cailloux remontent. On a même l'impression qu'ils poussent comme des patates, se nourrissant de l'eau de pluie et du fumier…

Ce soir, après sa journée de labour, François a le dos cassé. Et une seule envie : enlever sa chemise poisseuse de sueur, se passer un peu d'eau sur la poitrine, et s'asseoir ensuite sous les branches du tilleul pour bavarder avec sa fille. La gamine lui a manqué, aujourd'hui. Hier soir, Mathilde a tellement insisté pour l'emmener à la fête…

Quand il arrive enfin devant sa ferme, François ôte sa chemise et s'asperge d'eau glacée. Sa peau est parcourue de frissons. Ensuite, il entre dans la cuisine. Mathilde est là, qui prépare le souper.

« François ? »

Elle se retourne, lui sourit. Elle a l'air heureuse, ce soir.

« Tu as vu la Bécassine d'Agnès ? »

La Bécassine d'Agnès ? De quoi est-ce qu'elle lui parle ?

« Oui, la Bécassine ! répète Mathilde. La poupée que je lui ai achetée !

– Mais comment est-ce que je l'aurais vue ? répond François, de plus en plus étonné. Elle était avec toi, Agnès !

– Avec moi ? »

D'un coup, le ton de Mathilde est moins assuré. Son sourire s'efface.

« Elle ne t'a donc pas rejoint ?

– Comment ça, rejoint ?

– Mais… en revenant de Saint-Laurent-le-Bas, je l'ai laissée à deux cents mètres du champ ! Elle voulait absolument aller te montrer sa poupée !

– Mais non, elle ne m'a pas rejoint ! Je n'ai pas vu Agnès… »

V

20 HEURES. À Saint-Laurent-le-Bas, le bal vient tout juste de commencer. L'orchestre est en place, juché sur l'estrade dressée sous les platanes de la place de l'église. André Chevalier, l'accordéoniste, entame les premières notes de *L'Hymne à l'amour* d'Édith Piaf : « Si un jour, la vie t'arrache à moi… »

Déjà, les couples se forment. Pour le moment, ce sont surtout des femmes qui dansent ensemble. Les hommes, eux, sont attablés à la terrasse du café, en manches de chemise, buvant bière et pastis. Il fait très lourd. Là-bas, à l'horizon, des éclairs de chaleur illuminent le ciel. Mais personne n'imagine qu'il va pleuvoir. Est-ce qu'il pleut un soir de fête ? Jacques Didier, l'épicier, fredonne en battant la semelle. À côté de lui, Daniel, l'instituteur, tire sur un cigarillo – une habitude qui lui est restée de la guerre d'Espagne, à laquelle il a participé au sein des Brigades internationales. Un peu plus loin, Jean Bru, le gérant de la coopérative, s'affiche sans Marie, sa femme. À peine arrivé, l'homme est déjà éméché. Il faut dire que depuis le drame qui l'a frappé l'année passée, il ne s'écoule pas une journée sans qu'il puise un peu de réconfort dans la bouteille…

C'était en février, en plein cœur d'un hiver qui tenait le Tarn sous une chape de neige et de glace. Bravant les intempéries, Jean Bru avait emmené ses deux petits garçons à Mazamet où l'on jouait *L'Homme tranquille*, avec John Wayne, à la séance de 21 heures. Lorsque le père et les deux enfants sortirent de la salle Apollo, il neigeait à gros flocons. Le sol était tellement glissant qu'on pouvait à peine faire deux pas sans tomber. Mais il fallait bien rentrer… Jean Bru installa donc ses deux gamins à l'arrière de sa voiture et démarra. L'accident se produisit à dix kilomètres de Mazamet, juste à la sortie du virage de Traktir. Philippe, cinq ans, fut éjecté de la voiture. Il alla s'écraser à plus de vingt mètres de là. Sa tête éclata en heurtant le sol gelé. Son frère Daniel, qui venait de fêter ses huit ans, ne mourut pas sur le coup. Il aurait peut-être mieux valu. Après une dizaine de jours d'hospitalisation, la gangrène le prit. Il entra dans une interminable agonie…

Depuis, on raconte à Saint-Laurent que Marie, la femme de Jean Bru, est devenue folle. Est-ce vrai ? Est-ce faux ? En tout cas, la malheureuse ne sort plus de chez elle. Quant à Jean, il ne peut plus supporter de voir un enfant. Et quand il s'en aventure un dans les allées de son immense magasin, il le regarde avec une lueur méchante au fond des yeux, comme s'il en voulait au gosse d'être vivant, alors que ses deux fils, eux, dorment sous la terre…

« La petite Bonnet a disparu ! »

Le cri a interrompu la musique. Émile, le postier, arrive sur la place. En sueur. Hors d'haleine. Il regarde les danseurs qui se sont figés. Puis il répète, un ton plus bas :

« La petite Bonnet a disparu ! »

*

* *

Voilà maintenant plus d'une heure que l'on cherche Agnès. François et Mathilde sont remontés jusqu'au champ en criant son nom bien fort. Peut-être l'enfant est-elle tombée ? Peut-être s'est-elle cassé une jambe, ou la cheville, qui sait ? Peut-être attend-elle depuis des heures que quelqu'un vienne enfin la secourir ?

« Agnès ? Agnès ? »

Il crie, François, il s'époumone, il hurle le prénom de son enfant dans le soir qui tombe. Mais il n'obtient aucune réponse. Et il a beau scruter le bord de la route, mètre par mètre, il ne voit pas Agnès…

« Il faut prévenir les gendarmes ! »

François se tourne vers sa femme. Blanc comme la craie. Mathilde fait une petite moue, hausse les épaules. Pour elle, rien n'est grave encore.

« Retournons d'abord voir à la maison, dit-elle. Peut-être s'est-elle tout simplement cachée dans un coin, pour jouer avec sa poupée… »

Et les voilà qui redescendent à grands pas jusqu'aux Deux Tilleuls. Ils inspectent la propriété, pièce par pièce, mètre par mètre. François entre dans la grange, Mathilde dans l'étable et l'écurie. Puis elle monte jusqu'au petit bois de noisetiers, revient sur ses pas, recommence à fouiller partout…

Mais Agnès n'est pas là. Elle ne répond pas. Et finalement, Mathilde doit se rendre à l'évidence : la fillette a bien disparu…

*

* *

Des nuages qui filent à toute allure. Un ciel bas, plombé. Des éclairs qui déchirent l'horizon, illuminant la terre de leurs zigzags d'un blanc minéral. L'orage approche. Mais il ne veut pas crever. L'air est humide et moite, tellement chaud que la sueur coule du front sur les yeux, comme si le corps protestait à sa manière… Dans cette atmosphère d'étuve, ils sont une petite cinquantaine à chercher l'enfant disparue.

Sitôt la nouvelle connue, le bal s'est arrêté. La plupart des villageois ont rejoint les gendarmes qui se sont déployés dans les champs. À eux tous, ils vont bien finir par la retrouver, cette petite ! Les gendarmes les ont divisés en groupes de cinq et leur ont assigné un périmètre à fouiller. Des dizaines d'hectares de champs, de bois et de broussailles, qu'ils parcourent au pas, le regard aux aguets… Ici, chacun connaît son coin de montagne. Tout le monde est chasseur ou cueilleur de champignons, rien n'échappe à personne. En quelques dizaines de minutes, Les Estrabauds, Les Taillades, Le Maillhol, Sébastaupol, Combelagarde, tous ces hameaux sont parcourus de fond en comble. On inspecte les fossés, les buissons, les puits, les gorges et les combes. C'est Julien, le garde-chasse, qui a pris la direction des recherches. Sur son vélo, il a tôt fait de visiter les caches les plus secrètes de l'Amalric, au Pioch ou aux Fargues. La métairie basse et le Colombier n'échappent pas à l'inspection. Chacun bat la campagne en imaginant les pires folies, les pires excès d'une enfant pourtant bien sage. Et si elle s'était laissé entraîner par des copains plus âgés ?

Bernard Cabrol, l'aviateur de Saint-Laurent, accompagné de sa femme, Guitou, file près du roc de Peymeraux, sur les flancs de la Montagne noire : c'est la cachette préférée des jeunes du village. C'est là que, le 2 août 1936, un trimoteur de l'Aéropostale s'est écrasé. Une erreur d'aiguillage de la station Gognio de Toulouse avait fait croire aux pilotes qu'ils se trouvaient dans la plaine, près de la Ville Rose. L'appareil percuta la montagne. Le lendemain, sous la pluie, on partit à la recherche des pilotes Genin, Aubert et Savarit. C'est Mermoz lui-même qui découvrit le corps de son ami Genin et le transporta sur son dos vers Albine…

Bernard et Guitou inspectent le roc de Peymeraux. Rien. En repartant, ils font un détour par le ruisseau de Candesoubre qui alimentait jadis moulins et usines. L'eau dégringole des sous-bois de hêtres et de chênes, puis traverse un taillis de châtaigniers qui débouche sur les prairies du père Rouanet. Là non plus, pas trace d'Agnès…

En bas, les autres continuent leurs recherches. Mille fois, on croit apercevoir l'enfant. Mille fois, on comprend que l'on n'a vu qu'une ombre. Et, peu à peu, l'obscurité se fait plus profonde. On ne voit plus rien. Sauf lorsqu'un éclair illumine brièvement le paysage…

« Il pleut ! »

À grosses gouttes, mêlées de grêlons. Le vent se lève. Le vent ? Non. Une véritable tempête, qui ploie les arbres, gifle les hommes, balaie tout sur son passage. L'orage vient de crever. Sous le déluge qui s'abat, à présent, impossible de poursuivre les recherches. Il faut rentrer… Un à un, les villageois courent vers Saint-Laurent. Il ne reste bientôt plus que François, qui bat encore la campagne, le visage hagard, les vêtements trempés, les cheveux collés par la pluie, les joues luisantes. François qui hurle aux quatre vents le prénom de son enfant…

Cette nuit-là, aux Deux Tilleuls, il n'a pas dormi. Il est resté debout, dans la cuisine, à marcher de long en large, espérant, contre toute attente, que la porte allait s'ouvrir et qu'Agnès se tiendrait sur le seuil, petite silhouette trempée aux joues rougies de froid, serrant contre elle une Bécassine dégoulinante. Mais la porte ne s'est pas ouverte. Personne n'est entré. Sur le sol gît la vieille poupée de chiffon, abandonnée. Un gilet de laine, tricoté l'hiver dernier par Mathilde, traîne sur une chaise. Les savates d'Agnès, minuscules pantoufles à la semelle éculée, sont rangées dans un petit coin où, d'habitude, elle court les chercher en rentrant des champs. En regardant ces objets, François sent le chagrin lui fouailler l'estomac, remonter le long de sa poitrine, déchirer sa gorge, piquer ses yeux, exploser enfin en larmes qu'il ne contient pas. Alors, il se penche, brisé. Il enfonce sa tête entre ses genoux et se met à se balancer, tout doucement – comme lorsqu'il était petit et qu'on l'avait grondé si fort qu'il croyait que ses parents ne l'aimaient plus…

À quelques mètres, Mathilde, étendue sur leur lit, l'écoute gémir et sangloter. Les yeux secs, la bouche pincée. Le regard vide…

*

* *

« Madame Bonnet ? »

L'aube est là. Dans les champs, la rosée n'a pas encore eu le temps de sécher. Le ciel est de nouveau d'une pureté absolue, comme si l'orage de cette nuit avait tout nettoyé. Mais Mathilde ne voit rien de tout cela. Debout, sur le seuil, il y a deux gendarmes en grand uniforme, le visage fermé.

« Vous avez retrouvé ma fille ?

– Madame, nous avons une mauvaise nouvelle à vous annoncer.

– Une mauvaise nouvelle ? »

C'est François. Debout derrière Mathilde, les traits creusés par l'insomnie, le teint plombé.

« Elle est blessée ?

– Non, monsieur, répond l'un des gendarmes. C'est pire que ça… »

C'est comme ça que François et Mathilde Bonnet ont appris la mort d'Agnès. Puis le gendarme a continué à parler. Il a raconté la découverte du petit corps, gisant dans l'usine de laine frappée par la foudre.

« Elle n'a pas pu sortir. Elle était attachée…

– Attachée ? Non ! Ce n'est pas possible ! a crié Mathilde. Ce n'est pas possible ! »

Puis, d'un coup, elle s'est laissé tomber à genoux, à même la terre poussiéreuse de la cour. Et, frappant son front contre la poussière, elle s'est mise à hurler. Des cris perçants, insoutenables, qui résonnaient dans la campagne comme résonne un glas – des cris qui n'ont cessé que lorsque le médecin, appelé d'urgence, est venu lui faire une piqûre et qu'elle a glissé du chagrin vers le sommeil…

Les jours qui ont suivi, Mathilde n'est pas sortie de sa ferme. C'est François qui ira reconnaître le corps d'Agnès à la morgue de Castres. La ville n'est qu'à dix-huit kilomètres, mais sans voiture, c'est une expédition.

François a attelé le cheval. Il se rendra en jardinière jusqu'à Saint-Laurent, puis Gilbert, le sellier, l'emmènera jusqu'à Aussillon dans sa nouvelle 4 CV. La dernière étape se fera en autocar.

Deux heures plus tard, le voilà enfin à la gare routière de Castres. Le funérarium est dans la vieille ville. François longe les boulevards, puis file vers les berges de l'Agout jalonnées de maisons vénitiennes. Il se souvient que ces bâtisses sont d'anciennes tanneries. Au Moyen Âge, on lavait la laine dans l'Agout, grâce à des ouvertures en berceau ou en ogive pratiquées dans les caves. Les lavoirs étaient à fleur d'eau et les ouvriers vivaient à l'étage. Le quartier est facilement repérable, dominé par le clocher florentin de l'église de la Platé. François n'est guère familier de cette ville étonnante, partagée entre la douceur du pays de cocagne, la brutalité du Sidobre, truffé de carrières de granit pour pierres tombales, et la puissante rondeur de la Montagne noire, si proche… Il se souvient être venu à la halle aux grains, sur le marché couvert de l'Albinque. D'ailleurs, il l'aperçoit devant lui. Il presse le pas pour en finir. Pourquoi les gendarmes ne l'ont-ils pas véhiculé et soutenu ? s'étonne-t-il. À droite, le pont Vieux. Le musée Goya. Le jardin de l'évêché. Il arrive enfin. Le funérarium n'est pas loin. Les poings serrés, la mâchoire écrasée, il rentre dans le bâtiment.

Les médecins lui épargnent la vision du petit cadavre affreusement brûlé. On lui présente simplement la chaîne et la médaille de baptême, retrouvées autour du cou de la petite. On lui montre aussi un petit grelot à demi fondu. Tout ce qui reste de Bécassine…

« Quand est-ce que je pourrai enterrer ma fille ? »

François a posé la question d'un ton calme. D'ailleurs, tous ses proches sont stupéfaits de sa froideur, de sa raideur. Ainsi, quand on lui dit que l'enterrement n'aura pas lieu avant quinze jours, à cause de l'enquête, il hoche simplement la tête. Puis, ramassant son chapeau – il a mis son plus beau costume, le seul, celui qu'il s'est fait tailler dans une pièce de serge grise achetée au marché, et un chapeau de feutre assorti –, il prend congé et s'en va. Il reprend la direction de la ferme…

*

* *

« Bonjour… »

Justin Gilles, localier à *La Montagne noire*, le quotidien de Mazamet, a longtemps hésité avant de venir frapper à la porte des Deux Tilleuls. Finalement, il s'est décidé. Il était là, cette nuit, quand la fabrique de laine a flambé. C'est l'un des pompiers qui, avant de partir de la caserne, lui a téléphoné pour le prévenir qu'un incendie s'était déclaré. Il était près de 2 heures, mais Justin ne dormait pas. Il préparait son papier sur la disparition d'une gamine de cinq ans, qui s'était volatilisée alors que sa mère la ramenait de la fête… Car Justin était aussi au bal ; aucune festivité n'échappe à un localier ! Justin, bien sûr, s'est joint aux recherches. Il a longuement observé Mathilde, la mère de la petite disparue, qui allait et venait dans les champs. Et il a été frappé par la beauté rude de cette femme, par ses yeux d'un noir profond, et cette lourde torsade de cheveux qui s'est détachée lorsque le vent s'est levé, venant napper les épaules d'un voile sombre et soyeux…

Mais Justin s'est vite détourné de cette vision. À quarante-cinq ans, il se méfie des femmes. Est-ce son éducation protestante ? Ou son tempérament solitaire ? Nul ne lui a jamais connu d'aventure. Sa seule réelle passion, c'est son métier. Un métier appris sur le tas, et auquel rien ne le destinait. Car Justin est né à Saint-Alby d'un père et d'une mère métayers. Passé sa prime enfance à la ferme, il a très vite montré d'exceptionnelles dispositions pour apprendre. Et, seul de sa classe, il a réussi le certificat d'études, puis le brevet. Mais il n'est pas devenu instituteur, comme il le souhaitait tant. Il a dû arrêter là l'école pour aider ses parents – consacrant le peu de temps qui lui restait à lire les ouvrages empruntés à la bibliothèque de Mazamet…

1930. Justin a vingt ans. Il sort tout juste de l'armée, et revient au pays. Son père et sa mère sont morts, l'un après l'autre, de la grippe espagnole. La ferme a été confiée à d'autres métayers. Tant mieux. Car lui ne veut pas être paysan. Deux mois plus tard, Justin est embauché à *La Montagne noire*, comme simple coursier. Son travail : faire des allers et retours entre le siège du journal, situé à Mazamet, et l'imprimerie, qui se trouve à Castres.

La première fois qu'il est entré dans l'immense pièce des linotypes, Justin est resté figé. Il a respiré l'odeur âcre du plomb, regardé les immenses tables où les ouvriers du livre composent les articles avec des lettres de plomb. À droite, les secrétaires de rédaction. À gauche, tout au fond, le chef d'atelier, qui distribue le travail… Les années suivantes, Justin est revenu mille fois, dix mille fois à l'imprimerie. Rêvant d'écrire, lui aussi, des « papiers ». Et finalement, c'est ce qui est arrivé.

C'était en 1940. Justin revenait tout juste du front, où il était resté en tout et pour tout deux mois. L'un des localiers de *La Montagne noire*, Michel Brué, venait de mourir, emporté par une attaque. La place était libre. Au culot, Justin demanda au directeur de l'occuper.

« Donnez-moi une chance, monsieur. Quinze jours, pas un de plus. Si je ne fais pas l'affaire, eh bien ! je redeviendrai coursier… »

C'est ainsi que Justin Gilles a commencé à courir le pays. Un jour, il va interroger un fermier dont la vache s'est échappée et vagabonde sur les routes. Un autre jour, il rend compte du discours d'un maire de village ou des noces d'or d'un couple d'anciens. Sa vie est faite de mille riens qui prennent, sous sa plume, une importance majeure. Personne mieux que lui ne connaît aujourd'hui la région et les secrets de ses habitants. Justin Gilles est devenu un journaliste. Un vrai. De ceux qui sont capables de rendre passionnantes les plus banales choses de la vie.

« Bonjour ! répète-t-il à Mathilde qui lui ouvre sa porte. Je travaille à *La Montagne noire*. Est-ce que je peux entrer cinq minutes ? »

Mathilde le dévisage. Un grand brun, au visage anguleux, au corps sec. Un journaliste ? Qu'est-ce qu'il lui veut ?

« C'est que mon mari n'est pas là, monsieur…

– Ce n'est pas votre mari que je veux voir. C'est vous… »

Avec douceur, l'air de rien, Justin avance, forçant Mathilde à rentrer dans sa cuisine. Encore un pas. Elle s'efface. Il passe, pénètre dans la maison.

Le voilà dans la cuisine. Sur la table, les restes du repas de midi : pommes de terre à l'eau et lard. Dans l'évier, la vaisselle sale. Le sol n'a pas été balayé. Derrière le mur, on entend les vaches qui meuglent. Ont-elles seulement été traites, ce matin ?

« Madame Bonnet, commence Justin, je suis venu vous demander comment votre fille a disparu… »

Mathilde le regarde. Puis, d'un ton las, elle prononce cette phrase, une phrase qu'elle va répéter par la suite des centaines de fois :

« Je ne sais pas… En revenant de la fête, je l'ai laissée près du champ où travaillait son père. Ni lui ni moi, on ne l'a revue… »

VI

AGNÈS EST REVENUE AUX DEUX TILLEULS. Pour la dernière fois. Elle repose dans un cercueil blanc à lourdes poignées dorées, que François a choisi lui-même à Castres. Il a pris le plus cher, en bois verni, capitonné de satin bleu.

« Comme ça, a-t-il dit à Mathilde, la petite n'aura pas froid...

– Pas froid ? »

Mathilde a levé les yeux vers son mari. Qu'est-ce qui lui prend ? Est-ce qu'il s'imagine qu'Agnès sent encore quelque chose ? C'est à ne pas croire... Il a même acheté une autre Bécassine à la coopérative et a demandé qu'elle soit placée à côté de la morte. Mais pour Mathilde, ce cercueil de riche, cette poupée inutile, c'est de l'argent perdu. Or de l'argent, ils n'en ont pas trop, il s'en faut de beaucoup. Comment vont-ils payer les obsèques et acheter des vêtements de deuil ?

Le deuil ! Mathilde sent la colère lui monter à la gorge. Elle est encore si jeune, elle n'a pas fêté ses vingt-six ans. Elle va devoir s'habiller de noir des pieds à la tête, pendant un an au moins ! Puis, elle remettra un peu de gris. Mais juste un peu. Quant aux couleurs vives, aux jupes amples qui tournent autour de la taille, aux sandales blanches qui vous font un joli pied, elle peut les oublier pour longtemps. Même ses mouchoirs devront être sombres…

Mathilde soupire. Mais François, assis près de son enfant morte, ne lève même pas les yeux. À croire qu'il l'a oubliée. À croire qu'elle n'existe plus. Et pourtant, c'est elle qui fait tourner la ferme pendant qu'il reste assis, perdu dans son chagrin… Agnès morte, ça n'empêche pas les vaches d'avoir du lait ni le travail de s'accumuler ! Et puis, il faut préparer la maison pour la veillée funèbre de ce soir…

Mathilde se lève. Elle tire tous les volets, mais ne les ferme pas entièrement. Dans la maison d'un mort doit régner la pénombre… Puis, elle entreprend de déchirer une pièce de drap noir achetée à la coopérative pour en voiler tous les miroirs, comme le veut la coutume. Ainsi, le fantôme de la petite Agnès ne pourra pas s'y refléter… Si les Bonnet avaient des ruches, il faudrait les voiler de crêpe, elles aussi. De peur que les abeilles s'en échappent…

Mathilde a terminé de découper le crêpe. Ses voilages à la main, elle quitte la cuisine, passe dans la chambre. Elle ne va pas à l'armoire de chêne bien cirée dont la porte est couverte d'un miroir. Elle reste figée devant la photo de son mariage, fixée au mur, face au grand lit dans lequel Agnès a été conçue, Mathilde se regarde, jeune femme brune au front voilé de mousseline blanche, à la robe coupée au genou, tenant un petit bouquet de fleurs des champs. Dieu ! comme elle était belle, ce jour-là…

*

* *

Nuit noire. Aux Deux Tilleuls, les visites se succèdent. Tous les Bonnet, d'abord. Claude et Violette, les parents de François, en grand deuil. Roger, son frère cadet, et Chantal, sa femme, venue malgré sa grossesse très avancée. Puis Frédéric, l'aîné, le bras en écharpe : il est tombé d'une échelle en réparant un trou dans le toit de la grange. Ensuite est arrivée Catherine, la mère de Mathilde, une vieille femme chenue, au dos courbé, aux cheveux tout blancs, à la beauté fanée. Ils se sont tous assis autour du cercueil et ils sont restés là, à prier. Chantal se tenait le ventre, de grosses larmes roulaient sur ses joues. Pourtant, pense Mathilde, elle n'a vu Agnès que cinq ou six fois…

« Mathilde, on frappe à la porte… »

Mathilde va ouvrir. Une fois. Deux fois. Dix fois. Un à un arrivent les villageois et les fermiers des environs. Mathilde les reçoit, elle les mène jusqu'au cercueil. Puis, elle quitte la pièce, devenue trop petite, trop chaude, trop étouffante, et se réfugie dans la chambre d'Agnès. Ici, tout est encore en place. Le chariot de bois que lui a fabriqué son grand-père Paul, juste avant de succomber à sa seconde et fatale attaque. Le cerceau, acheté l'été dernier. Les vêtements de poupée, taillés dans de vieilles pièces de draps. Dans la petite armoire, ses habits bien rangés. Mathilde les a tous gardés depuis sa naissance. Mais elle va les donner. Si elle devait avoir un jour un autre enfant, ce qu'elle ne souhaite pas – l'énorme ventre de Chantal l'en dissuade –, elle ne les lui mettrait pas. Simple superstition…

« Madame Bonnet ? »

Mathilde sursaute. Justin Gilles a frappé à la porte de la chambre. Il entre, s'approche d'elle, puis embrasse la pièce d'un regard. Que vient-il faire ici, le journaliste ?

« Madame Bonnet, je ne suis pas là à titre professionnel. Je voulais simplement vous présenter mes sincères condoléances… »

Un silence, un peu embarrassé. Mathilde ne sait quoi dire. Cet homme-là n'est pas de la famille. Ce n'est pas un voisin, non plus, ni un ami. C'est un étranger, et pourtant, elle est contente qu'il soit venu ; sa présence lui apporte réconfort et soulagement…

« Venez », dit-elle.

Justin la suit hors de la chambre. Il marche avec elle jusqu'au cercueil. Le cercle des proches et des voisins s'ouvre devant lui. Et il reste là, au milieu des visages curieux – un étranger dans une maison en deuil…

« Mathilde ne pleure pas », chuchote Chantal à l'oreille de son mari.

Quelle drôle de femme, vraiment ! On lui tue sa fille unique et elle ne semble même pas avoir de chagrin. Au contraire. Dans sa stricte robe noire, Mathilde a l'air belle et reposée. L'insomnie n'a pas creusé ses traits. Ses yeux sombres ne sont pas cernés de noir. Ce matin, elle a pris la peine de relever ses cheveux en un chignon compliqué tenu par des dizaines de très fines épingles,

« De toute façon, dit encore Chantal en portant tendrement la main à son ventre, cette gosse-là, elle ne l'aimait pas. Alors qu'est-ce que ça peut bien lui faire, qu'on l'ait tuée ? »

Un silence.

« Et puis, si j'étais François, je me méfierais, moi. Ce n'est pas normal que ce journaliste de Mazamet soit venu jusqu'ici, la veille des obsèques… »

*

* *

Un glas qui résonne lentement. Aujourd'hui, l'église de Saint-Laurent-le-Bas accueille les Bonnet. Mais cette fois, pas question de fête. On ne célèbre ni un mariage, ni un baptême. On enterre une enfant de cinq ans… Pour la conduire à sa dernière demeure, tous les habitants du village et des fermes avoisinantes ont délégué l'un des leurs. Les unes après les autres, les familles arrivent, à pied ou en jardinière. Les Bru et les Segui, qui habitent de l'autre côté de la montagne, sont partis ce matin dans leur charrette rouge, à laquelle ils ont accroché un crêpe noir. Voici aussi les Cousinié, les Assémat, les Rouanet… Tous étaient chez François pour le battage, voilà huit jours à peine ; à leur arrivée, ils avaient entendu la petite Agnès crier joyeusement : « Les voilà, les voilà ! »

Même Gilbert et Gérard Faye sont venus, pareillement habillés de noir. À Saint-Laurent, face à la mort, on oublie les disputes, les haines, les ressentiments. Un représentant de chaque famille se doit d'assister aux enterrements. Tandis que le glas continue de sonner, une petite foule s'assemble sur la place de l'église. On se salue de la tête. On échange quelques mots. On se demande si la femme de Jean Bru aura le courage de venir, elle qui, l'année dernière, a porté en terre ses deux petits garçons l'un après l'autre. Puis on se tait. La voilà. Seule. Sans son mari. Pourquoi ? Elle n'explique rien. Elle ne parle pas, Elle avance, vêtue de noir, la figure crayeuse, les yeux rouges. Derrière elle, Léon, le dernier ami d'Agnès, pleure sans retenue. Derrière encore viennent le maire, dans un strict costume gris, et même l'instituteur, que l'on ne voit pourtant jamais à l'église…

« Regardez ! Voilà les gendarmes ! »

Brusquement, un grand silence. Puis un nouveau murmure, qui monte, qui enfle. Et qui se tait lorsque Albert Georges et Stéphane Muret, les deux enquêteurs tout spécialement venus d'Albi, se fraient un chemin jusqu'à la porte de l'église. Devant eux, la foule s'ouvre. Les bouches se ferment. Les visages se détournent.

Les deux hommes pénètrent dans la nef.

« Tout de même ! murmure Chantal Bonnet, indignée. Ce n'est pas ici qu'ils vont le trouver, l'assassin d'Agnès ! »

Et pourtant, c'est bien lui qu'ils cherchent, ces deux gendarmes au visage grave. Ce sont eux qui sont chargés de mener cette difficile enquête. Un juge d'instruction doit être nommé bientôt. En attendant, ils procèdent aux premières investigations et tentent de déterminer dans quelles circonstances exactes Agnès a disparu. Les deux inspecteurs se sont donc rendus à Saint-Laurent. Ils ont visité l'usine de laine calcinée, sans y trouver le moindre indice. Qu'auraient-ils pu découvrir, d'ailleurs, dans ce bâtiment aux murs à demi démolis, au sol couvert de cendres ? Ensuite, les gendarmes de Saint-Laurent leur ont appris quand et comment la petite avait disparu. « Inutile d'interroger les Bonnet pour le moment, a ajouté l'un d'eux. Ils nous ont dit tout ce qu'ils savaient. Laissons-les tranquilles jusqu'aux obsèques… » Albert Georges et Stéphane Muret ont acquiescé. Puis ils ont annoncé qu'ils entendraient les villageois les uns après les autres, pour savoir si l'un d'eux avait aperçu Agnès, seule ou accompagnée, après que sa mère l'eut quittée…

Les deux enquêteurs n'ont, pour l'instant, communiqué les résultats de leurs recherches à personne. Ils ont enfermé les procès-verbaux dans une grande chemise jaune. Demain, après l'enterrement, ils retourneront à Albi et les remettront au magistrat instructeur. En attendant, ils sont là. Dans la nef. L'air de rien, ils scrutent les visages, surveillent les attitudes, écoutent les murmures. Puis, subitement, comme tous les villageois, ils se tournent vers l'entrée de l'église…

La voilà, Agnès. Pour son dernier voyage, François n'a pas voulu d'un corbillard. Il a bouchonné et brossé Coquet et Pêchard pour leur faire une robe noire et luisante. Puis il les a attelés, a fait porter le cercueil de sa petite sur la jardinière. La dernière promenade de sa petite…

Ils sont passés devant l'étable et le poulailler. Dop, le bâtard, a vaguement remué la queue, les a suivis pendant un moment, puis est retourné se coucher à l'ombre des deux tilleuls… François et son enfant ont alors emprunté le chemin de terre qui mène à Saint-Laurent-le-Bas. À droite, le Champ Grand, dont il ne reste que le chaume. À gauche, la luzerne. Un peu plus loin, les noisetiers. La vue du petit bois où Agnès retrouvait Albert fait battre le cœur de François. Mais aujourd'hui, il n'y a pas de place pour la colère. Agnès est là, près de lui. Il doit s'occuper d'elle. Coquet marche au pas, tout doucement. Autour d'eux, la campagne est superbe. Jaune des chaumes, vert profond des prés, bleu du ciel, et la Montagne noire, si verte, si dense, si touffue, qui s'allonge sur l'horizon…

« Regarde, Agnès, murmure François. Regarde comme c'est beau… »

Mais la promenade est bientôt terminée. Là-bas, déjà, le village se dessine. François et Agnès empruntent ensemble ses ruelles étroites. Les voilà sur la place. Puis devant l'église. La foule recule. Les frères Bonnet, qui attendent depuis une bonne demi-heure, saisissent le cercueil et le portent dans la nef…

Le glas résonne. Lentement. La messe est dite. Déjà, on emmène le cercueil. Agnès va aller reposer sous un grand cyprès, près des autres Bonnet. Le trou est déjà creusé. Une tombe profonde et noire, au fond de laquelle les fossoyeurs la déposent doucement… François s'approche. Elle est là, Agnès, tout au fond, loin, dans la terre caillouteuse et aride. François jette un bouquet de fleurs des champs sur son cercueil. Puis, il le recouvre de la première pelletée de terre.

*

* *

Septembre, toujours. Agnès est enterrée depuis deux jours. Justin Gilles est venu porter à

Mathilde l'exemplaire de *La Montagne noire* qui raconte les obsèques de sa fille. Puis il lui a demandé s'il pouvait lui rendre visite, de temps en temps.

Comme ça, a-t-il ajouté, je prendrai des nouvelles…

Mathilde a hoché la tête en signe d'assentiment.

« Mathilde, a encore dit Justin, si d'autres journalistes viennent vous voir…

– D'autres journalistes ? Mais pourquoi ? »

Justin soupire. Visiblement, Mathilde Bonnet ne se rend pas compte que le meurtre de sa fillette passionne le pays tout entier. Après les obsèques d'Agnès, son papier a été repris par *La Dépêche du Midi*. Ensuite, un journaliste d'Europe 1, qui a eu vent de l'affaire, a comparé la mort d'Agnès à l'affaire Dominici. Dans les jours qui viennent, ses confrères arriveront à Saint-Laurent. Et ils frapperont à la porte des Bonnet…

« Ne leur parlez pas, Mathilde. Ne leur parlez surtout pas… »

*
* *

15 septembre. Mathilde s'efforce d'oublier, autant qu'elle le peut, l'avertissement de Justin. Pour

une fois, elle voit avec bonheur venir l'heure de faire le vin… Ici, la vigne n'a jamais donné. D'ailleurs, peu d'agriculteurs en ont planté. Quelques pieds seulement, en raisin de table… Des variétés qui supportent les hivers rigoureux et les printemps tardifs. Mais depuis trois ans, et contre l'avis de Mathilde, François s'y essaie avec du Carignan… Les ceps sont jeunes et commencent à produire leurs deux ou trois kilos. En fait, tout vient de la parcelle. La Baïsette basse a toujours été bien abritée, entourée de frênes et de châtaigniers. Légèrement pentu, le champ s'expose au soleil, sans subir de plein fouet les gelées d'avril et de mai. Si ce lopin de terre s'appelait autrefois le « champ de la vigne », c'est que les anciens avaient déjà tenté et réussi leur coup. Cela, François le sait.

Jolie récolte ! L'été a été chaud, et le raisin est à maturité au 15 du mois. La vigne en dit long sur le climat. C'est André Angot qui, en 1883, a percé le mystère des données climatiques de son siècle. Grâce aux bandes vendanges, il a pu établir la chronique des saisons brûlantes, des étés frais et des printemps agréables ou frileux. François, passionné par la nature et la climatologie, l'a relevé dans l'agenda du jardinier. Oh ! la vendange sera vite faite. Avec cent cinquante pieds, on ne va pas bien loin ! Mais cela suffit à son bonheur. Cent cinquante pieds, c'est trois cent vingt kilos de raisin, et trois cent vingt kilos de raisin, c'est deux cent vingt litres de vin. De quoi assurer la consommation de l'année !

Sans attendre, il va presser avec Mathilde. Les grappes s'entassent dans les six comportes, alignées le long de la cave. La presse a été immergée dans le lavoir. Pour qu'elle soit étanche, il faut que le bois gonfle sous l'eau. Deux jours d'immersion suffisent. François foule. Pas avec les pieds, comme on le faisait chez lui, à la ferme, mais avec un petit fouloir à main. Deux cylindres tournent l'un sur l'autre et écrasent le raisin. Actionnés par une grande manivelle, les cylindres n'offrent aucune résistance. Mathilde tourne et manœuvre la roue. Les grappes disparaissent. Le jus coule. La presse fera le reste.

Le premier jus, clair et rosé, est le meilleur. Il est réservé au premier tonneau. La seconde presse mêlera la grappe, les pépins et le grain. Il faudra serrer dur la vis sans fin qui compresse la récolte. Le jus coulera rouge, épais, imprégné de particules végétales à peine visibles. La décantation sera longue, mais le vin agréable, parfumé, robuste. Les deux tonneaux bien remplis attendront dans la cave la fin de la fermentation. François les soutirera fin novembre, début décembre. Il nettoiera soigneusement les barriques avant de remettre le vin à repos pour quelques mois. Il le boira en mai.

Un vin brut de terroir, simple, sans fard ni maquillage : c'est ainsi qu'on l'aime chez les Bonnet. Et comme cette année le soleil a tapé fort, il va titrer 14 degrés ! Mais il est tellement charnu et riche en saveur que, même coupé d'eau, il ne jurera pas au palais.

Et peut-être, oui, peut-être que cette année, François se laissera aller à en boire plus que de raison, pour oublier celle qui gît sous dix pieds de terre…

*

* *

« Madame Bonnet ? »

Justin Gilles avait prévenu Mathilde qu'elle aurait de la visite. Aussi, ce matin, les vendanges à peine terminées et le vin pressé, elle n'a pas sursauté quand on a toqué à sa porte.

Mais ce n'est pas un journaliste qui se tient debout sur le seuil des Deux Tilleuls. C'est Stéphane Muret, l'un des deux gendarmes qui ont assisté aux obsèques. En tenue, képi sur la tête, il salue Mathilde. Qui reste coite.

« Pourrais-je vous parler, madame ? À vous et à votre mari.

– Mon mari ? »

Mathilde a pâli. Elle s'adosse au chambranle de la porte. S'efforce, du mieux qu'elle le peut, de cacher sa nervosité. Elle s'attendait à la visite du gendarme, bien sûr. Mais à présent, face à lui, elle est mal à l'aise.

« Madame Bonnet, le juge d'instruction chargé de cette affaire souhaite vous entendre tous les deux sur les circonstances de la disparition d'Agnès. Pouvez-vous vous rendre au palais de Justice d'Albi, demain, vers 10 heures ? »

C'est ainsi que l'univers des Bonnet bascule.

Bien sûr, il y a toujours le travail de la ferme. Les vaches sont là, de l'autre côté du mur de la cuisine. Le feuillage des deux tilleuls a pris des teintes mordorées. Dans quelques jours, François récoltera le maïs, qu'il faudra effeuiller. Il est grand temps de semer, de repiquer les fraises et d'épandre le fumier dans les champs. Derrière la ferme, des centaines de noix jonchent le sol ; il faudrait les ramasser. Et puis, il faut aussi cueillir les pommes. Mais rien de tout cela n'a plus grande importance. Car les Bonnet vont rencontrer un juge d'instruction…

Cela peut paraître étrange : jusqu'à présent, François et Mathilde n'ont évoqué ni l'un, ni l'autre, la mort d'Agnès. C'est trop tôt. Trop terrible. Et surtout, il fallait prendre bien soin d'elle jusqu'à ce qu'elle soit en terre. Bien sûr, ils savent que, dans le village, et même dans toute la région, on ne parle que de l'assassin qui s'est emparé de leur fille avant de lui lier les poignets et les chevilles et de la déposer dans l'usine de laine. Chantal a essayé d'en glisser un mot à François, pendant les funérailles. Il ne lui a pas répondu. Il a juste dit :

« J'ai mon idée sur la question… »

Mais cette idée, il ne l'a pas exprimée. Ni devant Chantal, ni devant Mathilde. Il voulait le faire, au soir de l'enterrement, alors qu'ils étaient tous les deux à table, autour d'une assiettée de pommes de terre et de lard. Mais un meuglement venu de l'étable les a fait sursauter.

« La Florine, a dit Mathilde. Elle va vêler… »

Debout, la tête basse, les pattes écartées, Florine était en travail. François et Mathilde ne se sont plus préoccupés que de ce veau qui arrivait. Retrouvant des gestes habituels, François a passé la main dans le sexe dilaté de la vache. Il a attrapé les pattes du veau et les a liées à l'aide d'une fine cordelette. Ensuite, ils ont tiré de toutes leurs forces. Lentement, centimètre après centimètre, le veau est sorti des entrailles de sa mère. Une belle bête, qui s'est mise à téter dès qu'ils l'ont allongée près d'elle. Il était 4 heures du matin. Ensuite, François et Mathilde sont allés se coucher. Sans parler d'Agnès ni de son assassin.

Jusqu'à la visite du gendarme…

François revenait tout juste des champs. Mathilde lui a expliqué qu'ils devaient être à Albi le lendemain à 10 heures. François a simplement hoché la tête. Puis, il s'est assis à la table de la cuisine, il a posé son front entre ses mains et il est resté là, à réfléchir.

« Il va falloir que je demande de l'aide, pour le maïs. »

Il faudra aussi trouver quelqu'un qui surveille les vaches…

François s'est tu. Et enfin – enfin ! – il a fini par lâcher ce qu'il avait sur le cœur.

« Mathilde… Pourquoi n'as-tu pas surveillé Agnès, comme je te l'avais demandé ? »

Sous le choc, Mathilde blêmit. Puis elle se détourne, ne montrant à son époux que son dos et sa nuque, couronnée de son épais chignon noir. Les mains crispées sur l'évier, le corps tendu, la tête haute, elle répond pourtant :

« Tu veux dire que c'est ma faute si elle est morte, c'est ça ?

– Si tu ne l'avais pas laissée, insiste François, jamais elle n'aurait croisé Albert.

– Albert ? crie Mathilde. Tu crois que c'est Albert qui l'a enlevée ?

– Qui d'autre ? »

François se lève. Puissant. Sûr de lui. Plein de colère. Il se met à marcher de long en large, ponctuant chacune de ses phrases d'un coup de poing sur l'un des murs de la cuisine.

« Tu l'as surpris avec elle, dans le petit bois, en train de l'embrasser. Il la désirait. Alors, à la première occasion, il l'a enlevée. Et Dieu seul sait ce qu'il lui a fait subir, dans l'usine, avant de l'abandonner…

– Mon Dieu ! C'est donc ce que tu imagines ? »

Mathilde s'assoit. Ou plutôt, elle s'affale sur une chaise.

« Oui ! »

François a crié. De toute sa force. Puis, pour conjurer sa colère, il attrape un petit tabouret, celui sur lequel Agnès aimait s'asseoir, le soir, au coin de la cheminée. Et, d'un geste farouche, il le lance contre le mur. Avant de se tourner vers sa femme, méconnaissable tant il est en rage.

« Et demain, lance-t-il encore, farouche, demain, je le dirai au juge ! »

VII

POUR SE RENDRE DE SAINT-LAURENT à Albi sans voiture, il faut d'abord marcher jusqu'à la place du village. Pas question d'y laisser la jardinière garée toute la journée. Ensuite, il faut prendre le car, l'un de ces omnibus qui sillonnent la vallée, s'arrêtant tous les kilomètres pour embarquer les fermiers des environs.

Il fait chaud. Les odeurs de gasoil, les cahots, les coups de frein incessants rendent le voyage fatigant. Il y a seulement trois semaines, Mathilde aurait été heureuse de rouler ainsi à travers champs, en direction de la ville. Elle qui n'est jamais allée à Albi ! Et si ce n'est pas Toulouse, c'est tout de même une grande agglomération. Mais aujourd'hui, assise à côté de François, elle n'a le cœur à rien. Même pas à regarder par la fenêtre. Elle reste là, les yeux dans le vague. C'est une belle femme brune, aux cheveux relevés en chignon, à la silhouette maigre vêtue de noir, au visage durci, aux lèvres fermées en un pli amer. Se rend-elle compte qu'elle est l'objet de la curiosité générale ? A-t-elle surpris les regards posés sur elle, et ces sourires pincés qui ont salué son entrée dans le bus ? Chacun sait bien qui elle est. Chacun sait – comment l'aurait-on oublié ? – que sa fille unique a péri dans l'usine lainière, les poignets et les chevilles liés. Mais Mathilde ne suscite nulle compassion. Car si Agnès a disparu, après tout, c'est qu'elle ne la surveillait pas…

Le car roule lentement. Tournant le dos à la Montagne noire. Il dépasse Mazamet, se dirige vers Castres, la ville basse aux maisons ocre. On roule un moment sur les rives de l'Agout, puis on remonte vers le nord. Le paysage se fait plus doux, plus vallonné. Quelques colombiers de pierre, plantés çà et là dans les collines, attirent le regard. Des vignes étirent leurs ceps chargés de grappes encore vertes. Gaillac est à portée de jumelles. Le ciel est plus bleu, l'air plus sucré. Puis, enfin, là-bas, dans le lointain, on distingue Albi, la cité médiévale fortifiée, dominée par la fière cathédrale Sainte-Cécile… Mais Mathilde n'a d'yeux ni pour les remparts de pierres grises, ni pour l'église dressant vers le ciel sa flèche de pierre. Et quand enfin le car s'arrête sur la grand-place, juste en face du palais, elle ne bouge pas.

« Viens, Mathilde… »

François Bonnet et sa femme se lèvent et se dirigent vers la sortie. Derrière eux, on chuchote.

« Quand même, murmure une fermière, une cage à poules sur ses genoux, a-t-on idée de laisser vagabonder une gamine de cinq ans ?

– De toute façon, elle ne l'aimait pas, renchérit sa voisine. L'une de ses cousines m'a raconté qu'elle ne l'a même pas allaitée. Soi-disant que le lait de vache, c'était bien assez bon pour elle… »

*

* *

Un palais de Justice est toujours impressionnant. Celui d'Albi tout particulièrement. Il s'élève en plein centre-ville, dans l'ancien couvent des Carmes, juste en face de la prison. Aujourd'hui, la liturgie judiciaire a remplacé les prières. Mais la salle du chapitre, où se déroulent les procès civils, est toujours aussi imposante. Mathilde et François regardent les hommes en robe noire qui vont et viennent avec des mines affairées… Où est le bureau du juge ? François, sa convocation à la main, arrête un avocat.

« Je cherche le bureau du juge Fontaine… »

L'homme en noir le toise. Puis, d'un geste négligent, il rejette sa lourde épitoge bordée d'hermine.

« Le couloir à votre droite, puis tout droit, montez l'escalier. Ce sera la deuxième porte à votre droite… »

Les voilà maintenant devant la porte en bois. François avance la main. Il frappe. De l'autre côté, une voix sèche lui répond :

« Entrez… »

Toute sa vie, Mathilde Bonnet se souviendra de la minute où elle a pénétré dans le bureau du juge Fontaine, une grande pièce meublée d'un bureau en bois et de trois fauteuils inconfortables. Au mur, un portrait du président de la République. Un buste de Marianne posé sur un guéridon. Debout devant eux, un petit homme rond au visage lunaire, vêtu d'un costume gris croisé, d'une impeccable chemise blanche – et dont la main droite s'achève sur un moignon…

*

* *

Charles Fontaine est né voilà près de cinquante ans, dans la caserne de Toulouse où son père était gendarme. Mais le jour de sa venue au monde ne fut pas un jour de liesse. Sa main droite n'était qu'un morceau de chair informe terminé par deux doigts minuscules formant une sorte de pince. Sa mère,

Louise, a poussé un cri d'horreur quand on lui a présenté le nouveau-né. Quant à son père, il est devenu tout pâle et s'est détourné. De ce jour, son caractère s'est aigri jusqu'à en devenir détestable. Les années suivantes furent pour les Fontaine des années difficiles. Louise tenait son mari pour responsable de la malformation de leur fils. L'un de ses cousins germains n'était-il pas affligé d'un bec-de-lièvre ? Elle refusa d'avoir d'autres enfants, craignant qu'ils ne fussent à leur tour frappés d'une infirmité peut-être plus terrible encore. L'enfant grandit livré à lui-même, sans prendre vraiment la mesure de sa différence.

Octobre 1910. Aujourd'hui, pour Charles, c'est le jour de la première rentrée scolaire. Tout est prêt : le cartable de cuir, soigneusement ciré pour l'occasion, qui a jadis appartenu à son père ; le tablier à carreaux pour protéger les vêtements des taches d'encre ; les crayons et le porte-plume, rangés dans une trousse frappée à ses initiales… Ce matin, au réveil, Charles était heureux. En pénétrant maintenant dans la cour goudronnée où s'ébattent déjà ses camarades, il est plus inquiet. Mais il marche bravement.

« Regardez ! Regardez sa main ! »

Quelques grands – des élèves de septième – entourent Charles, formant autour de lui un cercle presque parfait. L'un d'eux, un escogriffe à la bouche édentée, à la tignasse rousse, s'approche, lui attrape la main, la soulève bien haut dans un geste violent.

« Eh ben ! On a un infirme !

– Ah l'in-fir-me ! Ah l'in-fir-me ! »

Les enfants tournent autour de Charles dans une ronde rapide. Ils se rapprochent. Ils s'éloignent. Ils se rapprochent de nouveau, puis le cercle s'élargit. À présent, dix, non, vingt paires d'yeux fixent la pauvre main, et l'on rit, et l'on crie…

« Ça suffit ! »

Ernest Galois, le maître d'école, vient d'intervenir.

« Thomas ! lance-t-il à l'édenté. Tu me copieras cent fois : "Je ne dois pas me moquer des…" »

Il hésite, cherche le mot juste. Thomas, insolent, termine sa phrase :

« Des in-fir-mes, m'sieur ! »

À compter de ce jour, Charles Fontaine se transforme. Lui qui était doux et aimant devient cassant, agressif. Lui qui n'a jamais eu aucun ami met un point d'honneur à être toujours le premier de sa classe. Adolescent solitaire, il obtient son bac avec mention. Puis il s'inscrit à la faculté de droit. Après y avoir obtenu sa licence, il devient tout naturellement juge d'instruction. Mais pas n'importe quel juge d'instruction. Dans ce métier réputé difficile, Charles Fontaine passe pour être le meilleur – un homme capable de sonder les âmes et les cœurs, de diriger avec brio les gendarmes chargés de mener l'enquête. Revers de la médaille : les hommes ou les femmes dont il gère le dossier n'ont à espérer de lui aucune pitié, pas même de la compréhension. Un homme blessé dans son enfance est souvent impitoyable. Et Charles Fontaine, pour être un bon magistrat, n'en a pas moins la réputation d'instruire uniquement à charge…

Tel est l'homme qui accueille les Bonnet en cette magnifique journée de septembre. Sur son bureau, un seul dossier. Une chemise en carton, barrée de lettres noires : « Affaire Agnès Bonnet »…

*
* *

Plus tard, bien plus tard, Charles Fontaine osera l'avouer : la première fois qu'il a vu Mathilde Bonnet, il l'a trouvée profondément antipathique. Cette femme, qui vient de perdre sa fille dans des circonstances affreuses, garde une pose de reine. Ses yeux sont secs. Elle ne réclame pas qu'on lui livre l'assassin. Elle ne supplie pas qu'on l'arrête. Elle ne crie pas vengeance. Et pour un juge d'instruction, habitué au désarroi, au désespoir des familles de victimes, tout cela est anormal. Derrière le front buté de Mathilde se cache peut-être un secret. Charles Fontaine se fait fort de le découvrir. Mais le moment n'est pas encore venu de poser des questions. Pour commencer, c'est à lui de s'expliquer.

« Je n'ai pas voulu vous faire interroger par les gendarmes, leur dit-il. Après le drame que vous avez vécu, j'ai préféré vous recevoir moi-même. Vous savez peut-être qu'à la suite de l'assassinat de votre fille, M. le procureur de la République a ouvert une information. Vous pouvez, si vous le souhaitez, vous constituer partie civile... »

Partie civile ? François fronce les sourcils. Mathilde, elle, reste de marbre.

« Ce terme juridique, poursuit le juge, signifie que vous aurez accès au dossier par l'intermédiaire de votre avocat, si vous en choisissez un. Ainsi, vous pourrez suivre pas à pas les progrès de l'enquête...

– Moi, je connais le coupable. »

C'est François qui a parlé. D'une voix blanche. Très raide dans son costume sombre, il noue ses mains l'une sur l'autre. Et comme le magistrat instructeur le regarde, étonné, il lâche, d'une voix pleine d'amertume :

« C'est Albert. Le fils de Gustave, notre propriétaire… »

Mathilde, droite comme un I, ne peut réprimer un léger tremblement. Personne ne le remarque. Elle se reprend vite, mais son cœur bat la chamade. Elle sait bien, elle, que le fils du propriétaire n'a rien à voir dans tout ça. Albert n'a jamais eu, avec Agnès, les gestes osés que François imagine. C'est elle qui a tout inventé. Pour que son mari le corrige, qu'ils soient renvoyés et qu'ils partent à Toulouse. Mais rien de ce qu'elle avait prévu n'est arrivé. Et aujourd'hui, François accuse Albert d'être un assassin… Mathilde devrait trouver le courage de se lever, de crier la vérité. Mais elle se tait. Pis, elle ne cille pas, ne bouge même pas. Elle écoute son époux qui laisse maintenant libre cours à sa colère…

« Il la caressait, explique François. Sur la poitrine ! Il la désirait ! Elle, une enfant de cinq ans ! Alors vous comprenez, monsieur le juge, ce jour-là, il l'aura croisée par hasard et l'aura emmenée dans la grange… »

Le regard de François Bonnet se fait vague. D'un coup, il n'est plus dans cette pièce claire, un peu vieillotte, aux peintures passées. Il est là-bas, tout près du champ, il voit Agnès et Albert qui s'éloignent. Sa fille donne gentiment la main à celui qui va devenir son bourreau…

« Il faut l'arrêter, monsieur le juge ! tonne François. Il faut le mettre en prison ! Il a tué ma petite fille ! Vous comprenez ? »

François se met à pleurer, de grosses larmes qui coulent sur ses joues tannées de soleil et viennent se perdre dans le col empesé de sa chemise blanche. Il pleure, et à côté de lui Mathilde reste de marbre. Charles Fontaine l'observe du coin de l'œil. Il se demande bien pourquoi…

Mais il y a plus urgent. François Bonnet vient de lui fournir le nom d'un présumé coupable. Dans le dossier jaune, il y en avait d'autres. Au moins trois autres. Dans le doute, autant commencer par celui-là…

*

* *

Enfin. C'est terminé. François et Mathilde sont de retour aux Deux Tilleuls. Mathilde soupire en ôtant sa robe noire. Elle ne veut pas penser à ce qui s'est passé cet après-midi. Oubliés, les avocats qui allaient et venaient, faisant résonner leurs talons sur les dalles de la salle des pas perdus. Aboli, ce juge à la main blessée, au regard trop bleu. Rayées de sa mémoire, les déclarations de François. Il n'y a plus que la ferme et le travail qui attend. Les vaches à soigner, puis Coquet, qu'elle bouchonnera avec soin. François, lui, retournera aux champs. Il est grand temps de recommencer à travailler la terre.

Lentement, Mathilde brosse ses longs cheveux noirs. Trente coups, comme elle le fait tous les soirs, depuis qu'elle est enfant. Ensuite, elle sépare sa chevelure en deux et noue deux grosses tresses qu'elle attache avec des rubans blancs assortis à sa chemise de nuit de grosse percale. Ici, chez elle, elle ne portera pas de noir…

« Mathilde… »

François est debout derrière elle, encore vêtu de son costume sombre et de sa chemise blanche.

« On n'est pas allés au cimetière, aujourd'hui… »

Mathilde réprime un haussement d'épaules. Le cimetière ! Depuis l'enterrement, François s'y rend chaque jour, un bouquet de fleurs des champs à la main, celles-là mêmes qu'Agnès aimait cueillir. Il le dépose sur la tombe, recouverte d'une sobre stèle de marbre noir. Puis il reste là, debout, tête nue, considérant le prénom de son enfant gravé en lettres dorées sur la pierre… Parfois, il parle à sa fillette. Il lui demande si elle n'a pas froid, toute seule, au fond de ce trou. Il lui explique ce qu'il a fait de sa journée, il lui raconte les menus événements survenus à la ferme. Cigale, la vache blanc et fauve qu'elle aimait tant, attend un veau. Pêchard se fait vieux. Peut-être va-t-il falloir le remplacer. Mais il ne l'emmènera pas à l'abattoir. Il sait qu'Agnès le lui aurait interdit et il respectera sa volonté. Les poussins ont éclos. Ils sont une bonne douzaine, cette fois. Elle aurait sans doute aimé les entendre pépier…

Quand il a fini sa conversation avec la petite morte, François fait demi-tour et entre dans l'église. C'est là qu'il s'est marié. Là qu'il a enterré le père de Mathilde. Là qu'Agnès a été baptisée, toute petite encore, si frêle. Là, enfin, qu'elle a écouté, couchée dans son cercueil tendu de satin bleu, la messe dite pour son enterrement… François avance jusqu'à l'autel. Il prend un cierge, l'allume. Puis il demande à Dieu – s'il existe – de prendre soin de sa petite, puisque lui ne peut plus rien pour elle…

Le cimetière ! Mathilde regarde François. Il n'a tout de même pas l'intention de ressortir à cette heure, alors qu'il fait nuit noire ? Il ne va tout de même pas atteler la jardinière et rouler jusqu'à Saint-Laurent ?

« J'y vais, Mathilde… »

Et il sort. Il la laisse seule. Mathilde s'approche de la fenêtre, tire le rideau de dentelle blanche. Elle le voit qui attelle Pêchard à la jardinière. Puis il monte. Hue ! Didi ! Avant de se fondre dans la nuit…

2 heures du matin. François Bonnet, un bouquet de fleurs à la main, arrive devant la grille close du cimetière. Pour y rentrer, il va devoir l'escalader. Ce n'est pas fait pour l'arrêter. François agrippe la ferraille d'une main, se hisse de l'autre vers le sommet, y prend appui d'un pied, se redresse. Le voilà debout, en équilibre. Une seconde après, il se reçoit sur les graviers de l'allée, juste entre deux tombes. Il fait très noir, mais il pourrait marcher jusqu'à la tombe d'Agnès les yeux fermés. Son petit bouquet à la main, il avance entre les croix, silhouette fantomatique zigzaguant entre les stèles et les anges de pierre, sans jamais trébucher. Enfin, il est devant la tombe d'Agnès. Il y dépose délicatement les fleurs.

Et il entame son monologue muet avec l'enfant qui dort, là, sous la terre…

VIII

Ce 28 septembre 1955, à l'aube, les gendarmes frappent à la porte de Gustave Amalric. Le vieillard ne dort pas. Voilà des années déjà qu'il se réveille au beau milieu de la nuit. Pour passer le temps et lutter contre l'insomnie, il fait d'interminables réussites dans la bibliothèque. Face à lui, le portrait de son arrière-grand-père, Célestin Amalric. Gustave ne l'a pas connu, bien sûr. Mais il sait qu'il lui ressemble. Même nez droit, même front large, mêmes yeux enfoncés sous des sourcils broussailleux, même chevelure noire et épaisse, même teint très mat. Même caractère bien trempé, aussi. Célestin Amalric était un homme d'autorité. Dans le pays, chacun s'accorde à dire que Gustave dirige d'une main de fer la manufacture de laine. Et l'on raconte aussi que, tel son arrière-grand-père, il n'a pas pris une seule journée de repos depuis qu'il est en âge de travailler… Levé tôt, couché tard, toujours à compter, à surveiller, à arpenter ses terres ou le plancher de son usine, Gustave a aussi trouvé le temps de faire de la politique. Avant-guerre, il a été élu maire de Saint-Laurent. S'il l'avait voulu, il aurait pu devenir député… Mais pour cela, il aurait fallu qu'il quitte le pays, qu'il monte à Paris. Or Gustave n'est pas homme à vivre loin du Tarn. Passé la barre de la Montagne noire, il lui semble que l'air est moins pur, moins vif, il se sent comme en terre inconnue. Même s'il est allé chercher femme à Toulouse…

1929. Gustave Amalric vient de demander la main d'Éléonore Dargout, fille de l'un de ses amis, pharmacien dans la Ville Rose. Éléonore a vingt ans tout juste. Elle sort de la pension dans laquelle elle a passé son adolescence. Gustave Amalric, qui ne l'a pourtant vue que deux fois, brièvement, est tombé amoureux de sa longue silhouette fine, de son teint très pâle, de ses yeux aux cils trop blonds. Bien sûr, c'est une fille de la ville. Et puis, il y a la différence d'âge : plus de trente-cinq ans les séparent ! Mais Gustave est bien décidé à se marier. Il veut un héritier. Et cet héritier, c'est Éléonore qui va le lui donner. Même si la jeune fille n'est pas d'accord, loin de là, pour l'épouser…

Quand elle apprend que son père a accordé sa main à Gustave, Éléonore s'enferme dans sa chambre pour pleurer. Avec ce mariage, ce sont tous ses rêves qui se brisent. Elle avait décidé de rentrer au couvent et de prononcer ses vœux. Ensuite, elle se serait satisfaite d'une vie de recluse, à adorer Dieu. Au lieu de quoi, la jeune fille va devenir la femme d'un quinquagénaire, qui lui semble de surcroît brutal et inculte. Alors elle pleure à chaudes larmes. Mais il ne lui vient pas à l'idée de refuser. Bien au contraire. Éléonore se plie à toutes les exigences qu'implique ce contrat, conclu par un autre qu'elle. Le jour de ses fiançailles, célébrées dans le grand appartement de ses parents, elle joue les jeunes filles heureuses. Un sourire de façade plaqué sur son visage menu, elle peint pour ses invités le tableau idyllique de sa vie future. Et s'efforce, autant que faire se peut, de cacher l'antipathie que lui inspire son époux. Gustave Amalric est-il dupe ? Sans doute pas. Mais en homme d'autorité habitué à voir les gens se soumettre à sa volonté, il estime qu'Éléonore fera comme tous ceux qui l'entourent. Au soir, alors que la fête se termine, Gustave Amalric entraîne sa promise sur la terrasse. Et là, loin des regards, il l'empoigne, lui ploie la nuque, tire son visage vers lui et lui vole un baiser vorace, brutal, qui la laisse au bord de la nausée…

C'est en décembre 1929 que sont célébrées en la cathédrale de Toulouse les épousailles d'Éléonore et de Gustave. La jeune fille, vêtue d'une robe de satin blanc, ses longs cheveux relevés en un chignon piqué de perles, remonte l'allée au bras de son père. Elle s'immobilise devant l'autel, tandis que résonnent les premières notes de la marche nuptiale. Puis, contrainte et forcée, elle dit oui à Gustave… Le soir venu, après le banquet, ils partent pour Saint-Laurent. Gustave Amalric ne conçoit pas de déflorer sa femme ailleurs que dans le lit qui l'a vu naître, et qui verra naître son propre fils…

Du dégoût. De la honte. Voilà ce que ressent Éléonore au matin de sa nuit de noces. Couchée sur le dos, dans une pièce inconnue, toutes lumières éteintes, elle a laissé Gustave la posséder. Sans bouger. Sans crier, malgré le mal qu'il lui faisait. Ensuite, il s'est tourné sur le côté et il s'est endormi. Elle a senti son corps qui s'affaissait, elle a entendu sa respiration devenir plus régulière avant de se transformer en un ronflement puissant qui l'a tenue éveillée jusqu'à l'aube…

Un mois plus tard tout juste, Éléonore comprend qu'elle est enceinte.

Le médecin qu'elle est allée consulter à Castres fronce les sourcils en l'examinant.

« Vous êtes étroite de hanches, madame Amalric. Il faudra sans doute vous délivrer par césarienne. Si l'enfant est gros, il ne passera pas… »

Loin d'en être inquiète, Éléonore s'en réjouit. Et se garde bien d'avertir Gustave. Car elle tient là sa vengeance. Et aussi le moyen de fuir à jamais ce mari qu'elle déteste de toutes les fibres de son être…

Août 1930. Dans la nuit, Éléonore est réveillée par de terribles douleurs au ventre. Elle n'en dit rien à son époux, qui dort encore à côté d'elle. Il partira travailler sans rien savoir. Maintenant, elle marche de long en large dans la chambre, tenaillée par la souffrance. Mais toujours muette. Quand les contractions se font trop fortes, Éléonore mord une vieille pièce de drap. Puis elle recommence à marcher… Ce silence, cette douleur supportée seule, cela fait partie de son plan. Éléonore a tout simplement décidé de se laisser mourir en couches pour fuir une existence qu'elle abhorre et se venger de l'homme qui l'a souillée.

« Éléonore ? Éléonore ? »

C'est le soir. Gustave, de retour à la maison, trouve sa femme à demi évanouie, gisant sur leur grand lit. Ses yeux sont clos. Son visage exsangue est celui d'une morte. Et sous son ventre énorme s'étale une large tache de sang…

Quand Éléonore Amalric arrive à la maternité de l'hôpital de Castres, elle respire encore faiblement. Mais il est trop tard pour la sauver. Quant au bébé, extrait par césarienne, il ne pousse son premier cri qu'après avoir été réanimé durant de longues minutes. C'est un garçon. Gustave le baptise Albert. Son héritier. Il l'élèvera seul, à son entière convenance…

Malheureusement pour lui, Albert n'a rien du fils robuste dont il rêvait. Bien au contraire, l'enfant, qui a la pâleur de sa mère, grandit mal. Malade tout au long de sa petite enfance, il attrape successivement la rougeole, la scarlatine, les oreillons et la varicelle, sans compter les otites et les angines. De surcroît, Albert est d'une timidité maladive. Pour l'endurcir, son père le met en pension à Toulouse. Il ne réussit qu'à faire de lui un malheureux qui se réfugie dans un monde de rêves et n'a pas la moindre ambition de gérer, un jour, les affaires de Gustave. Albert, ce qu'il veut, c'est entrer aux Beaux-Arts, pour devenir peintre. En attendant, il paresse dans sa chambre, esquissant quelques croquis, peignant des aquarelles aux délicats tons pastel, barbouillant de grandes toiles de gouache à la facture puissante…

Tel est le fils de Gustave Amalric, ce garçon âgé aujourd'hui de vingt-cinq ans, que viennent chercher les gendarmes.

« Albert ? Qu'est-ce que vous lui voulez, à Albert ? »

Le vieux Amalric, debout sur le seuil de sa porte, toise les militaires.

« Nous devons l'emmener, monsieur.

– L'emmener ? Mais où ?

– À Albi. Pour interrogatoire… »

Un silence. Gustave respire un peu plus fort. Ses pommettes ridées rosissent, imperceptiblement. Puis, faisant signe au gendarme de l'attendre, il monte à l'étage et entre sans frapper dans la chambre de son fils. Albert dort. Les bras en croix sur un demi-sourire éclairant son visage fin – un visage de fille, auréolé de longs cheveux blonds.

« Albert ! »

Gustave le secoue, fermement.

« Albert, les gendarmes veulent te voir… »

Le jeune homme ouvre les paupières, dévoilant un regard bleu abasourdi. Les gendarmes ? Mais qu'est-ce qu'ils lui veulent ?

« Habille-toi, Albert. Tu dois partir avec eux… »

*
* *

Une pièce nue, sans fenêtre, meublée seulement d'une table et de deux chaises. Une lumière crue qui frappe Albert droit dans les yeux. Une porte fermée à double tour, crevée d'un œilleton en sa partie haute. Depuis combien de temps est-il là, tout seul, à attendre il ne sait quoi au juste ? Lorsqu'il est arrivé à

Albi, après un voyage éprouvant, on l'a fait rentrer dans un grand bâtiment aux murs jaune sale. Il a traversé de longs couloirs, puis il a pénétré dans cette pièce minuscule. Là, on lui a demandé d'ôter sa montre, les lacets de ses chaussures et sa ceinture.

« Pourquoi ?

– On voudrait pas que tu te fasses du mal ou que tu te pendes ! »

Se faire du mal avec une montre ? Se pendre avec des lacets de chaussures ou une ceinture ? Albert a relevé les sourcils, l'air étonné. Mais il a quand même obéi. Il n'avait pas le choix. Depuis, il est terriblement mal à l'aise car son pantalon trop grand tombe sur ses cuisses chaque fois qu'il fait un pas. Et il n'a aucune idée du temps qui s'est écoulé. Est-il ici depuis un quart d'heure ? une demi-heure ? une heure ? Peut-être plus. Il a faim et soif. Autre chose le tourmente encore. Une impérieuse envie d'uriner… Albert hésite. Enfin il se décide à se lever et à taper contre le bois de la porte.

« Des toilettes ! Il me faut des toilettes ! »

Mais personne ne répond. Et il s'écoule encore un temps infini avant que la porte s'ouvre à toute volée…

Albert se lève. Face à lui, un homme grand et brun, au front dégarni, aux yeux très noirs.

« Suivez-moi. »

Le ton est sec, cassant. L'ordre sans appel. Trébuchant dans ses chaussures dénouées, retenant son pantalon d'une main, le jeune homme lui emboîte le pas. Sa vessie est sur le point d'exploser. Il en a la nausée. Mais il se tait. Il marche. Il rentre dans une autre pièce, tout aussi petite, pareillement meublée. Sur un ordre, il s'assoit.

« Nom. Prénom. Date et lieu de naissance. »

Le gendarme s'est installé face à lui. Il le fixe. Les mains à plat sur la table. Prêt à noter ses réponses sur la vieille machine à écrire à touches noires posée sur le bureau.

« Albert Amalric. Né le 25 août 1930, à Castres... »

L'homme se penche au-dessus du bureau.

« Alors, Albert. Raconte-moi comment tu as tué la petite Agnès... »

*

* *

« Arrestation d'un suspect. »

La phrase fait la une de *La Montagne noire*. En dessous, une vieille photo d'Albert, et cette légende : « Le fils d'un industriel, ancien maire de Saint-Laurent, suspecté de l'assassinat d'une fillette de cinq ans. »

Puis vient l'article :

Ce matin, à l'aube, des gendarmes toulousains sont venus chercher Albert Amalric et l'ont conduit dans les locaux de l'hôtel de police d'Albi, où le jeune garçon a été placé en garde à vue. À l'heure où nous mettons sous presse, il est impossible de savoir si, oui ou non, Albert Amalric a parlé. Mais de lourdes charges pèsent contre lui. En effet, le propre père de la petite victime, François Bonnet, aurait expliqué au juge chargé de l'instruction qu'Albert se serait livré sur la fillette à des attouchements… Toujours selon François Bonnet, le jeune homme aurait croisé l'enfant, le jour de sa disparition, et l'aurait emmenée avec lui. Agnès, avant de mourir, a-t-elle ou non été violentée ? Les policiers qui interrogent Albert l'apprendront peut-être au cours des heures qui viennent…

L'article est signé des initiales « J. G. » : Justin Gilles, qui « couvre » l'affaire. Justin est à Albi, avec les autres journalistes venus de toute la région, et même de Paris. Il campe avec eux derrière les portes de l'hôtel de police, guettant les allées et venues, hélant au passage un policier qui sort…

Mais de l'interrogatoire d'Albert, rien ne filtre. Et les heures passent. Et la nuit tombe. Sans que l'on sache si, oui ou non, le jeune homme est passé aux aveux…

30 septembre. 6 heures du matin. Les journalistes sont toujours là. Visages bleus de barbe, traits tirés par la fatigue, ils battent la semelle… Et tout d'un coup, voilà leur patience récompensée. Quelque chose se passe, là-bas, au fond du couloir. On entend des bruits de portes, des bruits de pas…

Des flashes. Une bousculade. Albert Amalric qui sort pour être conduit devant le juge ? Non…

« Ils vont perquisitionner ! »

Aussitôt, c'est la ruée. Comme tous ses confrères, Justin Gilles se lève, il saute dans sa vieille Panhard noire. Déjà les policiers, sortis par l'autre côté du bâtiment, démarrent en direction de Saint-Laurent. À l'arrière de leur véhicule, Justin, qui a des yeux perçants, reconnaît le crâne à demi chauve du juge Fontaine… Ainsi, ce que l'on raconte est vrai. Le magistrat instructeur, qui se tient informé minute par minute de l'avancement de la garde à vue, a décidé de superviser lui-même toutes les étapes de la procédure. Justin démarre et s'insère dans le long cortège qui suit les véhicules officiels…

Trois heures plus tard, alors que se dessine à l'horizon la grande bâtisse de Gustave Amalric, Justin comprend qu'ils ne pourront pas aller bien loin : le juge d'instruction a fait placer des barrières tout autour de la propriété. Les journalistes devront s'y arrêter. Et recommencer à attendre…

IX

« GUSTAVE Amalric ? »

Charles Fontaine tend sa main infirme au père d'Albert. Sans sourciller, le vieil homme s'en saisit et la serre. Il sait bien à qui il a affaire. Et il n'ignore pas la raison de sa venue. Le magistrat a décidé de perquisitionner chez lui pour tenter de trouver une preuve de la culpabilité de son fils. Gustave Amalric n'a pas l'intention de l'en empêcher – d'ailleurs, tout ancien maire qu'il est, il ne peut guère s'y opposer. Tandis que des policiers se déploient dans toute la maison, suivis par le juge, le vieux Gustave s'assoit, tout seul, dans la bibliothèque, juste en face du portrait de son aïeul. La tête dans les mains, il attend que les enquêteurs aient terminé de fouiller toutes les pièces.

La cuisine. Le salon. La bibliothèque. Le juge Fontaine laisse tout cela aux policiers qui l'accompagnent. Lui s'est réservé le plus intéressant – la chambre à coucher d'Albert. Contrairement aux enquêteurs, il ne met pas tout à sac. Il ne vide pas les tiroirs, ne sort pas les vêtements des armoires, n'éventre pas les matelas. Il se campe d'abord dans la pièce, mains croisées dans le dos, et regarde tranquillement autour de lui. Personne n'est entré ici depuis qu'Albert est détenu à l'hôtel de police d'Albi. Le lit est encore défait. Sur une chaise, le pyjama bleu ciel que le jeune homme portait la dernière nuit qu'il a passée chez lui. Aux murs, des aquarelles représentant de paisibles scènes de campagne. Charles Fontaine s'approche, cherche des yeux la signature. A. A. Albert Amalric. Ainsi, son jeune suspect est peintre ? Ses œuvres sont d'assez bonne facture. Sur le petit bureau, posées contre le mur, d'autres toiles, inachevées celles-là. Parmi elles, l'esquisse du visage d'une fillette très jeune, aux longs cheveux roux. Agnès, sans aucun doute…

*

* *

« Mais oui, je la connaissais, Agnès ! »

Albert pleure de fatigue, de faim, de soif. De désespoir. Voilà deux jours et une nuit qu'il répond aux mêmes questions. Mais ont-elles encore un sens pour lui ? À le regarder, méconnaissable tant il est épuisé, on en douterait. Pourtant, Albert n'avoue pas le crime qu'on lui reproche. Même si, pour l'y inciter, les policiers ont tout essayé. La gentillesse. Les promesses (« Si tu parles, le juge t'en saura gré ! Allez, parle ! »). Les menaces. Ils ont fait mine de le frapper. L'un d'eux lui a même flanqué une vraie gifle, qui a claqué fort, laissant cinq grosses marques rouges sur sa joue… Mais rien de tout cela n'a pu faire craquer le timide Albert. Bien au contraire. Plus le temps passe, plus les pressions se renforcent, plus il se bute. Têtu comme son père. Orgueilleux comme lui, aussi…

« Dis-nous que tu l'as tuée ! lui répète un policier pour la centième, pour la millième fois. Allez ! Soulage ta conscience !

– Mais puisque je vous dis que je n'y suis pour rien !

– Tu la connaissais bien, pourtant !

– Évidemment ! Ses parents habitent en bas de chez moi. Mon père leur loue la ferme ! »

Silence. Puis il crie, de toutes ses forces :

« Et puis d'abord, pourquoi est-ce que je l'aurais tuée, moi, Agnès ? Hein ? Pourquoi ?

– Sa mère t'a vu en train de la caresser !

– La caresser ? »

Albert ouvre la bouche. Sidéré.

« Mais pourquoi est-ce que j'irais caresser une petite fille de cinq ans ?

– Allez ! On le laisse réfléchir… »

Les policiers entourent Albert, le relèvent *manu militari*. Ils le font sortir et le jettent dans un réduit nu, au sol de ciment troué d'une tinette… La porte claque. Le voici de nouveau seul. Seul dans le froid qui commence à le gagner, seul dans le noir… Albert avance. Se heurte à une paillasse posée à même le sol. Il s'y laisse tomber, s'y recroqueville sur lui-même. Et il reste là, à demi endormi, secoué de tressaillements, ignorant du temps qui passe, ne sachant s'il dort ou s'il veille. Les deux jours qu'il vient de vivre lui reviennent en mémoire, par bribes, des éclairs brefs qui secouent son corps et font perler des larmes à ses yeux. Il revoit son père, rentrant dans sa chambre, un vieillard aux joues rosies par la colère. Où est-il, en ce moment, le vieux Gustave ? A-t-il tenté de venir à son secours, de le tirer de ce cauchemar ? Ou bien est-il lui aussi persuadé qu'il a assassiné Agnès ?

Agnès… Dans l'obscurité, Albert imagine le visage de l'enfant, il la revoit telle qu'elle était, dans le bois de noisetiers où ils se retrouvaient. Il la regardait, se demandant comment capturer avec ses pinceaux la rousseur de la chevelure, le moelleux de la joue, le velouté des cils. Il écoutait à peine ce qu'elle lui racontait. Il l'observait seulement, soucieux de mémoriser chaque trait de son visage pour, ensuite, les reproduire sur le papier… Oui, elle était belle, Agnès. D'une beauté pure, enfantine, et pourtant charnelle. Et parfois, dans le secret de son cœur, Albert sentait monter en lui l'envie de la prendre contre lui et de la serrer…

Un bruit de pas. Albert se redresse. Mais non, ce n'est pas pour lui. Pas encore. Il referme les yeux et finit par s'endormir vraiment, d'un sommeil lourd, sans rêve, d'où la lumière électrique le tire brutalement.

Un homme est devant lui. Un colosse aux cheveux gris, aux épaules larges, au teint rubicond. Sans connaître son identité, Albert devine confusément que la puissance de cet homme-là n'est pas seulement physique, mais qu'une force étrange l'habite – cette intuition, cette intelligence qui font les bons policiers…

Dans son innocence, le jeune suspect ne se trompe pas. L'homme qui lui fait face est effectivement ce que l'on appelle un « grand flic » – de la trempe des Leclerc ou des Borniche qui, en cette année 1955, défraient la chronique. Aimé Boyard est né près de Castres, dans une famille de paysans – mais son père a décidé qu'il ferait des études. Il voulait un fils instituteur. Aimé l'a comblé, bien au-delà de toutes ses espérances. Après avoir obtenu son brevet, puis son baccalauréat, il a passé sa licence en droit. Puis il est entré dans la police, où il a gravi tous les échelons avec une rapidité stupéfiante. À ce que l'on raconte en haut lieu, Aimé Boyard est à la fois un homme de terrain et un fin psychologue. Et il n'a pas son pareil pour savoir si un homme est coupable ou non des crimes dont on l'accuse…

C'est cet homme-là que le juge Fontaine a délégué pour la fin de l'interrogatoire. Si Albert n'a pas encore avoué, s'il n'a pas craqué après tout ce temps, un seul homme saura le faire parler : Aimé Boyard.

« Allez ! lance-t-il à Albert. Viens avec moi… »

Le ton est froid. Pourtant, il y a dans cette voix une sorte de courtoisie. Intrigué, Albert lève les yeux. Il se redresse. Puis tenant son pantalon à deux mains, trébuchant dans ses chaussures sans lacets, il suit Boyard jusqu'à son bureau. Là, il s'assoit avec soulagement dans le grand fauteuil de cuir que le policier lui désigne. Pour lui, l'endroit est un havre de paix et de confort. Ici, cela ne sent pas l'urine ni la sueur. Les lampes sont douces, elles ne blessent pas les yeux. Le sol est couvert d'un parquet qui fleure bon la cire. Des tableaux d'amateurs égaient les murs. Rasséréné, Albert se tourne vers son interlocuteur.

« Tu as faim ? »

Faim ? Albert fait signe que oui. À vrai dire, il n'a rien avalé depuis près de vingt-quatre heures.

« On va te faire apporter du pain et du jambon. Ça t'ira ?

– Oui. »

Surpris par le son de sa propre voix – rauque, cassée, méconnaissable –, Albert se racle la gorge. Puis, machinalement, il passe la main sur ses joues.

« Après, dit Boyard, tu iras te raser et te laver. D'accord ?

– D'accord. »

Le voilà mis en confiance. Presque reconnaissant. Le policier se penche. Il attrape sur son bureau une liasse de procès-verbaux rédigés lors des précédents interrogatoires.

« Alors, dit-il tout doucement, tu connaissais Agnès ?

– Oui, c'est vrai. Je la connaissais. »

Silence. Boyard sonne. Un gardien de la paix entre presque aussitôt.

« Apporte-nous du pain et du jambon, lui dit-il. Et un verre de vin… »

Puis, revenant à Albert :

« Tu la rencontrais souvent ?

– Assez, oui…

– Dans le petit bois de noisetiers, c'est ça ?

– Oui, c'est ça…

– Elle a expliqué à sa mère que tu lui faisais des bisous. »

Le visage d'Albert s'empourpre. Il baisse la tête.

« C'est vrai, reconnaît-il. Je l'ai embrassée une fois. Sur la joue.

– Pourquoi tu as fait ça ? Elle n'était pas de ta famille, Agnès !

– C'est vrai. Mais elle était belle… »

Une porte s'ouvre. C'est le planton qui revient avec la nourriture. Albert se jette sur le pain et sur le jambon, avale son verre de vin. Puis, se tournant vers Aimé Boyard :

« Merci, dit-il.

– Tu disais que tu trouvais la petite Agnès très belle ?

– Oui… »

Boyard sort du dossier des aquarelles, décrochées du mur de la chambre d'Albert, saisies par le juge Fontaine.

« C'est toi qui as fait ça ?

– Oui, c'est moi.

– De mémoire ?

– Oui…

– C'est bien rendu… »

Aimé Boyard se tait de nouveau. Puis, sur le ton de la confidence, comme on parle à un ami, il souffle :

« Qu'est-ce qui s'est passé, Albert, le jour où cette petite fille est morte ? Tu devrais me l'avouer.

– Je ne l'ai pas tuée, monsieur… »

Cette lueur dans les grands yeux bleus… Cet air sincère, ce ton franc… Aimé Boyard jauge son interlocuteur. Il a déjà vu des menteurs. Mais jamais aucun qui simulait si bien…

« D'ailleurs, je vais vous dire, continue Albert Amalric. Ce jour-là, j'étais avec mon père… »

« Il n'a pas avoué, monsieur le juge. »

Aimé Boyard vient d'entrer dans le bureau du juge Fontaine. Face au magistrat, tout juste revenu de chez Gustave Amalric, face au procureur, lui aussi présent, il marche de long en large. Perplexe. Il a longuement entendu le jeune Albert. Ensuite, après l'avoir mis en confiance, il l'a rendu à ses hommes. Et à tour de rôle, tous se sont de nouveau employés à le faire parler… Mais malgré toutes les pressions, malgré les coups, malgré la douceur dont certains ont fait preuve, Albert n'est pas revenu sur ses déclarations. Bien sûr, il est peut-être coupable – un coupable particulièrement retors et d'une rare obstination. Mais Boyard n'est pas de cet avis.

« S'il avait tué l'enfant, dit-il, il l'aurait avoué. Il n'est pas de taille à nous tenir tête si longtemps. Nous nous trompons de suspect… »

Charles Fontaine tapote rêveusement son bureau de sa main atrophiée.

« Pourtant, dit-il, François Bonnet est formel. Albert a entraîné sa fillette dans le petit bois pour la caresser…

– Monsieur le juge, objecte Boyard, si c'est vrai, c'est navrant. Mais cela ne fait pas forcément de lui un criminel. »

Silence.

« Albert prétend qu'il a passé la journée avec son père. Il faut que je l'entende. S'il confirme son alibi, nous ne pourrons pas l'inculper… »

*

* *

« Ils vont entendre le vieux Gustave ! »

La nouvelle s'est très vite répandue parmi les journalistes qui campent toujours dans les couloirs de l'hôtel de police d'Albi. Et elle fait l'effet d'une bombe. Gustave Amalric, on le sait, ce n'est pas n'importe qui. C'est un monsieur, un notable. Certains racontent même que, du temps qu'il était maire, il a été reçu par le ministre de la Justice en personne – un ami de son père. Si on juge utile de le convoquer comme un vulgaire malfaiteur, c'est qu'Albert doit être dans de sales draps…

Debout au milieu de ses confrères, Justin Gilles prend des notes. Il doit dicter son article dans moins d'une heure maintenant – à *La Montagne noire*, on attend son appel. Depuis le début de cette affaire, les ventes du journal ont triplé. Justin a – provisoirement – été déchargé de toutes ses autres tâches. Il en est content, bien sûr. Mais il doit bien se l'avouer : en rédigeant les premiers mots de la une du lendemain, c'est à Mathilde Bonnet qu'il pense. Il l'imagine, dans sa cuisine, les mains dans l'évier. Une belle femme aux fesses rondes, à la taille fine, au port de tête altier… Il écrit :

> *François et Mathilde Bonnet peuvent se réjouir : l'assassin de leur enfant sera sans doute bientôt emprisonné. De source sûre, on apprend en effet que la présentation d'Albert Amalric au juge Fontaine doit intervenir dans les prochaines heures. En attendant, son père, Gustave, sera entendu par les policiers, qui veulent lui demander quelques précisions sur l'emploi du temps du suspect le jour des faits…*

« Le voilà ! Justin, le voilà ! »

Justin relève la tête, lève son stylo. Là-bas, dans le couloir, le vieux Gustave avance. Très droit, la tête carrée rejetée en arrière, les épaules larges moulées dans une veste noire parfaitement coupée, il a fière allure. Mais de larges cernes sous ses yeux trahissent son tourment. Lui, d'ordinaire si jovial avec la presse, passe devant les journalistes sans desserrer les dents. Comme un flash éclate, il réprime même un geste d'agacement. Puis, toujours sans rien dire, il passe son chemin. Là-bas, au fond du couloir, Aimé Boyard l'attend…

Les voilà face à face. Le policier de haut vol et le hobereau de campagne. Ils sont assis dans la pièce où, tout à l'heure, Boyard a interrogé Albert. Comme son fils, le vieux Gustave regarde un à un les tableaux accrochés aux murs. Ce sont des huiles. De celles qui apaisent les yeux et l'âme. Confusément, il se demande ce qu'elles font là, dans cette pièce où Boyard a interrogé tant et tant de suspects. Il ne peut pas savoir que le policier a choisi avec minutie chacun de ces tableaux, comme il a soigneusement disposé les lampes pour créer une impression de douceur, d'intimité, contrastant singulièrement avec la froideur et l'inconfort de la cellule où l'on garde les prisonniers…

Un silence. Derrière son bureau, Boyard observe Gustave. Comme, tout à l'heure, il observait Albert. Il est frappé par les traits communs entre le père et le fils, que les gazetiers du matin accusent du « pire des crimes »… Mêmes pommettes hautes. Même menton volontaire. Mêmes sourcils épais

– blonds pour Albert, très noirs pour Gustave. Même entêtement, aussi, même façon inflexible de répondre oui ou non aux questions, d'une voix sèche – si sèche que l'on comprend d'emblée que ni le fils ni le père ne changeront d'avis…

Aimé Boyard sait bien que, face au vieux Gustave, il joue son va-tout. Le fils n'a pas avoué. Et si le père confirme ce qu'il lui a raconté, alors il faudra le remettre en liberté. Même si toute la presse annonce déjà son prochain jugement…

« Monsieur Amalric, demande le policier, debout, les mains posées sur la table, le buste en avant, dites-moi où se trouvait Albert le jour du meurtre de la petite Agnès Bonnet…

– Monsieur le commissaire… »

Gustave Amalric pose son regard sombre sur le policier. Dans ses yeux, Boyard retrouve l'étincelle de franchise qu'il a distinguée dans ceux de son fils.

« Si je pensais Albert coupable, poursuit Amalric, je vous jure que je serais le premier à demander sa tête. L'être qui a tué Agnès Bonnet ne mérite pas de vivre. »

Puis, le ton farouche se radoucit :

« Seulement, je suis bien placé pour savoir que mon garçon n'est pas le coupable. Le jour de la mort d'Agnès, Albert ne m'a pas quitté plus de dix minutes. »

Une nouvelle pause. Il termine – détachant soigneusement ses mots pour en souligner l'importance :

« C'était l'anniversaire de la mort de sa pauvre mère. Et le sien aussi – que nous n'avons jamais fêté… »

*
* *

Une journée vient de passer. Une de plus. Charles Fontaine doit à présent prendre sa décision. Devant lui, étalés sur son bureau, les procès-verbaux d'interrogatoires du jeune Albert. Juste à côté, les déclarations de son père. Elles concordent parfaitement. Jusque dans les moindres détails… Gustave a fourni un alibi à son fils. Charles Fontaine, bien sûr, pourrait passer outre. Mais, au fond, de quelles preuves dispose-t-il pour établir qu'Albert est l'assassin ? François Bonnet prétend qu'il s'en est pris à sa fille, dans le petit bois de noisetiers. Interrogée, Mathilde Bonnet a confirmé – mais du bout des lèvres. Étrange femme, qui refuse d'accabler un pervers ! Charles Fontaine hausse les sourcils. Étrange femme, vraiment, que cette mère qui ne semble pas pressée de voir emprisonner l'assassin de son enfant…

X

« ILS ONT RELÂCHÉ Albert ! »

La nouvelle laisse tout d'abord sans voix Justin Gilles, toujours à Albi, dans le couloir sombre de l'hôtel de police où il passe ses jours et ses nuits depuis plus d'une semaine. Assis sur une méchante chaise de plastique beige, son bloc dans une main, son stylo dans l'autre, il reste là sans réagir, tandis que ses confrères se précipitent vers la sortie dans l'espoir d'apercevoir le fils Amalric.

Plusieurs minutes passent. Justin ne bouge toujours pas. Oubliant tout le reste, il imagine le chagrin et le désarroi de Mathilde Bonnet. À l'heure où Albert rentrera chez lui, au moment où il passera devant les Deux Tilleuls, où sera-t-elle ? Verra-t-elle le retour triomphal de l'assassin présumé de sa petite fille ?

Là-bas, au fond du couloir, Justin entend des bruits de pas, des murmures, puis des voix qui s'élèvent.

« Le voilà ! »

Un bruit de porte. La lumière des flashes. Puis une cavalcade. Et des cris qui s'élèvent au milieu des piétinements et de la bousculade :

« Albert ! Albert ! Par ici ! Venez nous raconter ! »

Justin Gilles sait qu'il devrait se lever. Il sait qu'il devrait rejoindre les autres, écouter les explications d'Albert et rédiger ensuite son article. En un mot, il devrait faire ce travail qui, depuis plus de vingt ans, lui a tenu lieu de famille et de foyer. Mais, pour la première fois de sa carrière, Justin ne sent pas monter, du fond de son ventre, cette excitation, ce sentiment d'urgence qui le sortait en quelque sorte de lui-même. Et quand enfin il se met en mouvement, c'est pour rejoindre une autre sortie, donnant sur une petite place située à l'arrière du bâtiment. Albert Amalric vient d'être libéré. Mais lui, Justin, loin de chercher à le rencontrer, se met en route vers les Deux Tilleuls pour annoncer la nouvelle à Mathilde. La femme dont il a rêvé, la nuit dernière…

*

* *

Depuis sa mort tragique, Agnès n'a guère manqué à sa mère. Mathilde ne l'avait pas désirée.

Parfois, dans les jours de grande lucidité, elle se dit qu'elle ne l'a jamais aimée. Toute petite, Agnès ne lui inspirait qu'une vague répulsion. Elle s'occupait d'elle, bien sûr. Elle la nourrissait, la lavait, l'habillait. Mais elle n'y mettait pas plus de tendresse que lorsqu'elle s'occupait des bêtes. Lui gardait-elle confusément rancune d'avoir épaissi sa silhouette et barré son ventre de deux vergetures, signe indélébile qu'elle avait rejoint l'univers des femmes ? Probablement, Mathilde n'était pas faite pour être mère. Et en grandissant, son enfant n'a pas trouvé grâce à ses yeux… Tout, en Agnès, a toujours agacé Mathilde. Ses pleurs, la nuit. Son babil, le jour. Sa coquetterie innée, ses maladresses, et même ses mots d'enfant. Finalement, Mathilde a été soulagée de voir que son mari lui vouait une sorte de passion. Ainsi, elle pouvait rester à l'écart, vivre près d'elle comme aux côtés d'une étrangère. Aujourd'hui, pourtant, trois mois après le drame, Mathilde doit s'avouer, à sa plus grande surprise, que la petite lui manque. Elle a débarrassé sa chambre de ses vêtements et de ses jouets, mais chaque coin de la maison lui rappelle Agnès. Là, dans le recoin le plus chaud de la cuisine, elle l'a vue jouer pendant des heures avec une petite dînette en fer-blanc, que Catherine, sa grand-mère, lui avait offerte. Un peu plus loin, au coin de l'âtre, l'enfant a laissé une ardoise sur laquelle elle aimait dessiner avec des craies multicolores. Et là, sous la soupente, Mathilde a retrouvé la vieille poupée de chiffon avec laquelle Agnès aimait dormir… La vue de ce jouet lui a chaviré le cœur. Elle l'a saisi et porté à ses narines. Et c'est toute l'odeur d'Agnès, une odeur douce et suave à la fois qui lui est revenue… Alors, pour la première fois depuis la disparition de son enfant, les larmes ont perlé à ses yeux avant de jaillir, irrépressibles. Puis, comme si les larmes ne suffisaient pas, Mathilde s'est courbée en deux et, la poupée de chiffon toujours serrée contre son cœur, elle s'est mise à geindre, tout bas d'abord, puis de plus en plus haut, de plus en plus fort, jusqu'à laisser échapper une plainte sonore – semblable à celles que poussent certaines accouchées, au début d'un travail qu'elles pressentent long et difficile…

C'est à cet instant précis que Justin Gilles, tout juste revenu d'Albi, frappe à la porte des Deux Tilleuls. Il est midi et le soleil d'octobre brille au-dessus de la Montagne noire. Justin, debout dans la cour de la ferme, regarde autour de lui – s'attendant à tout, sauf à voir apparaître sur le seuil de la porte une femme au visage tordu de douleur…

« Madame Bonnet ? »

Mathilde le regarde. Puis, d'un coup, sans prévenir, elle bascule en avant. Justin la reçoit dans ses bras, une femme pantelante qui s'accroche à lui en martelant son dos de ses poings…

« Madame Bonnet, calmez-vous… »

Mais Mathilde ne se calme pas. Bien au contraire, ses sanglots redoublent. Et c'est pour la faire taire, pour calmer ses plaintes insupportables que Justin Gilles l'embrasse pour la première fois…

Ni l'un ni l'autre n'ont vraiment voulu ce baiser. Mais leurs bouches ne se dénouent pas. La douceur des lèvres de Mathilde enflamme Justin. À présent, le diable lui-même ne pourrait le séparer d'elle. Pour la première fois de sa vie, Justin Gilles est emporté par une passion totalement déraisonnable. Et Mathilde, elle, sent monter pour la première fois au fond de son ventre une chaleur jusque-là inconnue…

« Viens… »

Mathilde a dégagé sa bouche. Elle prend la main de Justin et l'attire vers l'étable. Là, dans ce long bâtiment au toit de chaume, ils pourront se dissimuler. Si d'aventure François revient des champs avant l'heure, ce qui est fort improbable, il ne les trouvera pas… Quelques pas encore… Ils entrent. L'odeur puissante des bêtes emplit leurs narines. Justin a un bref mouvement de recul, mais Mathilde le tire à nouveau vers le fond du bâtiment. Il la suit, s'allonge près d'elle sur la litière de paille. Et c'est là, dans le clair-obscur, qu'ils s'unissent. À l'instant où Justin la pénètre, Mathilde ne songe ni à l'enfant qui pourrait naître de leur union, ni à l'adultère qu'elle est en train de commettre. Elle oublie même le chagrin qui la tenaillait voilà quelques minutes, et cette poupée de chiffon qui gît à présent dans le foin, oubliée, tout près d'eux…

« Mathilde… »

Voilà. Pour la première fois, Justin l'appelle par son prénom. Mathilde, ravie, lève les yeux vers lui…

« Mathilde, je suis venu te dire quelque chose… »

Un battement de cils. La jeune femme se redresse, tout à coup attentive. Pourquoi Justin a-t-il l'air si grave ? Va-t-il lui annoncer qu'il regrette déjà ? Va-t-il s'excuser, va-t-il renier les mots d'amour qu'il lui a murmurés au creux de l'oreille ? Non. C'est bien autre chose que Justin veut lui dire.

« Je ne sais pas comment tu vas le prendre, murmure-t-il. Mais il faut que tu le saches. Le juge Fontaine a décidé de relâcher Albert… »

Mathilde ferme les yeux. Justin, lui, frémit. Va-t-elle recommencer à pleurer, comme tout à l'heure, quand il est arrivé aux Deux Tilleuls ? Mais non. Ses lèvres s'étirent. Et Justin, ébahi, la regarde sourire…

« C'est bien », dit Mathilde.

Puis, comme on se confesse, comme on se libère d'un immense secret, la jeune femme raconte tout à son amant – puisque Justin est devenu son amant… Elle lui explique comment, depuis qu'elle est toute petite, elle rêve d'aller vivre à la ville, à Toulouse, qu'elle n'a encore jamais vue.

« À l'école déjà, dit Mathilde, je dessinais ses rues. J'imaginais les robes des femmes. Je les voyais monter dans des voitures, entrer dans de grands magasins pleins de marchandises. De la soie, des taffetas, des chaussures en cuir… Dans mes rêves, j'étais habillée comme elles, je portais mes cheveux relevés en chignon, et j'avais des bas… »

Mathilde se tait.

« Quand j'ai rencontré François, dit-elle encore d'une voix tout à coup plus amère, il m'a promis que nous irions vivre là-bas. Et moi, comme une idiote, je l'ai cru ! »

Elle se redresse. Ce ne sont plus les larmes qui font briller ses yeux, mais la colère. Toute cette rage qu'elle a gardée en elle durant des années passées à trimer sur une terre qu'elle déteste…

« Mais avant même de m'avoir épousée, il avait loué cette ferme ! Après nos noces, il ne m'a plus jamais parlé de Toulouse. Seulement des semailles, des moissons, de la terre et de ses chevaux ! Mais moi, Justin… »

Justin cille. C'est la première fois qu'elle l'appelle par son prénom. Et c'est peut-être encore plus intime, encore plus bouleversant que leur étreinte…

« Mais moi, je voulais aller vivre à Toulouse, continue Mathilde qui, toute à ses aveux, ne s'est pas aperçue de son trouble. Alors, un jour, quand j'ai surpris Agnès et Albert dans le petit bois de noisetiers, ça m'a donné une idée… »

Et Mathilde raconte à Justin Gilles comment elle a menti à François – mais aussi au juge…

*
* *

18 heures. Il fait déjà presque nuit. François Bonnet vient de rentrer chez lui. Il a passé la journée à travailler sa terre, à la retourner comme si elle était une ennemie à maltraiter. À casser son dos, à s'arracher la peau des mains, il parvient à juguler la douleur qui lui transperce la poitrine. Puis, peu à peu, il l'oublie, ne pensant plus qu'à tirer le meilleur de ce sol dans lequel il enfonce bien fort ses deux jambes… Mais le soir, peu à peu, la douleur revient. Lorsqu'il arrive aux Deux Tilleuls, elle est à son paroxysme. Voilà trois mois encore, Agnès l'attendait, à l'orée de l'allée ; quand il débouchait dans la cour, elle se

précipitait vers lui, se jetait à son cou… Chaque fois, François espère confusément qu'elle sera de nouveau là et que tout ce qui s'est passé, depuis trois mois, n'a été qu'un cauchemar. Mais chaque fois, aucune fillette ne court vers lui. À la seule vue de la cour déserte, sur laquelle les tilleuls étendent leurs branches presque nues, François sent un fer rouge lui remuer la poitrine, si fort qu'il a du mal à respirer… La mort d'Agnès… Cet étau qui enserre son buste… Un cercle de fer impossible à briser…

« François ? »

Mathilde est là, debout, au seuil de leur maison. Elle s'est lavé les cheveux, ils terminent de sécher, nappe brune et soyeuse qui lui descend jusqu'aux reins. En la regardant, François croit revoir la jeune fille qu'il a épousée, celle qu'il embrassait dans les ruines de la vieille église. Mais Mathilde s'approche. Et dans ses yeux sombres, il ne voit plus la lueur qui brillait en ce temps-là, seulement de la crainte – et une sorte de résignation passive.

« François, il faut que je te parle… »

Mathilde a prononcé la phrase de son ton grave des grands jours. Mais François ne pense qu'à l'absence d'Agnès. Il songe à la tombe dans laquelle elle repose, aussi froide, aussi nue que la poupée enterrée à ses côtés. Il faut que Mathilde le prenne par la main – la dernière fois qu'elle a fait ce geste, mon Dieu ! c'était au cimetière –, il faut qu'elle le tire à l'intérieur de la ferme, il faut qu'elle le fasse asseoir pour qu'enfin il se demande vaguement ce qu'elle a de si important à lui annoncer…

« François, ils ont relâché Albert…

– Relâché Albert ? »

Il ne comprend d'abord pas le sens de ces mots. Puis, lentement, les mots pénètrent dans son esprit, y prennent forme. Avant d'y faire naître l'incrédulité – et une rage meurtrière…

« Je vais le tuer ! »

François Bonnet est debout. Les yeux fous. Mathilde, éperdue, s'accroche à lui, s'arc-boute pour l'empêcher d'avancer. Entre eux commence une lutte féroce, sauvage.

« Lâche-moi, Mathilde ! Lâche-moi, j'te dis ! »

François ne comprend pas pourquoi sa femme le retient. Est-ce qu'elle ne veut pas, elle aussi, qu'il aille se faire justice ? Est-ce qu'elle ne veut pas qu'il venge le sang d'Agnès ? Pourquoi le serre-t-elle ainsi ? Pourquoi le gifle-t-elle ? Pourquoi lui hurle-t-elle qu'Albert est innocent ? Elle l'a vu, qui caressait Agnès ! C'est elle qui le lui a dit !

« Monsieur Bonnet ? »

Un silence. La lutte de François et de Mathilde cesse d'un coup. La jeune femme baisse les bras. Puis, d'un geste machinal, elle relève ses cheveux. Ici, dans ce coin retiré du Tarn, les femmes préfèrent qu'on les voie nues plutôt que les cheveux détachés… Quant à François, il se fige. Face à eux, sur le seuil de leur porte, se tient le vieux Gustave Amalric. Le propriétaire de leur ferme. L'homme à qui ils donnent chaque année, à titre de loyer, une somme d'argent colossale. Un « monsieur » qui a tout pouvoir sur eux. Mais surtout, le père d'Albert… La dernière fois que les Bonnet l'ont vu, Gustave allait en jardinière à l'église. Un hobereau salué de toutes parts avec un rien de bassesse, et qui porte costume et cravate même les jours de semaine. Aujourd'hui encore, aux Deux Tilleuls, il est fort bien vêtu. Mais en quelques jours, il a vieilli de dix ans. Lui, naguère si droit, courbe le dos, baisse la tête. De gros cernes noirs soulignent ses yeux. Surtout, il a changé d'air. Les Bonnet l'ont connu hautain et sûr de lui. Aujourd'hui, il a perdu son assurance. Et c'est d'un ton presque doux qu'il s'adresse à eux.

« Mon fils a été relâché », dit-il.

François se redresse. Ses lèvres frémissent. Il serre les poings.

« Ce n'est pas lui qui a tué votre petite, dit encore Gustave. Il n'a pas pu le faire. Que vous le croyiez ou pas, il a passé la journée avec moi. »

François se tait toujours. Mais Mathilde sait qu'il est au bord d'exploser une nouvelle fois. D'instinct, elle s'avance, se place devant son mari.

« Nous vous avons entendu », dit-elle au vieux Gustave.

Puis, plus bas :

« Partez, maintenant. Je parlerai à François… »

XI

Ce matin, Charles Fontaine est arrivé à son bureau plus tôt que d'habitude. Il a besoin de réfléchir. Et nul moment de la journée n'est aussi propice que l'aube, quand tout est calme encore, quand tout est désert. Il aime parcourir le vieux palais de Justice d'Albi d'un pas lent, monter l'escalier marche après marche, jusque devant le couloir réservé aux juges d'instruction, avant de rentrer dans la petite pièce qui lui tient lieu de foyer et de s'asseoir à sa table de travail. Il allume alors la lampe posée à sa droite, même en plein été. Il ouvre le dossier en cours et y pénètre avec lenteur, avec respect, comme on pénètre dans la nef d'une cathédrale…

Ce matin, lendemain de la libération d'Albert Amalric, qui fait la une de *La Montagne noire*, mais aussi des quotidiens nationaux, Charles Fontaine est bien sûr plongé dans le dossier de l'assassinat d'Agnès Bonnet. Tout le reste devra attendre – même le renouvellement des mandats de dépôt, même l'interrogatoire de ce jeune gangster arrêté en flagrant délit dans une épicerie toulousaine. Charles Fontaine le recevra plus tard. Pour le moment, il relit pour la centième fois les procès-verbaux rédigés par les gendarmes chargés de l'affaire Bonnet…

Sur le plan matériel, il n'y a que très peu d'éléments. C'est un pompier qui a découvert le cadavre de la fillette, alors que le feu était déjà quasiment éteint. L'enfant se trouvait tout au fond de l'usine de laine, dans un recoin isolé du reste du bâtiment par un petit muret de pierres. Jadis, quand l'usine était en activité, c'est à cet endroit que l'on entassait les ballots. Au moment où le feu a éclaté, il était vide. N'y restait qu'une sorte d'estrade sous laquelle se trouvaient les restes d'Agnès. Le bois ne s'est pas consumé entièrement, protégeant partiellement son corps. L'enfant a sans doute été asphyxiée par la fumée se dégageant du brasier. Elle s'est endormie sans douleur – sinon sans peur… Quand le pompier s'est penché pour ramener son corps, il s'est rendu compte, effaré, qu'Agnès avait les poignets et les chevilles étroitement liés par une corde de chanvre. Mais son assassin, quel qu'il soit, lui a laissé sa poupée – une Bécassine, dont il ne restait plus que le visage calciné et un petit grelot… À l'autopsie, le médecin légiste n'a pas pu déterminer si la petite fille a subi des sévices sexuels. Pour le juge Fontaine, qui relit le dossier en fronçant les sourcils, ce point est délicat. Cela laisse toutes les pistes ouvertes. Toutes, y compris celle d'une vengeance. L'acte d'un proche qui se serait emparé de l'enfant avec d'autant plus de facilité qu'elle le connaissait bien…

En temps normal, et dans un si petit village, il ne faut pas longtemps pour identifier et arrêter le coupable. À Saint-Laurent, la vie est réglée comme l'horloge du clocher. Chacun sait à quelle heure son voisin sort de chez lui, à quelle heure il y rentre et ce qu'il a fait entre-temps. Dans ces conditions, enlever Agnès et l'emmener jusqu'à l'usine de laine était difficile, pour ne pas dire périlleux. Entre l'endroit où sa mère l'a laissée et le bâtiment où elle a trouvé la mort, vingt personnes au moins pouvaient la voir marcher aux côtés de son assassin. Mais voilà : le jour du drame, c'était la fête au village. Et les habitudes de chacun s'en trouvaient bouleversées…

Le juge Fontaine relève la tête. Dehors, le ciel rosit. Il va faire beau et froid. Qu'importe ! Il ne sortira pas de son bureau aujourd'hui. Pas même pour manger, puisque, comme à son habitude, il va se faire apporter un repas… La lumière douce de la lampe dessine un rond sur le procès-verbal que Charles Fontaine tient de sa main mutilée. Sans parvenir à éclairer le mystère de ce dossier…

> *Dès le lendemain du drame,* a écrit le commandant de gendarmerie qui a rédigé ces lignes, *nous avons tenté de dresser l'emploi du temps de tous les villageois de Saint-Laurent. La tâche s'est révélée pratiquement impossible, tant, le jour de la fête, les allées et venues ont été nombreuses et confuses…*

Charles Fontaine attrape une plume. Il note : « Emplois du temps. » Puis il recommence à lire.

> *Notre attention a pourtant été attirée par les agissements d'un certain Jacques Didier, repris de justice notoire, bien connu de nos services…*

*

* *

1936. Paris vit au rythme du Front populaire et de la guerre d'Espagne. Mais ici, à Saint-Laurent, ces événements ne suscitent aucun écho. Le village ne bruit que d'une seule rumeur : ce matin, les gendarmes sont venus chez les Doutry… C'est Jacques, le fils, qu'ils cherchaient. Mais personne ne sait exactement ce que la maréchaussée lui veut. Dans le pays, cependant, le garçon a mauvaise réputation…

Il n'a que vingt ans, mais il a déjà fait parler de lui. Pas en bien. À se demander de qui il tient son tempérament frondeur, buté, et cette insolence qui le rendent tellement antipathique… Petit, Jacques essuyait chaque jour la fureur de l'instituteur. Il restait parfois plus d'une heure à genoux sur une règle de fer. En ce temps-là, les enseignants n'étaient pas toujours tendres avec leurs élèves. Jamais il n'a accepté d'apprendre quoi que ce soit. Les punitions, cependant, glissaient sur lui comme l'eau sur les plumes d'un canard. Très tôt – il n'avait pas dix ans –, il s'est mis à faire l'école buissonnière. Son royaume, désormais, c'étaient les champs et les bois, mais aussi les cours de ferme où il allait chiper des œufs, quand il n'entrait pas dérober les piécettes oubliées sur la table ou le buffet par les maîtres des lieux. Là encore, ni les coups, ni les réprimandes ne parvenaient à le corriger. Et l'on raconte encore à Saint-Laurent que sa mère en est morte de chagrin…

C'est peu de temps après ce décès que Jacques a quitté le village. Il n'avait pas tout à fait quinze ans et n'emportait avec lui que quelques vêtements. Comment gagna-t-il Toulouse, puis Paris ? Cela, il ne l'a jamais raconté à personne. À peine arrivé dans la capitale, il a donné toute la mesure de ses talents, et il est très vite devenu un voyou réputé pour sa ruse et sa cruauté…

1936. Les gendarmes et le maire frappent à la porte du père Doutry. Ils cherchent Jacques. Voilà huit jours, le jeune homme a grièvement blessé un souteneur qui lui avait « manqué », comme on dit dans le milieu. Un mandat d'arrêt a été délivré contre lui. À tout hasard, les autorités vérifient s'il ne se serait pas réfugié à Saint-Laurent… Mais Jacques n'est pas chez son père. Il sera pris plus tard, une arme à la main, en train de dévaliser une banque…

> *Pendant vingt ans,* écrit le commandant de gendarmerie, *le vieil Auguste a affirmé à tous ses voisins et amis que son fils Jacques s'était engagé dans la Légion étrangère et participait aux glorieuses campagnes d'outre-mer…*

Mais Jacques n'est ni en Afrique, ni en Asie. Jugé par la cour d'assises de la Seine, condamné à dix-huit années de réclusion criminelle, il effectue sa peine dans les plus dures des centrales françaises. Clairvaux, l'ancienne abbaye. Fontevrault. Mende… Il y vit reclus vingt-trois heures sur vingt-quatre dans des cellules glaciales l'hiver et étouffantes l'été. Il y connaît les promenades silencieuses au cours desquelles les détenus encagoulés, vêtus de droguet et chaussés de sabots, tournent inlassablement les uns derrière les autres. Jacques la tête brûlée est de toutes les révoltes, de toutes les rébellions. Rien ne peut le soumettre. Rien ne réussit à l'abattre.

Quand un soir de 1948, deux ans tout juste avant sa libération, un gardien vient lui annoncer que son père est mort tout seul, dans sa petite maison de Saint-Laurent, et qu'il n'aura pas l'autorisation d'assister à son enterrement, Jacques Didier craque. Pour la première fois, il s'accroupit, visage entre les mains, et se met à pleurer en silence…

> *Revenu en 1950 à Saint-Laurent,* explique le procès-verbal, *Jacques Didier a repris l'épicerie de son père. À notre connaissance, il n'a pas récidivé. Mais le jour du drame, il a fermé son épicerie bien plus tôt qu'il n'aurait dû. En outre, s'il a été aperçu à la fête, discutant avec l'instituteur, l'entretien n'a pas duré plus d'un quart d'heure. Ensuite, Didier s'est éclipsé. Il semble que personne ne l'ait revu…*

La piste est séduisante, mais elle ne convainc pas le vieux routier de la justice qu'est le juge Fontaine. Pourquoi Jacques Didier, ancien braqueur, ancien « beau mec », comme on appelle les voyous, s'en serait-il pris à une petite fille ? Didier n'a rien d'un pervers sexuel. Et les gendarmes l'ont soigneusement vérifié : il n'a aucune raison d'en vouloir aux Bonnet… Le juge note : « Vérifier soirée Didier. À interroger la semaine prochaine. »

Puis il passe à un autre procès-verbal, examine la deuxième piste que lui ont suggérée les gendarmes, celle de la vengeance de paysans voisins des Deux Tilleuls, qui auraient exécuté Agnès pour assouvir une vieille haine…

L'affaire remonte à deux ans maintenant. Les mois de juillet et d'août ont été fort secs et les moissons ont souffert. À Saint-Laurent et dans ses environs, chaque goutte d'eau est devenue si précieuse qu'on évite même de se laver. L'eau est réservée à la boisson des hommes et des bêtes, et aux champs, dans lesquels les épis s'assèchent sur pieds. Chez les Bonnet, pourtant, elle coule encore. La propriété dispose en effet d'une source vive si abondante que la canicule de cet été n'a pas suffi à la tarir… Le Rec du Fau n'a pas un gros débit, mais il est le plus fidèle de tous les ruisseaux de la région. Jamais il n'a failli. Depuis des générations, on se passe le mot et la consigne : celui-là, il faut le bichonner. Lors des sécheresses les plus dures, celles qui font jaunir les feuilles en plein été, il donne encore. L'eau vient du Rialet, passe le Vintrou, le Marièche, le Banquet, puis s'engouffre sous terre. Pas d'arbres, de rochers, de ronces, de mousse pour la ralentir et la freiner. Le Rec du Fau n'est pas un ruisseau de lumière, et le soleil n'a pas d'emprise. Quand il jaillit en haut des Deux Tilleuls, l'eau coule à même le sol puis retrouve son lit et dévale à l'ombre des chênes et des châtaigniers, jusqu'à la ferme. Une eau fraîche, froide, saine et abondante. C'est en passant le pont du Bois de la Bergerie qu'il lui prend le goût de bifurquer et de se diviser. Le ruisselet qui s'échappe plonge vers le val de Sagnes, où habitent les frères Gérard et Gilbert Faye. Cette fourche naturelle s'est dessinée au fil des siècles. Elle est à l'origine des déchirements incessants entre les deux fermes. Les frères Faye font valoir que la nature choisit son tracé et que l'homme doit s'y plier. Amalric, le propriétaire, affirme quant à lui que l'eau lui appartient, puisqu'elle jaillit sur ses terres.

Lorsque la sécheresse étrangle la terre, il suffit alors aux frères Faye d'aller à la fourche du Rec et de monter un petit barrage de pierre et de terre pour que l'eau leur revienne. Ah ! si le ruisseau charriait des mots comme les pierres de son torrent, il dirait : « Hommes pressés, nuit noire, pioches, pelles, fusils. »

Les Faye ne reculent devant rien. Ils sont durs, violents, irascibles. François se sent bien seul quand il doit aller, le matin, dérouter le barrage et détourner le cours à son avantage. Il a déjà prévenu les gendarmes, mais sans résultat. « Il faut les prendre en flagrant délit, lui ont-ils dit. Et encore, vous n'êtes pas certain d'avoir gain de cause devant un tribunal. » Alors, la guerre de l'eau fait rage, sournoise, larvée, jamais déclarée. Chaque année plus violente. Les frères Faye l'ont dit à François : « Si tu ne nous laisses pas tranquilles, on mettra le feu à tes bois. Ici, en plein mois d'août, une allumette suffit… »

L'assassinat d'Agnès est-il lié à la haine qui oppose les Faye aux Bonnet ? Le juge Fontaine n'en est pas convaincu. Tuer une enfant ne ressemble pas à une vengeance paysanne. Si Gérard et Gilbert avaient voulu nuire à François, ils s'en seraient pris à sa récolte, à ses outils, à ses chevaux. Ils auraient mis le feu à ses bois, comme ils le lui avaient promis. Ils n'auraient pas assassiné une innocente gamine…

« Interroger les Faye », note pourtant le magistrat. Puis il se saisit d'un troisième procès-verbal. Celui dont il connaît par cœur presque tous les termes. Celui qui raconte l'histoire terrible de Marie, l'épouse de Jean Bru, le directeur de la coopérative…

*

* *

Marie est née voilà trente-cinq ans, à Escoussens, petit village médiéval situé au pied de la Montagne noire, à quelques kilomètres de Dourgne. Marie est la fille unique et ardemment désirée d'un avocat inscrit au barreau d'Albi et de son épouse, fille de notaire. Elle grandit dans une vieille maison en pierre, garnie de meubles anciens, aux murs ornés de tapisseries et de tableaux de maître.

Très jeune, Marie semble comprendre l'étendue de son bonheur. C'est en apparence une fillette sage, bonne écolière, même si elle ne se mêle pas aux autres élèves, et qui voue à ses parents un amour sans faille. Mais derrière cette façade lisse se cache en réalité une âme en proie à d'affreuses angoisses. Marie a peur de tout. De ce long couloir qu'elle doit emprunter, la nuit, pour se rendre aux toilettes. De la pénombre qui, les soirs d'hiver, envahit la cuisine dès 17 heures, malgré la douce lueur des lampes. Des araignées, qui lui inspirent de la terreur. Ni son père ni sa mère ne se rendent compte que Marie n'est pas seulement une fillette craintive, mais qu'elle sombre peu à peu dans une psychose qui lui fait voir le danger partout… Pour conjurer le sort, Marie s'invente des rituels. Un jour, elle rase les murs – s'écarter d'eux, ne serait-ce que de cinq ou dix centimètres, serait la cause d'un terrible malheur. Une autre fois, en allant à l'école, la petite fille frôle le tronc de tous les arbres qu'elle croise – si elle omet d'en toucher un seul, son père mourra dans d'effroyables souffrances, elle en est persuadée. Elle veille aussi à répéter les mêmes gestes aux mêmes heures – sinon, c'est sa mère qui périra... Et pourtant, aux yeux des siens, Marie est une enfant adorable – qui devient, en grandissant, une adolescente exemplaire... Mais elle souffre de troubles obsessionnels compulsifs.

1932. Marie vient tout juste de célébrer ses douze ans. En ce 29 novembre, elle s'apprête, comme tous les autres habitants d'Escoussens, à fêter la Saint-Sernin. Dans le village bâti sur une colline et dominé par la masse de son château, on se rassemble, on se dirige vers la salle des fêtes. Là, au milieu des flonflons de l'orchestre, un jeune homme – choisi auparavant, bien sûr – tombe dans la foule, faisant le mort. Autour de lui, on crie, on pleure, on gémit – on court chercher un faux moine qui lui donne l'extrême-onction, avant de laisser deux infirmiers le poser sur un brancard que l'on promène dans les rues du village. Puis, quand le faux mort en a fait le tour, on le pose, et l'on glisse entre ses lèvres un bon verre d'eau-de-vie. Et le voilà qui ressuscite, à la grande joie des badauds...

Marie a ri avec les autres. Mais personne n'a remarqué comme elle a pâli quand le faux mort a poussé un grand cri et est tombé sur le sol en se tenant la poitrine. Personne n'a vu, non plus, l'étrange sourire qui tendait le visage de la petite fille au moment où le gisant s'est redressé…

19 heures. Marie sort d'Escoussens, un petit garçon à la main. L'enfant, qui s'appelle Jérôme, est âgé de quatre ans. C'est le plus jeune de ses cousins – un bambin dont on lui confie volontiers la garde et avec lequel elle aime jouer. Qui, dans ces conditions, empêcherait la fillette de l'emmener avec elle se promener dans la campagne ? Qui se douterait de ce qu'elle a à l'esprit au moment où, confiant, le petit garçon pose sa main dans la sienne et lui emboîte le pas ?

C'est trois heures plus tard, alors que la nuit est déjà tombée, qu'un paysan qui rentre chez lui découvre le corps de Jérôme, étendu au bord d'un petit chemin caillouteux. L'enfant, grossièrement ligoté et bâillonné avec un vieux bout de drap, porte sur le visage et les bras de minuscules coupures – que Marie, on l'apprendra plus tard, lui a faites avec son canif. Ensuite, elle a tenté de l'étrangler à mains nues, mais, devant sa résistance, elle lui a finalement fait grâce…

Bien sûr, les gendarmes saisis de l'affaire mènent l'enquête. Mais lorsqu'ils découvrent la coupable, les poursuites sont immédiatement abandonnées. Marie, à douze ans, n'est pas responsable pénalement. Le psychiatre qui l'examine conclut au déséquilibre mental. Marie souffre selon lui d'une grave dépression mélancolique. Elle sera internée dans un ancien couvent, où des religieuses spécialisées dans les cas difficiles prendront soin d'elle, jusqu'à ses dix-huit ans… C'est à cet âge qu'au terme d'une nouvelle visite, la jeune fille est déclarée sinon guérie, du moins apte à retrouver une vie normale. Bien sûr, il n'est pas question de la ramener à Escoussens. Sa tante, qui habite le village, ne le supporterait pas. Les parents de Marie prennent donc la décision de placer l'adolescente chez sa grand-mère, qui réside à Mazamet. C'est dans cette ville, au cours d'une soirée passée chez des amis, qu'elle fera la connaissance de son futur mari, Jean Bru…

*

* *

Le juge Fontaine, assis à son bureau, poursuit sa lecture, prenant de temps en temps quelques notes. On entend les premiers bruits de la journée, bruits ordinaires des couloirs d'instruction, claquements de portes, ordres secs donnés par les gardes. Dans un instant, le greffier sera là. Mais Charles

Fontaine est trop absorbé par ses pensées pour prêter attention à ces détails…

> *Mariée à vingt ans,* explique le procès-verbal, *Marie a successivement mis au monde deux petits garçons. Pendant près de dix ans, son état mental s'est stabilisé, et elle s'est montrée pour eux la meilleure des mères. Mais l'année dernière, les deux enfants ont eu un terrible accident de voiture. Le cadet, Philippe, a été tué sur le coup. L'aîné, Daniel, âgé de huit ans seulement, a agonisé pendant des semaines…*

Un recoin d'hôpital, isolé du reste de la pièce par un simple rideau de tissu blanc. Là, dans l'ombre, un lit sur lequel gît un enfant. Son visage rond est tordu de douleur. De grosses larmes coulent de ses joues. Il gémit – une plainte sourde, bouleversante, continue. Ses deux bras sont entourés de gros pansements tout juste renouvelés, que traverse déjà une substance sombre. Et une odeur douceâtre, un peu sure – l'odeur de la gangrène qui ronge le petit –, saisit tous ceux qui approchent… Cette odeur, pourtant, Marie ne la sent pas. Elle ne sent plus rien depuis longtemps, d'ailleurs, repliée qu'elle est sur son propre chagrin. D'une main, elle tient la main du petit mourant. De l'autre, elle égrène un rosaire. Et ses lèvres remuent silencieusement, formant inlassablement les mots de *l'Ave Maria* : « Je vous salue Marie pleine de grâce, le Seigneur est avec vous… » Elle prie, Marie, elle prie la Vierge dont elle porte le prénom. Elle la supplie de ne pas rappeler à elle l'enfant qui lui reste. Elle se promet, si la Vierge l'exauce, d'aller en pèlerinage, tous les ans, jusqu'à la grotte de Lourdes. Elle persuadera son époux de remettre toute leur fortune aux bonnes œuvres. Que pourrait-elle donner d'autre, cette femme cassée, brisée, qui n'a plus de larmes tant elle a pleuré ? Sa propre vie ? Elle la donnerait, bien sûr, si elle le pouvait.

« Prenez-moi, Vierge Marie, souffle la malheureuse en caressant la main de son petit garçon. Prenez-moi à sa place, il est si jeune encore, il ne doit pas partir… »

Mais les prières de Marie ne seront pas exaucées. Trois semaines plus tard, Daniel s'éteint. À peine est-il mort que sa mère sombre dans une nouvelle crise de mélancolie…

> *À ce que l'on raconte à Saint-Laurent,* explique le gendarme, *Marie Bru vit recluse chez elle. Les rares fois où elle est sortie,*

accompagnée de son époux, elle n'a pu voir un enfant sans proférer des menaces…

Le juge Fontaine pose sa feuille. Il n'a pas besoin de lire la suite. Il la connaît déjà par cœur.

À l'heure du crime, Mme Bru n'a aucun alibi. Elle se trouvait seule dans sa maison située à quelques dizaines de mètres seulement du champ près duquel Mathilde Bonnet a laissé la petite. Compte tenu de ses antécédents, il faudrait l'interroger plus avant…

XII

OCTOBRE EST DÉJÀ BIEN AVANCÉ. C'est le « nouveau printemps » qui s'achève. Il commence en septembre, quand la végétation reprend et que les prairies reverdissent. Cette année, même les tomates ont donné. Les rosiers sauvages qui soutiennent le talus de la grange ont refleuri, ultime sursaut de la belle saison. Pourtant, les merisiers sonnent le glas de l'été. Ils jaunissent en chœur, peu avant les châtaigniers et les chênes. Le frêne, lui, est encore bien vert. Les lapins se régalent quand on leur en coupe quelques branches qu'ils vont dévorer à la faveur de la nuit. L'été a été sec. Les hortensias du lavoir en témoignent, dont les boules fanées ont perdu leur couleur… Un bleu délavé, terni, feutré qui résistera même aux premières gelées. Tout près, les camélias éclatent, parvenus à maturité, feuillage luisant et fleurs vives. Hortensias et camélias sont les ornements de la ferme. Ils poussent aussi facilement que les fougères, les orties et les ronces.

Ce 19 octobre, le vent d'autan est doux. Il souffle sans heurt, presque gentiment, charriant de gros cumulus sombres venus de la mer. Lorsqu'ils s'écartent ou s'effilochent, le bleu du ciel apparaît, laissant deviner, en altitude, d'autres nuages, blancs ceux-là, circulant dans le sens opposé. François sait bien que ce sont ces nuages-là, venus d'en haut, qui donneront la pluie. Son grand-père le lui disait toujours : l'autan est un vent de basse altitude. Il s'en était rendu compte un jour en grimpant au pic de Noire. Là-haut, à mille mètres, il avait remarqué que c'était le vent d'ouest qui l'accueillait…

François, qui marche près de Mathilde, se lance dans une grande explication sur le pourquoi et le comment de ces vents qui se contrarient. Il s'interrompt. Le regard de sa femme en dit long. Dans un soupir, elle lâche, excédée :

« Tu me l'as dit cent fois ! Tu radotes, mon pauvre ! »

Puis ils poursuivent leur route – en silence – vers la châtaigneraie du Four. Aujourd'hui, c'est jour de cueillette. Pas franchement amusant, mais il faut bien ramasser les châtaignes pour faire les confitures et les manger au quotidien, grillées au feu. Chez les Bonnet, on adore les châtaignes, que l'on préfère même aux pommes de terre. Inutile de les laisser aux sangliers qui s'en régalent et qui viennent s'installer dans la châtaigneraie pour s'en nourrir. D'ailleurs, hier soir, à la nuit tombée, François les a entendus. Le bruit des sangliers qui se tournent dans leur bauge est à la fois lourd et feutré. Dop, le chien de la maison, s'est lancé à leurs trousses, mais, seul face à la harde, il a dû vite abandonner…

François et Mathilde arrivent sur les lieux de la cueillette. Les châtaigniers du Tarn ont de beaux restes. Encore faut-il décrocher les bogues… Ici, on ne ramasse que les gros calibres. Alors François s'adosse à l'arbre, unit les mains pour que Mathilde s'en serve de marchepied. D'un coup sec, le bras soulève la jambe, et voici la dame se haussant le long du tronc. Très vite, elle repère les plus belles bogues qu'elle martèle au bâton. Puis ils les ouvrent en les talonnant violemment pour faire éclater l'enveloppe.

En deux heures, la récolte est faite. Dix à quinze kilos entassés dans le bourras, ce sac de jute récupéré dans les usines de laine. À midi, de retour aux Deux Tilleuls, ils grillent les premières châtaignes de la saison – juste tournées, retournées sur les braises, puis enveloppées dans du papier journal pour finir la cuisson à l'étouffée et les rendre plus moelleuses. François se souvient encore que sa grand-mère s'asseyait dessus – dans le seul but de se réchauffer les fesses… Les premières châtaignes de la saison sont délicieuses – même si François sait qu'à force d'en manger, il se lassera de leur chair douceâtre et farineuse. Même aujourd'hui, il ne les goûte pas comme les autres années. Car il manque un convive au festin – une fillette qui poussait des cris de joie à sentir dans ses mains la chaleur du fruit et à le décortiquer avec maladresse…

Une châtaigne encore. François a fini de manger, la gorge soudain nouée. Au chagrin de la mort de sa fille s'ajoute l'amertume de savoir son assassin en liberté. Car pour François Bonnet, pas de doute. Albert a été relâché par erreur. Son père a menti en lui fournissant un alibi. L'autre jour, quand le vieux Gustave est venu leur rendre visite, François a été pris par surprise. Il est resté sans réagir. Il a laissé sa femme pousser Gustave dehors et refermer la porte sur lui… À peine le vieil Amalric était-il dehors que François s'en mordait les joues de rage. Il aurait dû lui dire ce qu'il pensait de tout cela. Il aurait dû lui raconter, à cet orgueilleux, comment Mathilde avait vu Albert enlacer Agnès. Gustave Amalric aurait bien été obligé d'admettre qu'Albert n'est pas un garçon comme les autres – et François aurait pu lui asséner qu'un salaud de cette espèce devient forcément, un jour ou l'autre, un assassin… Mais au lieu de rouvrir la porte, de le prendre au col et de lui brailler tout cela à la figure, il est resté là, une fois encore, debout au milieu de sa cuisine, immobile.

Au fond de lui, François sait bien pourquoi. Et c'est peut-être ce qui le met le plus en rage. S'il n'a pas rattrapé le vieux, s'il ne l'a pas pris au col, s'il n'a pas réglé ses comptes, c'est parce que Gustave le tient à sa merci. François travaille sa terre, et si d'aventure Gustave voulait le mettre dehors, tous ses efforts seraient réduits à néant…

Alors, François s'est tu. Il est allé chercher une bouteille de vin et s'en est versé un grand verre, puis un autre, et un autre encore. Une heure plus tard, il était ivre. Mais ça ne l'a pas empêché de continuer à penser à sa petite, et à la libération d'Albert… Et depuis, il tourne et il retourne tout ça dans sa tête, le jour comme la nuit. Et il n'en vient pas à bout…

Petit déjà, François respectait la loi. Pour lui, un juge, c'était quelqu'un de sacré, un homme d'honneur qui ne se trompe pas. Lorsqu'il s'est rendu à Albi pour rencontrer Charles Fontaine, il était confiant. Persuadé que, s'il lui racontait ce qu'il avait sur le cœur, l'assassin d'Agnès serait aussitôt arrêté et châtié. Pour commencer, tout s'est déroulé suivant ses prévisions. Charles Fontaine lui a fait l'effet d'un magistrat intègre, intelligent, même s'il regardait Mathilde d'une drôle de façon. Comme François l'avait prévu, Albert a été arrêté sur-le-champ. Puis, d'un coup, tout a dérapé – et on l'a remis en liberté, sans même l'avertir, lui, le père de l'enfant assassinée.

Et à présent, Albert a retrouvé sa belle maison. Il est libre d'aller et de venir comme bon lui semble. Est-ce donc cela, la justice ? Est-il normal qu'un assassin se promène pendant que sa victime pourrit sous terre ? François ne le croit pas. Qui le croirait, d'ailleurs ? Personne… Pourtant, il n'a aucun recours contre cette injustice. Le juge Fontaine lui a dit, bien sûr, qu'il pouvait prendre un avocat et se constituer partie civile. Mais prendre un avocat, François ne peut pas se le permettre. Il n'a pas un sou…

Un soupir. François se lève, se met à marcher de long en large dans la cuisine, tandis que Mathilde continue de grignoter des châtaignes. Une fois de plus, voilà que la douleur lui remue la poitrine, jusqu'à l'empêcher de respirer. Une douleur sourde, lancinante, de celles qui font perdre la raison, de celles qui font naître des idées folles, comme celle qui taraude François, depuis deux jours maintenant, et dont il n'a parlé à personne…

*
* *

19 octobre, toujours. Dans le plus grand secret – cette fois, les journalistes ne doivent pas être

informés –, le commissaire Aimé Boyard se rend au domicile de Jean et Marie Bru. Seul. Il reste un moment devant la porte, à regarder la belle bâtisse en pierre au toit pentu, à la façade mangée de vigne vierge. Puis il sonne. Un domestique lui ouvre, il entre. En pénétrant dans la salle à manger aux vieux meubles en chêne, il est immédiatement frappé par la grande photo trônant au-dessus de la cheminée, un cliché représentant deux garçons souriants, enlacés à leur mère. Philippe et Daniel, sans aucun doute. Les deux fils que Marie a perdus…

« Commissaire Boyard ? »

Jean Bru arrive. Un homme trapu, un peu fort, vêtu d'un costume gris, les traits tirés, la bouche tombant en un pli amer.

« Ma femme va arriver, dit-il. Elle termine de s'habiller. »

Aimé Boyard hausse le sourcil.

« Il est tard, c'est vrai. Le matin, elle a toujours du mal à se lever. Vous comprenez, notre médecin l'a mise sous calmants depuis… »

L'homme tourne fugitivement la tête vers la photo des deux enfants.

« Ç'a été terrible, monsieur le commissaire. Vraiment terrible, d'autant que c'est moi qui conduisais la voiture…

– Commissaire Boyard ? »

Marie Bru se tient sur le seuil de la porte. Une belle femme aux cheveux roux tirés en un chignon sévère, vêtue de noir.

« Vous vouliez me voir ?

– Oui, madame. »

Le policier regarde la jeune femme. Quelques secondes lui suffisent pour remarquer les yeux cernés aux pupilles étrangement dilatées – abus de tranquillisants ? –, les traits tirés par l'insomnie, l'air un peu égaré de cette femme. Marie Bru jouit-elle de toutes ses facultés ? À cet instant, le commissaire Boyard n'en jurerait pas.

« Vous habitez tout près de l'endroit où la petite Bonnet aurait été enlevée, dit-il poliment à Marie. Je voulais vous demander si, ce jour-là, vous avez vu quelque chose… »

Marie Bru ne répond pas. Elle se dirige tout droit vers un secrétaire, ouvre un tiroir, en tire un album photo et une grosse chemise cartonnée.

« Regardez, dit-elle au policier. Regardez comme mes enfants étaient beaux… »

Elle ouvre l'album et le feuillette page après page. Patient, Aimé Boyard regarde les clichés avec elle. Le policier sent confusément que cette femme a quelque chose à lui révéler. Alors, il prend son temps. Il l'écoute égrener ses souvenirs, sous l'œil désolé d'un époux qui, lui non plus, n'ose pas s'interposer. Lorsque, enfin, Marie referme l'album, c'est pour s'emparer de la chemise et l'ouvrir à son tour. À l'intérieur, des dessins d'enfants, des poèmes tracés à l'occasion de la fête des mères, des carnets scolaires... Tout ce qui reste aujourd'hui de Philippe et de Daniel.

« On m'a pris mes enfants, dit rêveusement Marie Bru. Alors, pourquoi est-ce qu'on n'aurait pas pris la petite Bonnet ? Ce n'était que justice, qu'elle les rejoigne sous la terre... »

*

* *

« Madame Bru ? »

Deux jours ont passé. Deux longues journées, au cours desquelles le commissaire Boyard a obtenu de Marie Bru des aveux détaillés. Aimé Boyard lui-même a été surpris de la facilité avec laquelle la jeune femme lui a raconté comment elle s'est emparée d'Agnès Bonnet, comment elle l'a emmenée à l'usine de laine pour la sacrifier...

Quand il lui a annoncé qu'il comptait l'emmener avec lui à l'hôtel de police pour l'interroger, Marie n'a pas bronché. Bien au contraire, elle a semblé plutôt satisfaite. Et comme Jean Bru protestait, comme il rappelait à Aimé Boyard les antécédents psychiatriques de son épouse, Marie l'a regardé avec une incroyable froideur.

« Ne me fais pas passer pour folle, veux-tu ? »

Puis, sortant de la pièce, elle est allée chercher son manteau – noir, comme sa robe, ses bas, ses chaussures et son petit chapeau. Et elle a suivi le policier. Elle est montée dans la voiture avec lui. Pendant tout le trajet, elle est restée silencieuse. Elle est entrée dans l'hôtel de police sous l'œil étonné des gardes et a pénétré dans le petit bureau du juge Fontaine. Tranquillement, posément, Marie Bru a pris place à son tour dans le fauteuil. Levant un regard aux pupilles toujours dessillées vers Aimé Boyard, sans qu'il lui pose aucune question, elle a entamé une longue confession…

« Depuis que mes enfants sont morts, je leur cherche des compagnons avec lesquels ils puissent jouer là où ils se trouvent. Ils me parlent, vous savez… Daniel, l'aîné, me dit qu'il se languit de ses camarades d'école. Et Philippe regrette Agnès… Il avait l'habitude de jouer avec elle, l'été, dans les champs où son père travaille. Il m'a demandé de la lui amener. Mais pour cela, il fallait bien que je la tue… »

Marie Bru s'arrête. Le commissaire Boyard, effaré, la regarde en silence. Depuis qu'il est policier, il a entendu des dizaines, des centaines de confessions. Mais de cette nature, jamais !

« J'étais certaine, poursuit Marie, que l'âme d'Agnès monterait rejoindre celle de mes enfants. C'est pour cela que je l'ai abordée et que je lui ai demandé de venir avec moi. Elle a un peu rechigné, mais finalement, elle a accepté. Je lui ai fait croire que nous allions rejoindre son papa… »

Une vision fugitive traverse Boyard. Celle d'une toute petite fille encore, qui prend la main de Marie et lève vers elle un regard confiant. Comment Agnès n'aurait-elle pas suivi l'adulte qui lui proposait de rejoindre son père ?

« Nous avons marché jusqu'à l'usine, poursuit Marie. À un moment, comme elle se plaignait, je l'ai portée un peu. Elle n'était pas bien lourde, vous savez. Et puis, l'idée que mes enfants auraient bientôt une camarade de jeux me donnait des forces… Arrivée là-bas, elle n'a pas voulu rentrer. Il a fallu que je lui assure que son père se trouvait dans l'usine, qu'il serait fâché qu'elle ne vienne pas, pour qu'elle accepte de me suivre… Mais elle commençait à se méfier. Alors j'ai imaginé un jeu. Je lui ai dit : "Agnès, je vais te bander les yeux et tu vas compter jusqu'à dix. Et ton père te délivrera…" »

Le ton change. La voix se fait plus rauque, plus dure. Le débit des phrases est plus saccadé. Maintenant, Marie Bru ressemble vraiment à une folle…

« Bien sûr, une fois qu'elle a été aveuglée, je lui ai lié les bras et les jambes et je l'ai portée jusqu'au fond de l'usine. C'est là que je l'ai étouffée, en posant ma main sur sa bouche et son nez… »

Marie Bru se tait. Puis, fixant d'un air rêveur la toile accrochée au mur, elle reprend :

« Elle est morte très vite, monsieur le commissaire. Comme on s'endort, un soir qu'on est bien fatigué… »

*

* *

« Monsieur le juge… »

Aimé Boyard et Charles Fontaine sont face à face. Le policier est venu rendre compte au magistrat de la garde à vue de Marie Bru. Tout en arpentant son bureau, il lui fait part de sa perplexité.

« Elle a passé des aveux complets, dit-il. Elle m'a raconté dans le détail pourquoi elle avait tué la petite, et comment. Pourtant… »

Le policier se tait.

« Pourtant, dit le juge, vous n'y croyez pas.

– Elle ne m'a donné aucun détail concret. Elle ne m'a parlé ni de la poupée que tenait Agnès, ni de ses vêtements, ni même de l'endroit exact où elle l'aurait enlevée.

– Mais elle vous a expliqué à quel endroit de l'usine se trouvait le corps de l'enfant ?

– Oui, c'est vrai, reconnaît Boyard. Mais sur ce point, elle n'avait que peu de chances de se tromper.

– Pourquoi ?

– Le feu a totalement ravagé l'usine de laine. Le seul recoin où le corps pouvait être protégé est celui qu'elle m'a décrit. Partout ailleurs, le cadavre d'Agnès aurait été réduit en cendres… »

Charles Fontaine tapote son dossier de sa main infirme.

« Elle a avoué, dit-il. C'est ce qui m'importe, pour le moment. Depuis que j'ai relâché Albert Amalric, la presse réclame un coupable. En attendant les résultats de l'expertise psychiatrique que je vais ordonner, ce sera Marie Bru. Amenez-moi-la… »

XIII

1er NOVEMBRE. Il pleut à torrent sur Saint-Laurent. Une pluie cévenole, comme on l'appelle ici, apportée par le noir vent d'autan. Cette pluie vient dangereusement grossir le Thoré et transforme le sol en une vilaine bouillie détrempée. Il pleut, oui, et en ce jour des morts, François Bonnet en est presque content, puisque même le ciel, dirait-on, s'associe à son désespoir... Ce matin, vers 7 heures, après avoir trait les vaches, il a mis de l'eau à chauffer sur l'âtre, pour sa toilette. Puis il l'a versée dans une grande bassine, celle-là même dans laquelle il baignait autrefois Agnès. Ensuite il a ôté ses vêtements et a entrepris de se laver des pieds à la tête. Pour rendre visite à sa fille, il veut être propre. Il prend grand soin à se raser de près, comme si l'enfant allait encore frotter sa joue contre la sienne, au risque de s'écorcher la peau... Pour terminer, François verse au creux de son cou un peu d'eau de lavande. « Ça sent bon, papa ! Ça sent bon ! » disait Agnès... Puis il enfile son costume des grands jours, la veste et le pantalon qu'il portait à son mariage et au baptême de la petite. Derrière lui, Mathilde est prête, les cheveux soigneusement relevés sous sa mantille noire, sa taille fine soulignée par un manteau de drap sombre acheté pour l'occasion. Elle reste silencieuse, comme à l'ordinaire. Hier soir, elle n'a même pas voulu commenter avec François la une de *La Montagne noire* : « Le juge Fontaine démasque l'assassin d'Agnès Bonnet. »

À en croire l'article, Marie Bru, la femme du directeur de la coopérative, s'est dénoncée. Mais en parcourant le papier de Justin, François a simplement haussé les épaules. Il sait bien, lui, que Marie n'est pas coupable. Cette femme-là, malgré ses rodomontades, ne ferait pas de mal à une mouche. Alors tuer une petite fille... Non. Le véritable coupable, François en est toujours persuadé, c'est Albert. Albert qui va peut-être se rendre à la messe, ce matin, avec son père.

« François, tu viens ? »

Mathilde s'impatiente. François se met en marche, franchit le seuil de sa porte, éclaboussé par l'eau qui dégouline. C'est sous un déluge qu'il attelle Pêchard à la jardinière. Très vite, les flancs de l'animal ruissellent de pluie...

8 h 30. François et Mathilde, mouillés jusqu'aux os, passent la porte de l'église. La nef est déjà comble. Dans l'air flotte une odeur de laine humide, celle des manteaux trempés des paroissiens. Tandis qu'ils s'assoient à leur place habituelle – dans l'église de Saint-Laurent, chacun a sa place –, une rumeur naît, un murmure de plus en plus fort, accompagné de bruits de chaises. Ce n'est pas l'apparition de François et de Mathilde qui provoque ce remue-ménage, mais bien celle de Gustave et d'Albert...

Ce matin, il faut bien le dire, le vieux Gustave a eu beaucoup de mal à décider son fils à l'accompagner. Depuis qu'il est sorti de sa garde à vue, Albert reste cloîtré dans sa chambre, ne descendant que pour prendre ses repas. Il ne desserre pas les dents et a catégoriquement refusé de raconter à son père les heures passées dans les sous-sols de l'hôtel de police. Dans un premier temps, Gustave l'a laissé en paix. Mais quand, ce 1er novembre, Albert lui a expliqué qu'il ne comptait pas se rendre à la messe, Gustave s'est fâché tout rouge.

« Si tu n'apparais pas à l'église, lui a-t-il lancé, tout le monde sera persuadé que tu es le coupable. Tu n'as rien à te reprocher. Alors prends sur toi... »

Prendre sur lui ? Albert a eu un mouvement de recul, semblable à celui d'un cheval qui se dérobe. Et il a pâli.

« Pour toi, a-t-il lancé à son père, c'est facile. Tu ne sais pas ce qu'ils m'ont fait, là-bas... »

Et d'un coup, brusquement, Albert a tout raconté. Les coups. Les humiliations. La faim. Le froid. La honte. Et ces policiers sûrs d'eux, persuadés qu'il était un pervers et un assassin... Quand il est sorti de ce cauchemar, Albert était brisé. Et il faudrait maintenant qu'il affronte les villageois, il faudrait qu'il se montre, comme on dit, au risque de se faire insulter ?

« Albert, a dit le vieux Gustave, il faut que tu y ailles... »

Pour la première fois depuis de longues années, il s'approche de son fils, s'assoit à côté de lui. Puis il penche la tête du jeune homme sur son épaule et lui caresse les cheveux, comme il le faisait parfois lorsqu'il était petit et qu'il avait du chagrin.

« Je sais que tu as souffert, dit-il à mi-voix. Mais ce que je sais aussi, c'est que tu n'as pas fait de mal à la petite. Tu es innocent, Albert. Innocent ! »

La voix enfle, progressivement, jusqu'à devenir sonore – et de nouveau autoritaire.

« Et tu vas le leur montrer à tous ! Tu vas venir avec moi à l'église. Et je t'ordonne, tu entends, je t'ordonne d'aller communier... »

À présent, le père et le fils remontent l'allée de la vieille église au milieu des chuchotements des paroissiens. Tous les deux sont vêtus du même costume noir, Albert en chemise grise, Gustave en chemise blanche. Tous les deux ont fière allure. C'est le dos raide et la tête haute qu'ils s'assoient sur leur banc...

Tout au long de l'office, François ne quitte pas du regard leurs deux nuques. Il ne bouge pas. Il ne frémit même pas. Il reste assis, aussi immobile que la statue de la Vierge qui les surplombe. Mais à l'imperceptible tic qui agite sa lèvre, à son regard d'un bleu sombre – quand François est en colère, ses yeux s'obscurcissent comme un ciel d'orage –, Mathilde devine sa tension intérieure. Et elle qui ne prie plus depuis longtemps – depuis que, petite, elle suppliait le Seigneur d'accomplir un miracle, de permettre qu'elle habite à la ville –, entame un *Ave Maria* silencieux.

« Sainte mère de Dieu, murmure-t-elle, faites qu'il se calme. Faites qu'il ne fasse pas de scandale dans l'église... »

Là-bas, devant l'autel, le prêtre entame l'*Agnus Dei*. C'est bientôt le moment de la communion. Le temps pour les villageois de quitter leurs sièges et de s'approcher de l'autel. Ils se lèvent les uns après les autres, en une longue procession aux yeux baissés. Le prêtre distribue d'abord l'hostie aux enfants. Les petits la prennent l'un après l'autre, qui avec ferveur, qui avec un soupçon d'insolence. Ensuite, c'est au tour des adultes. Toujours assis à sa place, François observe Gustave et son fils qui approchent de l'autel...

« François, chuchote Mathilde, affolée par son teint cireux. François ! »

Mais François, abîmé dans ses pensées, ne l'entend même pas. Il se lève de son banc. Il avance dans la nef. Puis, tendu comme un arc, il hurle :

« Albert Amalric est en état de péché mortel ! »

Un silence. Le prêtre s'immobilise. Les autres, tous les autres – la femme du boulanger, le maire, son épouse, le directeur de l'école, la mercière – se retournent. Seuls, le père et le fils Amalric ne bronchent pas et continuent d'avancer.

« Mon père, dit Gustave, arrivé à la hauteur du prêtre, je vous demande de me donner la communion. »

Dans un silence total, le curé dépose une hostie sur la langue de Gustave. Et le vieillard cède la place à Albert...

« Mon père, dit celui-ci à son tour, je vous demande la communion...

– Il a tué ma petite fille ! »

Le cri de François, cette fois, suscite des murmures approbateurs. Car ici, à Saint-Laurent, personne ne croit vraiment à l'innocence d'Albert. Pourquoi, s'il n'a rien fait, les gendarmes sont-ils venus le chercher ? Pourquoi ont-ils perquisitionné sa maison ? Pourquoi l'ont-ils interrogé pendant si longtemps ? Et surtout, pourquoi *La Montagne noire* a-t-elle annoncé son inculpation et sa prochaine incarcération ? Bien sûr, aujourd'hui, Albert est libre. Son père a dû peser de tout son poids dans la balance. Gustave est un industriel puissant, il a des amis haut placés. Il n'a pas dû avoir grand mal à faire relâcher son garçon. Que vaut la vie d'une fille de fermier aux yeux des riches ? Pas grand-chose, après tout...

« Tu es un assassin, Albert Amalric ! »

François a crié pour la troisième fois. Il avance maintenant vers Albert. Un homme puissant, au torse large, au visage défiguré par un rictus haineux... Mais François Bonnet n'a pas le temps d'empoigner Albert Amalric, comme il en a l'intention. D'un geste rapide, le curé s'est placé devant le jeune homme, faisant une barrière de son corps.

« Nous sommes ici dans la maison de Dieu ! lance-t-il à François. Tu n'as pas le droit d'y régler tes comptes... »

François s'arrête. Frémissant. Puis il rompt, se détourne. Et, entraînant Mathilde, sort de la nef... Dehors, il pleut toujours. Sans y prêter aucune attention, François avance en direction du petit cimetière où repose sa fille. Enfin, il s'immobilise devant sa tombe. Il y a quelques jours, il a acheté un angelot de pierre et fait graver cette épitaphe : « À Agnès, notre enfant chérie. » Sous le ciel bas et gris, la statue pleure de grosses larmes de pluie qui gouttent doucement sur la couronne déposée sur la pierre tombale... Et, tandis que les fidèles sortent de l'église, François reste debout devant la tombe d'Agnès. Lorsque enfin il relève la tête, décidé à regagner sa jardinière, il n'y a plus personne, ni dans l'église, ni dans le cimetière...

*
* *

Ce midi, François n'est pas rentré aux Deux Tilleuls. Plutôt que de déjeuner, il a préféré prendre les chevaux et la remorque et s'en aller travailler. Il sait que seul le labeur pourra l'apaiser. Il n'écoute pas les plaintes de Mathilde. Tant pis si elle a déjà préparé le repas ! Il charge sa charrette de fils de fer barbelés et de longs piquets de châtaignier taillés avec soin. Puis, sous la pluie qui continue de tomber

– quand va-t-elle s'arrêter ? –, il prend la direction du champ où il fait paître ses vaches. Les barrières ont besoin d'être refaites. Il va s'y mettre, aujourd'hui même...

Et c'est ce qu'il fait, François. Le seul paysan à travailler aujourd'hui, le seul dehors sous la pluie... Pour commencer, il décharge sa charrette, dont il se servira comme d'un escabeau. Puis il entreprend d'arracher les vieux piquets émoussés par le temps et qui menacent de s'écrouler. La besogne est rude et longue. Si elle pouvait l'être encore davantage, François n'en serait que plus heureux. Avec l'effort physique, la chape qui pèse sur lui se fait plus légère. Bientôt, l'ancienne barrière est abattue. François peut maintenant planter un à un ses piquets neufs. Debout sur sa remorque, il tape de toutes ses forces sur le bois avec une masse, comme s'il voulait faire éclater le crâne d'Albert.

François secoue la tête. Il est habité par un désir de mort. Au début, après la libération d'Albert Amalric, c'était juste une idée qui lui traversait l'esprit – quelque chose de fugace, de fugitif, qui s'évanouissait presque tout de suite. Mais avec le temps, l'idée s'est ancrée en lui. Si forte qu'il en rêve... En songe, il assomme Albert à coups de poing, il le traîne jusqu'à la grange. Puis il y met le feu, pour qu'il meure comme est morte sa petite...

D'un geste rapide, puissant, rageur, François assène un nouveau coup sur le pieu de châtaignier. Sous la violence du choc, le bois s'enfonce docilement dans le sol ameubli par la pluie. En voilà un autre de planté ! Plus que vingt-cinq, et il pourra dérouler les barbelés sur deux hauteurs, en s'écorchant les mains à leurs épines de métal. Il travaille, François. Les cheveux trempés, les vêtements dégoulinants, les yeux fous, il travaille. Tout à son malheur, il ne se doute pas que Mathilde ne passe pas l'après-midi seule...

*

* *

C'est juste après le départ de François que Justin Gilles a frappé à la porte des Deux Tilleuls. À croire qu'il guettait, quelque part dehors, et qu'il l'a vu s'en aller... Mathilde lui a ouvert, bien sûr. Elle l'a même fait entrer, et lui aurait jeté les bras au cou, si Justin ne l'avait arrêtée...

Après leur étreinte, dans l'étable, Justin était rentré chez lui bouleversé. Le corps de Mathilde, la chaleur de Mathilde, l'odeur de Mathilde l'imprégnaient tout entier... Mais Justin n'est pas de ces hommes qui se laissent guider par leurs sens. Et si les instants qu'il venait de vivre lui avaient procuré un plaisir intense, bouleversant, il a très vite décidé de ne pas les renouveler. Chez lui, on est protestant de père en fils. On croit en Dieu, et l'on ne convoite pas le bien d'autrui. Justin sait bien qu'en dépit de tout, Mathilde appartient à François Bonnet. Alors, aujourd'hui, jour des morts, il est venu le lui dire. Mais à présent qu'il est debout, devant elle, dans la cuisine, les mots ne lui viennent pas...

Et pourtant ! Tout le long du chemin, il a formé des phrases. Arrivé devant la porte, il tenait son discours prêt – un beau discours, bien raisonné, qui les aurait laissés tous les deux apaisés, peut-être. « Mathilde, nous avons fait une faute. Tu es mariée. François Bonnet est amoureux de toi. Et je suis persuadé que, malgré tout ce que tu en dis, tu l'es aussi de lui. Et puis, de toute façon, Mathilde, on ne peut rien faire ensemble. Tu ne veux quand même pas qu'on se retrouve à la sauvette, dans l'étable ou dans la grange, en guettant le retour de ton mari ? Tu vaux mieux que ça, et moi aussi. Alors, restons-en là... »

Voilà ce qu'il voulait dire, Justin Gilles. Mais maintenant, Mathilde le regarde de ses grands yeux sombres qui lui mangent le visage – ces derniers temps, elle a beaucoup maigri. Et Justin reste muet. Pis. Lorsqu'elle avance vers lui, doucement, qu'elle lui prend les mains, il ne dit mot et se laisse faire.

À sentir sur ses poignets la caresse des doigts de Mathilde, de nouveau il flambe de désir...

« Non. »

Voilà. Ça y est enfin. Il a prononcé le mot. Il se dégage. Il recule. Il se réfugie contre le mur. Il voudrait parler, expliquer ce qui lui arrive, mais il ne le peut toujours pas. Et du coup, c'est Mathilde qui prononce les mots :

« Tu es venu me dire que c'est fini, n'est-ce pas ? »

D'un signe de tête, Justin acquiesce.

« Très bien », dit Mathilde Bonnet.

Puis, désignant la porte de la main :

« Pars. »

Ce n'est pas une prière. C'est un ordre.

« Mathilde... »

Elle toise Justin.

« Pars », répète-t-elle.

Puis, sans plus attendre, elle se détourne et gagne l'évier où trempe un peu de linge. Et, comme si Justin n'existait plus, comme s'il était déjà sorti de la pièce, Mathilde Bonnet lave sa lessive... Rien ne transparaît des sentiments qui l'agitent. Elle ne frémit pas. Elle ne cille pas. Et pourtant, c'est une véritable tempête qui s'est levée en elle, avec ce regard que Justin a eu tout à l'heure pour elle – un regard où l'embarras le disputait à la pitié... Mais voilà beau temps que Mathilde a appris à dissimuler ses sentiments. Depuis que, petite, son père l'a giflée, un jour, parce qu'elle osait lui tenir tête, et qu'elle criait : « J'irai à Toulouse, moi. J'irai ! »

Alors, Mathilde ne se détourne pas quand Justin repasse la porte et la claque derrière lui. Mais une goutte de sueur – une seule – perle à son front et descend, lentement, jusqu'à la petite ride qui commence déjà à se former au-dessus de son nez...

*

* *

Marie Bru dort en prison. Le juge Fontaine a reçu les félicitations de sa hiérarchie. Il a eu droit, aussi, à la une de plusieurs journaux. Mais alors que les quotidiens nationaux le pressaient de leur parler, il a préféré accorder une interview exclusive à Justin Gilles, le reporter de *La Montagne noire*, qu'il a reçu dans son bureau. Il a découvert un homme fougueux, mais droit et sincère. Un vrai journaliste, qui a préparé l'entretien avec soin, déroulant une liste de questions précises et pertinentes. Le lendemain, en ouvrant *La Montagne noire*, Charles Fontaine a trouvé l'article en première page, illustré d'un grand portrait de lui. En dessous, ce commentaire élogieux : « Charles Fontaine, le magistrat qui a réussi à démasquer l'assassin d'Agnès Bonnet. » Mais cela ne lui a procuré aucune satisfaction. Pour avoir traité des dizaines, voire des centaines de dossiers, il sait bien qu'il ne tient pas le coupable. Marie Bru a avoué ? Et alors ! Dans sa carrière, il a vu nombre de déséquilibrés prêts à reconnaître des crimes qu'ils n'avaient pas commis.

Eh oui ! Le juge Fontaine est persuadé qu'Agnès Bonnet a été tuée par quelqu'un d'autre. Quelqu'un dont le nom se trouve dans le dossier. Mais que, jusqu'à présent, personne n'a osé soupçonner...

XIV

AUJOURD'HUI, dans l'attente des labours, et malgré la peine qui le hante, François va épandre le fumier. La terre a besoin d'être enrichie. Travail pénible pour l'homme qui va brasser, manipuler, éparpiller des tonnes et des tonnes de fumure, pénible aussi pour les chevaux qui vont tirer des tombereaux pleins à craquer sur des terres lourdes et humides.

Le tas de fumier est imposant. Tous les matins, François apporte dix à douze brouettées supplémentaires. Quand les vaches sont à l'étable, la cour se transforme vite en une gigantesque aire de stockage ; c'est la fierté du fermier, le signe d'une métairie prospère et active.

Ce vendredi est peut-être le plus beau jour de cette fin d'automne. L'air est aiguisé, le soleil encore chaud. Le vent vient du sud, ce qui est rare. Il a pris naissance dans les plaines de l'Aude, juste derrière la montagne. L'air escalade le versant du Minervois en s'asséchant, puis passe la crête et dégringole le long du versant nord, vers la vallée du Thoré, en se comprimant et en se réchauffant, un peu comme dans le corps d'une pompe à bicyclette. C'est l'effet de fœhn, que François connaît bien pour en avoir senti les effets au pied des Pyrénées. Cette douceur vient souvent en contrepoint de la saison...

Le geste lent, soigneusement dosé, François charge le tombereau. L'homme doit s'économiser s'il veut avoir assez de force pour mener sa tâche jusqu'au bout. Le fumier est si lourd qu'il faut associer les deux chevaux pour arracher l'attelage et le mener au Champ Grand. Pêchard occupe la place du porteur, à l'intérieur des brancards. Il supportera la masse. Coquet est devant lui, nerveux, affiné, tranchant. Il donnera le coup de reins décisif qui arrachera et fera bondir la charrette. Dans le champ, François ôte la ridelle arrière et décharge au croc, étalant, éparpillant au mieux la fumure.

Dans le ciel, c'est l'effervescence. Les corbeaux s'appellent, les grives, d'ordinaire si discrètes par vent de sud, s'approchent en formations serrées, affolées par tant de nourriture. Les chevaux progressent à grands pas, le labour va enfouir la fumure. La terre sera nourrie par l'engrais. Tiens ! Mathilde est au bas du champ. Elle suit François du regard. Le vent entre dans son corsage, descend comme une main le long de son ventre et de ses cuisses. Elle frissonne. Puis, se haussant sur la pointe des pieds, elle fait signe à François, agitant bien haut une lettre.

« François ! lui crie-t-elle. François, c'est le juge Fontaine qui nous convoque encore ! »

C'est ainsi que les Bonnet, pour la deuxième fois, reprennent le chemin d'Albi.

Les labours vont commencer. Pourtant, François refuse de différer le rendez-vous. Au jour dit, le couple se met donc en route. Le voyage est aussi long, aussi pénible que le précédent, plus pénible même pour Mathilde qui, décidément, ne desserre pas les dents ces temps-ci. François se dit que c'est le chagrin qui la tourmente. Il respecte son mutisme. Mieux, il y trouve une forme de réconfort : ainsi, il n'est pas le seul à souffrir. Il est loin d'imaginer ce que sa femme rumine. Ce sont les derniers mots prononcés par Justin Gilles...

Lorsque Justin l'a prise dans ses bras, ce jour d'octobre, lorsqu'il l'a enlacée, lorsque leurs deux corps se sont unis, dans l'étable, Mathilde a senti monter en elle une joie inconnue – et aussi une espérance démesurée. Car Justin Gilles, ce n'est pas un paysan, comme François Bonnet. Non. C'est un journaliste, un monsieur, qui écrit des articles dont on parle jusqu'à Paris. Et peut-être que, si elle lui plaît vraiment, il lui demandera de quitter son mari... Il n'aurait qu'un mot à dire, et elle le ferait. Même si, dans le village, la rupture provoque un scandale. Même si elle doit vivre avec Justin sans être mariée. De toute façon, elle est catholique et lui protestant... Ici, dans cette campagne dominée par les flancs de la Montagne noire, ce point est d'une importance capitale. Toute la vallée porte encore les stigmates des guerres de religion. Catholiques et protestants se détestent et se déchirent encore, mais ils doivent néanmoins vivre ensemble. Et gare aux jeunes qui ont le malheur de s'aimer ! Ils n'auront grâce aux yeux de personne... S'il prend à l'un de ces couples de se marier, la cérémonie n'est pas célébrée dans le chœur de l'église, mais à la sacristie. Une union à la sauvette, vite expédiée par un curé dont la tolérance n'est pas la principale vertu. Les catholiques sont certainement les plus intransigeants – en tout cas ouvertement. Les protestants, minoritaires, se sont donc regroupés, s'opposant en bloc, allant jusqu'à sélectionner leurs commerçants – protestants, bien sûr…

Cette guerre de religion désuète et triste déchire les familles. L'autorité des parents s'exerce alors avec une rigidité effrayante. Rien d'étonnant si les fêtes religieuses sont célébrées avec faste et ostentation. Chaque célébration donne l'occasion d'afficher la puissance et la supériorité de ses croyances. Les catholiques déploient tout leur apparat lors des processions de la Sainte-Trinité à Mazamet, auxquelles Mathilde et François ne manquent jamais de participer avec recueillement, suivant le cortège de bout en bout. Départ de l'église Notre-Dame, descente de la Grand-Rue, puis de la rue Lagoutine et du boulevard Albert-Ier. Le prêtre mène la communauté, étendard au bras, prenant soin de s'arrêter devant chaque reposoir garni de fleurs et drapé de blanc, installé sur les pas de portes... Au même instant, une seconde procession s'organise à l'église Saint-Sauveur. Mais les paroissiens des deux églises veillent à ne pas se croiser, comme s'ils n'étaient pas du même monde. Finalement, tout divise tout...

Voilà la raison pour laquelle une union entre Mathilde et Justin était, quoi qu'il advienne, impossible. Mais quoi ! Mathilde ne tient pas à avoir la bague au doigt. Mariée ou pas, à la vérité, elle s'en fiche. Tout ce qui compte, c'est qu'elle aime Justin – elle se l'avoue enfin – et qu'il habite Mazamet, non loin de Saint-Laurent. Mazamet est un gros bourg – une vraie ville. En mai dernier, les commerçants ont organisé d'importantes manifestations. À l'affiche : les plus grandes vedettes du moment. Un chapiteau de quatre mille places a été dressé sur le champ de la ville, un peu sur les hauteurs. Charles Aznavour, Gilbert Bécaud, les Compagnons de la chanson, Henri Genès, Dario Moreno et l'orchestre de Jacques Hélian ont été ovationnés par les Mazamétains, au comble du bonheur. À chaque jour sa féerie : la fête des enfants, les défilés de voitures ou de mode, les bals populaires gratuits qui ont transformé les rues en un vaste théâtre de la vie... Même Charly Gaul et Jacques Anquetil sont venus se mesurer dans un critérium cycliste éblouissant... À cette occasion, Mazamet s'est enflammée, Mazamet a rayonné. La cité est prospère. Le délainage marche bien, on pratique le 3/8 en usine, l'argent circule. Et Mathilde ne peut s'empêcher de penser, un rien amère, que chez eux, à Saint-Laurent, comme dans tous les villages environnants, beaucoup de fermes tournent au ralenti, sans confort et sans perspective sinon celle de caser les enfants à l'usine pour rapporter un peu d'argent à la maison... La jeune femme en a assez de tout cela. Voilà trop longtemps qu'elle trime pour ce fermage qu'il faut payer tous les ans. Dans les bras de Justin, elle a une fois de plus caressé le rêve de partir...

Un rêve d'avenir qu'elle a entretenu, l'espace de quelques jours. Mais tout a volé en éclats quand Justin est venu aux Deux Tilleuls, le jour des morts.

Depuis, Mathilde ne pense plus qu'à leur rupture. Furieuse de s'être donnée, alors que Justin n'a voulu d'elle qu'une fois. Excédée de n'être pas parvenue à réaliser son vieux souhait : partir à la ville au bras d'un homme.

Et même les labours qui approchent, même la convocation du juge Fontaine ne peuvent l'ôter à sa rage...

*

* *

« Viens, Mathilde. On est arrivés. »

Pour la deuxième fois, les Bonnet sont devant le palais de Justice d'Albi. Cette fois, c'est d'un pas plus assuré qu'ils y entrent, avant de monter les marches qui les mènent au cabinet du juge Fontaine.

« Monsieur et madame Bonnet ? »

Le greffier les salue et les fait entrer dans cette pièce qu'ils connaissent déjà. Derrière le bureau, Charles Fontaine leur tend sa main infirme. Puis il leur fait signe de s'asseoir. Après quelques secondes, il prend la parole.

« Si je vous ai convoqués aujourd'hui, leur dit-il, c'est pour vous donner connaissance des déclarations de Marie Bru, qui a avoué avoir enlevé et assassiné votre fille. »

Mathilde se crispe, imperceptiblement. Son mouvement n'échappe pas au magistrat instructeur qui la surveille du coin de l'œil.

« Je comprends votre émotion, madame », lui dit-il.

Instantanément, Mathilde se fige. Curieux. À cet instant, on dirait presque que c'est elle, l'accusée.

« Mais en matière de justice, poursuit Charles Fontaine, imperturbable, certaines choses, hélas ! sont indispensables. »

Il sort un procès-verbal de son dossier. Commence à le lire.

« Depuis que mes enfants sont morts, je leur cherche des compagnons avec lesquels ils puissent jouer là où ils se trouvent. Ils me parlent... Daniel, l'aîné, me dit qu'il se languit de ses camarades d'école. Et Philippe regrette Agnès... Il avait l'habitude de jouer avec elle, l'été, dans les champs. Il m'a demandé de la lui amener. Mais pour cela, il fallait bien que je la tue... C'est pour cela que je l'ai abordée et que je lui ai demandé de venir avec moi. Elle a un peu rechigné, mais finalement, elle a accepté. Je lui ai fait croire que nous allions rejoindre son papa... Nous avons marché jusqu'à l'usine. À un moment, comme elle se plaignait, je l'ai portée un peu. Elle n'était pas bien lourde, vous savez. Et puis, l'idée que mes enfants auraient bientôt une camarade de jeux me donnait des forces... Arrivée là-bas, elle n'a pas voulu rentrer. Il a fallu que je lui assure que son père se trouvait dans l'usine, qu'il serait fâché qu'elle ne vienne pas, pour qu'elle accepte de me suivre... Mais elle commençait à se méfier. Alors j'ai imaginé un jeu. Je lui ai dit : "Agnès, je vais te bander les yeux et tu vas compter jusqu'à dix. Et ton père te délivrera..." »

Sur sa chaise, François ferme les yeux et laisse échapper une plainte.

« Bien sûr, une fois qu'elle a été aveuglée, je lui ai lié les bras et les jambes et je l'ai portée jusqu'au fond de l'usine. C'est là que je l'ai étouffée, en posant ma main sur sa bouche et son nez... »

C'est terminé. Charles Fontaine regarde les Bonnet. François est très pâle. Mathilde, elle, ne cille pas. Très droite, elle fixe la fenêtre, regardant les lourds nuages d'automne qui filent, emportés par un vent violent.

« Madame Bonnet, demande Charles Fontaine, que pensez-vous de ces déclarations ? »

Mathilde baisse les yeux vers lui. Puis elle dit, la voix calme :

« Je ne sais pas quoi en penser. Si elle s'accuse, c'est que ce doit être elle...

– Et vous, monsieur Bonnet, quel est votre avis ? »

François hausse les épaules, avec un rien d'insolence. Son avis ? Il l'a déjà donné, mais le juge n'en a pas tenu compte...

« Je ne sais pas, finit-il par lâcher d'une voix sourde. Peut-être que c'est elle, en effet...

– Monsieur et madame Bonnet, dit alors le juge, il faut que je vous confie quelque chose. »

La voix de Charles Fontaine, d'ordinaire si assurée, est tout à coup plus hésitante. Étonné, François pose les yeux sur lui, évitant de regarder la main infirme – ce moignon le met mal à l'aise malgré lui.

« Je ne suis pas sûr que Marie Bru ne s'accuse pas à tort. Cette femme a un lourd passé psychiatrique. Elle affabule peut-être quand elle affirme avoir assassiné votre petite fille. J'ai ordonné une expertise... »

Un silence. François se redresse un peu plus encore. Mathilde, elle, ne bronche pas – une statue.

« En attendant l'avis des médecins, je souhaiterais vous confronter à Mme Bru. Peut-être cette rencontre contribuera-t-elle à faire éclater la vérité... »

En prononçant ces mots, le juge regarde attentivement Mathilde. Pour la première fois, la jeune femme s'émeut un peu. Ses joues pâles rosissent, elle cligne plusieurs fois des paupières. Puis, d'un coup, elle reprend le contrôle d'elle-même et se referme. Que cachent son front lisse, ses yeux purs, son attitude lointaine ? Charles Fontaine aimerait bien le découvrir. Comme il aimerait bien savoir si les renseignements qui lui sont parvenus sur cette femme sont vrais – ou si, une fois de plus, l'assassinat d'un enfant a simplement permis aux vieilles haines et aux vieilles rancœurs de se réveiller...

Tout au début de l'affaire, il a reçu un premier témoignage. Celui d'une très vieille femme qui exerce près du Thoré le métier de rebouteuse. Elle a affirmé aux gendarmes que Mathilde n'avait jamais voulu de sa petite fille – et qu'elle lui avait même demandé une potion pour se débarrasser d'elle, alors qu'elle n'était encore qu'un embryon dans le ventre de sa mère. En lisant le procès-verbal, Charles Fontaine a haussé les épaules, « Des ragots ! » a-t-il pensé... Et puis, petit à petit, il a constaté que les ragots, justement, allaient tous dans le même sens. Aux yeux de tout son entourage, Mathilde Bonnet passe pour une épouse indifférente et une mère négligente... Mathilde n'a pas allaité Agnès. Ce n'est pas elle qui se levait, la nuit, pour lui donner à boire, mais François. Quand la petite était malade, c'était encore lui qui la veillait. Et, de l'avis de tous, Agnès craignait sa mère bien plus qu'elle ne l'aimait...

Le portrait a paru outré au juge Fontaine. Mais la première fois qu'il a vu Mathilde Bonnet il s'est demandé si, au bout du compte, le trait, pour être un peu accentué, n'était pas juste. C'est alors qu'il a imaginé cette confrontation. En plaçant Marie et Mathilde face à face, ce n'est pas Marie qu'il veut observer. Mais Mathilde...

Des bruits de pas. La voix d'un garde qui donne des ordres. Puis la porte du bureau qui s'entrouvre. Marie Bru est toujours vêtue de noir, de pied en cap. Ses traits sont tirés, ses yeux rougis, mais elle se tient très droite, tête haute, son regard est plutôt fier. Elle avance entre les deux policiers qui l'escortent, comme une reine. Et lorsqu'elle tend ses poignets pour qu'on lui ôte les chaînes qui les encerclent, l'orgueil continue de luire dans ses yeux. C'est cet orgueil que l'on peut lire, parfois, dans le regard des déments reclus au fond des asiles d'aliénés, et qui toisent leurs gardiens...

« Madame Bru, asseyez-vous », dit le juge Fontaine.

Marie Bru s'assied à deux mètres de Mathilde. Mais Mathilde ne recule pas. Pourtant, quelle mère, face à l'assassin présumé de son enfant, resterait immobile ? Charles Fontaine n'a pas de réponse à cette question.

« Madame Bru, dit-il en s'adressant à l'accusée, affirmez-vous toujours avoir assassiné Agnès Bonnet ?

– Oui ! Bien sûr que je l'ai tuée ! »

Marie sourit. D'un sourire radieux.

« Je l'ai dit aux policiers, continue-t-elle. Il fallait que je trouve une compagne de jeux pour mes petits garçons. J'ai pensé à elle !

– Madame Bru, quand avez-vous enlevé cette fillette ?

– C'était le jour de la fête.

– Oui, mais à quelle heure exactement ?

– Ça, dit Marie, je ne m'en souviens pas. Vous savez, il y a longtemps que je ne regarde plus les heures !

– Madame Bru, continue le juge Fontaine, Mathilde Bonnet nous a déclaré avoir déposé la petite près du champ où son père travaillait aux environs de 18 heures...

– 18 heures... Oui, c'est peut-être bien l'heure où je l'ai prise...

– Comment était-elle habillée ?

– Je ne m'en souviens pas... » dit Marie Bru, d'une voix tout à coup incertaine.

Puis elle se mord les lèvres. Elle tourne son visage anguleux vers Mathilde.

« Mais il y a une chose dont je suis certaine, dit-elle. C'est qu'Agnès est là-haut, avec mes garçons. Et que c'est moi qui l'y ai envoyée... »

*

* *

15 heures. Mathilde et François sortent du cabinet du juge Fontaine. Avant de franchir la porte, le magistrat leur rappelle, pour la seconde fois, qu'ils peuvent se constituer partie civile. Ainsi, par l'intermédiaire de leur avocat, ils auront accès au dossier plus facilement... François a hoché la tête, sans répondre. Mathilde, elle, n'a pas semblé prêter une quelconque attention.

Rentré dans son bureau, Charles Fontaine hoche lentement la tête. Puis il s'assoit derrière son bureau, et reprend son dossier. Au fil des pages, brusquement, tout se met en place dans son esprit – comme les pièces d'un puzzle. Les gendarmes le lui ont dit : Mathilde n'a pas paru étonnée lorsqu'on lui a expliqué que son enfant était morte brûlée dans l'usine de laine. Lors de l'enterrement, elle n'a pas versé une larme. Jamais elle n'est allée se recueillir sur la tombe de la petite martyre. Et lors de chacune de leurs rencontres, elle s'est montrée si froide, si distante... Jamais un pleur. Jamais une question. Pas même un soupçon d'intérêt pour l'instruction en cours. Mathilde n'a pas bronché quand elle a appris que le juge suspectait Albert Amalric. Face à Marie Bru, elle est restée de marbre... Pourquoi ? Tout simplement, peut-être, parce que c'est elle, la coupable...

Lentement, le juge Fontaine prend une plume et une feuille de papier blanc. Puis il écrit : « Pourquoi Mathilde Bonnet aurait-elle tué sa fille ? »

*

* *

L'entrevue avec le juge est terminée. Mathilde et François regagnent Saint-Laurent. Mathilde est toujours muette. Le front collé à la vitre, elle regarde défiler le paysage, comme si elle ne le connaissait pas. François, à côté d'elle, tourne et retourne les mêmes choses dans sa tête. Il a entendu les aveux de Marie Bru. Ils ne l'ont nullement convaincu. Cette femme est une folle, et voilà tout. Elle trouve dans sa confession une diversion à son chagrin. Imaginer Agnès près de ses fils l'empêche de sombrer définitivement. Tout à l'heure, à la fin de la confrontation, au moment où les gardes sortaient avec elle, François a failli le dire au juge. Les mots se formaient, dans sa tête – des mots longs à s'assembler en phrases, les mots d'un homme simple qui s'adresse à un homme cultivé. Pour finir, il s'est tu. Hanté, de nouveau, par la pulsion de mort qui l'empoigne de plus en plus souvent et le fait rêver tout éveillé qu'il châtie lui-même, de ses propres mains, le véritable assassin d'Agnès...

Dans le car qui ballotte, flanqué d'une épouse devenue une étrangère, François Bonnet, une fois de plus, tente de gommer les images qui le hantent.

Les labours d'automne, qui ont commencé ce matin, vont l'y aider... François double les rations d'avoine. Les chevaux ont vite compris qu'ils allaient entreprendre leur plus dur labeur. La terre est à point. Meuble, à peine trempée. Il a plu ces jours derniers, mais sans excès. Le brabant s'est planté dans le sol au bas de la Baïsette... Dès les premiers tranchants du couteau, la terre s'est mise à fumer. L'attelage a arpenté trois larges sillons pour régler la charrue. Il va falloir tout décaler : le versoir serre à droite, les chevaux sont décalés dans l'effort, la profondeur n'est pas assez prononcée. Le réglage est tout un art. François s'y entend. Il fut l'un des champions du canton aux concours de labours. Il sait que c'est un travail de précision.

Il est 10 heures et, au-dessus du champ, flotte un nuage de vapeur, comme une grosse traînée de brume. Les pies, les corbeaux qui piaffaient dans le bois de la Bergerie sont tous venus, l'un après l'autre, s'apostrophant à pleine gorge. Ils ont viré quelques minutes en vol de reconnaissance au-dessus des chevaux, puis ils ont plongé derrière le brabant, gloutons de cette vermine qui jaillit du sol, propulsée par le soc.

L'homme et les bêtes tracent leur chemin. Coquet et Pêchard suivent le sillon en dodelinant de la tête, comme pour accompagner leur effort. Résignés et dociles. François laboure du bas vers le haut, ainsi la terre verse mieux. Le champ n'est pas trop pentu, mais, en bout de parcelle, le pas se fait plus lourd et les trois compagnons ne sont pas fâchés d'entamer la descente. D'un geste sec, brutal, François fait alors basculer la charrue dans un concert de chaînes qui claquent. Il lui faudra trois jours pour retourner un hectare. Et quand il en sera au Champ Grand et à ses raidillons, l'hectare sera couvert en cinq jours !

Coquet vient de s'arrêter brusquement, en plein élan. Le mousqueton du collier s'est brisé net. François s'y attendait. Il soulève sa casquette, lance un « Dieu me damne ! », s'essuie les mains sur le velours de son pantalon presque neuf et plonge dans ses poches. L'autre mousqueton est là. La pause est bénie, les chevaux transpiraient comme en plein mois d'août. Ils soufflent fort et gesticulent du garrot. Le maître leur tapote le dos. Compréhensif. Reconnaissant. Puis il se penche, prend un peu de terre dans ses doigts et la fait couler. Elle est grossière, mais tellement belle. François en mangerait...

L'attelage est à l'ancre de la terre. L'arrêt sera bref. L'homme promène un regard heureux autour de lui. Un champ fraîchement travaillé, c'est la vie qui renaît. Au même instant, en face, sur la Montagne noire, à portée de vue, ils sont deux à penser comme lui. Alquier et Carayol. Eux aussi ont profité des ondées d'avant-hier pour attaquer leur labour et faire renaître leur terre. Il en manque un : Jean Assémat. Lui arrivera en fin de matinée, quand l'air se sera réchauffé. Jean possède un tracteur, le seul de la vallée. Et quel engin ! Un Pony de Massey Harris, modèle 1951, équipé d'un moteur de Simca Aronde. Lui, il a acheté la version diesel moteur Hanomag deux cylindres de 15 CV. À midi, quand sonnera le clocher de Saint-Laurent, un bourdonnement viendra planer sur le Piémont – un bruit de moteur bien rythmé à 1900 tours : Jean et son Pony. Immanquablement, François, Julien, Roger et Marcel s'interrompront pour écouter battre les cylindres, songeant qu'un jour, eux aussi pourront labourer aux heures douces, assis sur un siège...

XV

UNE FOIS DE PLUS, les Bonnet sont réunis, mais cette fois pour un événement heureux. Chantal, la belle-sœur de François, a mis au monde une petite fille. C'est aujourd'hui qu'on la baptise. La cérémonie, bien sûr, a lieu à l'église de Saint-Laurent. Pour François, c'est un crève-cœur. Il n'y a pas si longtemps, lui aussi a remonté l'allée en portant avec précaution un nouveau-né emmitouflé dans un châle de laine... Il s'en souvient comme si c'était hier. Agnès, quand il la portait, avait les yeux grands ouverts, et elle le regardait. Quand le prêtre lui a versé l'eau sur le front, la fillette n'a pas pleuré. Elle n'a même pas cillé. Elle a continué de le fixer, comme si elle se nourrissait de son regard. Ce jour-là fut l'un des plus beaux de sa vie. Il n'en reste rien – que le souvenir, et quelques dragées au fond d'un bocal, à demi gâtées...

C'est une autre enfant que l'on présente à Dieu aujourd'hui. Une belle petite fille aux yeux noirs, prénommée Sophie, qui hurle de toute la force de ses poumons au moment où l'eau bénite coule sur son front.

Après la cérémonie, les Bonnet sont invités à déjeuner chez leurs parents, qui habitent une ferme à quelques kilomètres de Saint-Laurent. À la sortie de l'église, François met en branle la jardinière, ornée de rubans blancs en signe d'allégresse...

Une longue table de bois garnie de vaisselle en faïence. Des vases remplis de bouquets secs, des murs ornés de rubans. Et un menu digne d'un roi – tartes salées, poulets aux cèpes séchés, fromages de chèvre, gâteaux à l'anis – que se partagent vingt convives. Sans parler du vin, du bon, et en quantité. Ni de l'eau-de-vie et de la poire, après le dessert.

Chantal et son mari ont bien fait les choses. Ils ont même prévu, pour chacun, une petite boîte de dragées multicolores ornée de rubans de dentelle blanche. Mais François a beau faire, il n'a pas le cœur à la fête. Parviendra-t-il un jour à oublier Agnès ? Son chagrin finira-t-il par s'apaiser ? Il lui semble, au contraire, qu'il ne cesse d'augmenter...

Assis près de son épouse silencieuse, François Bonnet baisse la tête. Il ne veut pas voir Chantal dégrafer son corsage pour allaiter son nouveau-né...

*
* *

Décembre. La terre est dure. Le ciel est bas, si bas. On dirait qu'il va bientôt neiger. Là-bas, la Montagne noire dresse des flancs enfouis dans la grisaille. C'est le moment de l'année où la terre se repose. Noël approche. Les chênes arborent encore quelques feuilles. Depuis un mois, le vent d'autan ne cesse de redoubler. Un vent laiteux, plein de formes et de mouvements. Il souffle lourdement, sourd et épais. Les arbres plient sans siffler. Les rafales balaient les cimes qui tanguent sans réagir. La neige recouvre le haut de la montagne. Elle semble bien installée.

François attelle Coquet, soulève une à une les ridelles de la charrette puis jette sur le plateau les deux haches, la scie à ruban, la masse et la pelote de corde. Il va « faire le bois », comme il dit. Il a repéré les arbres à abattre : deux chênes qui gênent l'accès au pré du Colombier et quatre ou cinq frênes près du Traversou.

Tout en marchant à travers champs, François tire sur sa pipe. Le nez au vent, il ne sent même plus le tabac gris, bruni en pot de grès, qui fond sur sa langue. Peu importe. Il se sent libre et agréablement seul. Debout sur la charrette, il arrête Coquet au pied des sapins qui marquent l'entrée de la Baïsette. Décembre est la bonne période pour élaguer les résineux. Dès qu'ils atteignent trois mètres, on débarrasse le tronc des arbres jeunes jusqu'au tiers de la hauteur, et jusqu'à la moitié lorsqu'ils atteignent six mètres.

François se tient debout sur le plateau. La scie emmanchée va chercher le bourrelet qui émerge de la branche. Il faut couper ni trop près, ni trop loin du tronc. Au ras du bourrelet, pour éviter les maladies. Ce sapin profite. Il pousse bien. François revoit Agnès se balancer sur l'une de ses branches basses, puis, la main couverte de résine, courir se rincer dans l'eau de la mare. Grand Baba. Ce sapin, il sait qu'il s'en occupera et l'entretiendra plus particulièrement. D'ailleurs, c'est déjà l'une des stations obligées sur le chemin du souvenir...

C'est le premier élagage ; la résine suinte. Il faudra marcotter pour accélérer la cicatrisation. « Ce sera fait avant demain », dit François à haute voix, tout en jaugeant les deux chênes qui entravent le chemin, et aux branches desquels restent accrochées de grosses brassées de foin chaque fois que les charrettes sortent du pré. Ceux-là, il va falloir les abattre, et proprement encore ! Ce sont des arbres sans âge. Imposants, souffreteux, ils feront un excellent bois de chauffage. À la hache, seul contre ces monstres, François souffre. La coupe n'est pas franche. Du mauvais travail. Mais comment faire quand on est seul ? Il fignolera plus tard, quand il aura de l'aide. Le chêne s'affale lourdement dans le pré. Le plus dur reste à faire : le débiter et empiler les stères.

D'un mouvement de main bref et précis, François époussette le pied pour observer la coupe et lire dans le bois l'histoire du temps. Il adore ça. François est un amoureux du climat et des saisons. Ses lectures l'ont jadis porté vers Camille Flammarion, précurseur de la météorologie populaire, dont les livres expliquaient comment interpréter les dates de vendanges et décrypter les anneaux du bois. Chaque anneau a sa signification météorologique. Année trop sèche ou trop pluvieuse : anneau mince et étroit. Année équilibrée, arrosée à point et bien ensoleillée : anneau large et épais. L'observateur averti peut ainsi retracer l'histoire climatique d'une région. Ce que ne manque jamais de faire François à chaque abattage, observant la croissance annuelle de l'espèce, déterminant l'âge du bois et vérifiant chaque fois l'exactitude de cette méthode... Mais aujourd'hui, même cela ne parvient pas à le rasséréner.

À midi, quand il rentre déjeuner, il est épuisé. Ses doigts sont glacés, marqués d'engelures.

Mathilde le lui fait remarquer, mais il ne répond pas, se contente de secouer la tête et de s'asseoir au coin de l'âtre pour manger sans faim une assiettée de pommes de terre cuites sous les cendres. Puis il repart, les yeux creux, le visage figé en une expression mauvaise. Si Mathilde ne le connaissait pas, elle pourrait croire qu'il est ivre. Mais elle sait bien qu'il ne boit pas. C'est son chagrin qui le saoule, voilà tout...

*

* *

Décembre. Le dossier Agnès Bonnet est au point mort – au moins pour le moment. Le juge Fontaine a bien une intime conviction, c'est vrai. Mais il sait qu'il est encore trop tôt pour placer Mathilde Bonnet en garde à vue. Il doit réunir contre elle plus d'éléments. Impossible de se contenter d'un faisceau de présomptions, même si tout accuse la mère d'Agnès... Alors, Charles Fontaine attend son heure. Officiellement, il est en vacances, jusqu'à la nouvelle année. Il reprendra le dossier début janvier. Du coup, les journalistes se sont envolés, appelés par d'autres affaires, d'autres unes sensationnelles.

Justin Gilles a regagné Mazamet où, loin des grands reportages dont il rêve, il a repris son travail de localier. À la veille de Noël, le rédacteur en chef de *La Montagne noire* a décidé de lui confier une grande enquête sur l'histoire passée de Saint-Laurent. Justin, discipliné, est allé interroger les anciens du village. Il a rencontré Madeleine, la femme du cantonnier, qui va bientôt fêter ses cent ans, et Jeanne, qui, à quatre-vingt-dix ans, cultive encore les légumes de son petit jardin. Il a aussi interrogé Solange, qui, pendant cinquante ans, a exercé le métier de couturière et habillait toutes les dames de la région... Au travers de toutes ces rencontres, Justin a découvert tout un monde de souvenirs oubliés, dont il a noirci les pages de ses éternels petits carnets de notes, d'une écriture aiguë...

« Moi, lui dit Madeleine, ce dont je me souviens le mieux, ce sont les veillées. À l'époque, il n'y avait ni télévision, ni radio. Alors on se réunissait et on parlait... Les hommes faisaient des paris, ou bien ils jouaient aux cartes. Les femmes tricotaient ou raccommodaient. Les grands-parents racontaient des histoires ou chantaient des chansons... Je me rappelle encore mon grand-père nous expliquant comment, en 1870, il avait gagné de quoi acquérir son lopin de terre : il avait tout simplement racheté le mauvais numéro d'un fils de famille qui devait partir pour l'armée ! De ce fait, il est resté dix ans sous les drapeaux. Mais après, il est devenu propriétaire à son tour. »

Justin Gilles consigne soigneusement l'histoire de Madeleine. Tout comme il dresse le portrait des anciens qu'évoque pour lui Solange...

« Dans les années 20, lui a-t-elle confié, toutes sortes de gens passaient par ici. Le chiffonnier, pour annoncer son passage, criait : "*Peiarote* ! *Pel de lapin*[1] !" Il achetait les chiffons. Comme j'étais couturière, je lui vendais les miens. Les blancs, il les payait plus cher... Il n'y avait pas que le chiffonnier qui passait à Saint-Laurent. Il y avait aussi l'étameur, à qui l'on portait les couteaux et les fourchettes "pour qu'elles aient le coup d'œil". Et le réparateur de parapluies, et le chaisier, et le rémouleur qui chantait : "On aiguise les ciseaux, les couteaux et tous les instruments tranchants. Ces outils vous seront aiguisés sur place et rendus i-mmé-dia-te-ment..." Mais celui que je préférais, c'était le marchand d'huile de scorpion ! Il mettait des scorpions vivants dans un flacon plein d'huile et les laissait mourir. On s'en servait pour soigner toutes les plaies... »

De tous ces souvenirs, Justin Gilles fait trois belles chroniques. Des articles émouvants, touchants

1. *« Peau de lièvre ! Peau de lapin ! »*

– mais qui, étonnamment, ne parviennent pas à l'intéresser. Dieu sait pourtant qu'il aime sa région et son métier ! Mais en cette fin d'année, il a beau faire, le cœur n'y est pas. Les souvenirs de Jeanne, de Madeleine et de Solange, il les écoute – il les écrit. Mais son esprit est ailleurs. Il est auprès de cette femme qu'il a aimée une seule fois, et dont on a assassiné la petite fille...

C'est simple. Depuis qu'il est revenu à Saint-Laurent, Justin Gilles ne pense qu'à Mathilde – et à la petite Agnès. Tout naturellement, pourrait-on dire, il est retourné sur les lieux du crime. Une longue promenade, qui l'a d'abord mené sur les rives du Thoré figé par le gel. En grosse veste de tweed, casquette enfoncée sur le front, Justin a gagné la rivière à travers champs, faisant craquer la terre sous ses chaussures. Il s'est arrêté longuement devant la maison où la tante Jeanne Cabrol a vécu seule pendant soixante ans. Seule dans cette énorme bâtisse de vingt-cinq pièces, toutes closes. Derrière ses volets fermés en permanence, tante Jeanne priait. Et ici, au Pont-Neuf, on savait qu'elle irait tout droit au paradis. Dieu qu'elle était riche ! La moitié de la vallée lui appartenait. Quand elle est morte, en 1940, elle a fait don de ses biens au pape et au clergé, au grand dam de la famille. Avait-elle besoin de cela pour s'acheter une place au ciel ? Aujourd'hui, la maison du Pont-Neuf, rachetée par la mairie, va devenir une école forestière, Justin s'est promis d'en faire le sujet d'un papier dans *La Montagne noire*.

Il continue de marcher, Justin. Le chemin du Pioch est escarpé, pentu, caillouteux. Les charrettes ont creusé des ornières qui forment de véritables ruisseaux. Il aime ce bout de sentier qui mène aux fermes du Grel et du Pinier. En s'élevant, le promeneur traverse de petites forêts de sapins et de pins – un coin à cèpes hélas trop fréquenté... Ensuite, on longe le bois du Buissou, avant de prolonger à nouveau vers le Thoré et le Galinier, une maisonnette proche de l'usine de laine. Et le voilà enfin devant la grande bâtisse...

Enfant, il venait souvent se promener ici. Il cherchait des moineaux tombés du nid ou s'amusait à lancer des pierres dans l'eau de la rivière, si rouge parfois qu'elle ressemblait à celle des fleuves d'Amérique du Sud. Et il contemplait l'usine, solide bâtiment de brique, qui lui semblait éternelle... Ici, des dizaines d'ouvrières ont vécu une vie entière, au milieu des effluves de peaux de bêtes. Au début du siècle, le pelage se faisait encore sur un banc, avec un chevalet à clous permettant de fixer la table de travail à hauteur du ventre de l'ouvrière. Plus tard, il y eut des machines. Mais les « peleuses », comme on les appelait, étaient toujours payées au nombre de bêtes traitées... Oui. Dans cette usine, elles ont usé leur vie, faisant la fortune de leur propriétaire, Gustave Amalric. Mais aujourd'hui, la bâtisse jadis si fière n'est plus qu'une ruine. Et ses murs noircis, sa charpente calcinée portent encore la trace de l'incendie...

Justin s'approche, les mains dans les poches, le visage glacé par le vent qui s'est levé – la bise du matin. Puis, écartant une ronce et quelques herbes folles, il entre dans ce qui reste des murs. Agnès a été trouvée là-bas, derrière ce pan de moellons, bien protégée des regards. Un petit corps sans vie, aux poignets et aux chevilles liés... Qui l'a tuée ? Marie Bru a avoué le crime. Mais Justin ne croit pas qu'elle soit la véritable coupable. En vieux routier des faits divers, en bon localier au courant de tous les ragots du village, il pressent que ce serait trop simple...

*

* *

Décembre, toujours. L'avent s'égrène, jour après jour, dans une grisaille identique. Le froid est tel que le sol est aussi dur que la pierre. Aux Deux Tilleuls, François et Mathilde vivent côte à côte, comme des étrangers. Comment passeront-ils la Noël ? François n'en sait rien. Il ne sait même pas s'il saura survivre à cette soirée. L'année dernière, à cette époque, il fabriquait une arche de Noé pour Agnès – un vrai bateau, creusé dans un tronc de frêne, contenant des dizaines d'animaux miniatures. Il y avait passé des heures – récompensé par le sourire ébloui de la fillette lorsqu'elle l'avait découvert...

François se retourne.

« Mathilde ? »

Comme à son habitude, sa femme est devant l'évier, à laver un peu de linge.

« Mathilde, reprend François, comment est-ce qu'on va faire, à la Noël ? »

*
* *

Et le voici venu, ce Noël tant redouté par François Bonnet. Pour finir, il a décidé de faire comme si la fête n'existait pas. Il a interdit – oui, interdit ! – à Mathilde de préparer la crèche ou de décorer leur maison de guirlandes, comme elle en a pris l'habitude depuis qu'ils sont mariés. Il n'y aura pas de sapin non plus, ni de cadeaux. Ils passeront la soirée du 24 décembre seuls, dans leur cuisine, à dîner comme à l'ordinaire. Peut-être François oubliera-t-il ainsi le dernier Noël passé avec Agnès...

Il ferme les yeux. Et tout lui revient. L'arbre qu'il est allé chercher au plus profond de la forêt – un bel arbre de dix ans, au tronc déjà épais, aux branches bien fournies. Le plus beau de tous les sapins de la forêt... Agnès et lui l'ont décoré de guirlandes et d'angelots, puis ils ont monté la crèche aux minuscules santons de Provence. Ensuite, François et Mathilde ont mis leur petite au lit. Et quand ils ont été bien sûrs qu'elle dormait, ils sont allés chercher dans la grange les cadeaux empaquetés dans du papier d'argent... Le dîner les attendait au coin du feu : une oie farcie et rôtie par Mathilde, un serpent toulousain et la bûche aux marrons. Ils l'ont arrosé d'une bouteille de bon vin. Attendant le lendemain, aussi impatients que des enfants à l'idée de voir Agnès déballer ses jouets...

*
* *

20 heures. Là-haut, dans la cour de la propriété de Gustave Amalric, les premières voitures arrivent. Des 4 CV, des 203, une Juva 4. Pour la première fois depuis de longues années, le maître des lieux et son fils donnent une réception. Une manière de réaffirmer l'innocence d'Albert.

Voilà des semaines que Gustave prépare cette fête. Il a lui-même choisi le sapin qu'il a installé dans l'entrée et méticuleusement décoré de guirlandes, de lampions et d'angelots soufflant dans de minuscules trompettes couleur or, symbole de force et de victoire. Il a aussi composé le menu qu'il servira à ses invités : des huîtres, tout spécialement rapportées du bassin de Thau – une bonne douzaine par personne ; quelques crevettes, des grises et des roses ; des tourteaux accommodés d'une mayonnaise montée à l'huile d'olive ; puis, du foie gras de Lacaune, des cailles au raisin, un énorme porcelet rôti accompagné de petits légumes – carottes en conserve, pommes de terre duchesse, épinards en branches. Ensuite, il fera servir du fromage, de la salade, et bien sûr une savoureuse bûche confectionnée par le meilleur pâtissier de Castres. Pour recevoir ses vingt invités, le vieil homme a fait dresser une immense table recouverte de nappes brodées à la main de fil d'argent. Les bougeoirs projettent sur la vaisselle fine de petites lueurs vives... Depuis deux jours, les domestiques préparent le festin.

Et voici qu'arrivent les premiers invités – des notables importants de Toulouse, accompagnés de leurs épouses, couvertes de bijoux... Voici le maire d'Albi, un grand homme aux cheveux poivre et sel ;

sa femme porte une étole de vison sur l'épaule. Voici le procureur de la République – un ami personnel de Gustave. Albert, vêtu d'un frac gris et d'une chemise blanche, accueille deux pharmaciens, tandis que son père salue son ami le notaire...

Vingt minutes plus tard, les convives prennent place autour de la table. À la droite d'Albert s'est assise Sylviane Frot, la fille d'un pharmacien réputé d'Albi. Ses cheveux roux, son petit nez en trompette et sa vivacité lui donnent des airs d'écureuil... Elle a tout juste seize ans et lève vers son voisin de grands yeux alanguis. Ce grand garçon timide a été victime d'une erreur judiciaire. S'il avait eu moins de chance, il aurait pu croupir en prison pour un crime qu'il n'a pas commis ! Aux yeux de Sylviane, c'est là toute une aventure. Elle se fait fort d'obtenir d'Albert qu'il lui raconte, par le menu, tout ce qui lui est arrivé. Les vacances passées, elle répétera son histoire à ses camarades de pensionnat...

« Mes amis, portons un toast ! »

Gustave s'est dressé, une coupe de champagne à la main. Il lève son verre. Dans le silence le plus total, il lance :

« À mon fils, Albert !

– À Albert ! À Albert ! »

Une vingtaine de voix reprennent à l'unisson le prénom du jeune homme. Et lui, les joues rosies par l'émotion, salue la petite foule qui le fixe d'un regard bienveillant. Pour la première fois depuis longtemps, Albert Amalric est heureux. C'est Noël. Il est libre. À côté de lui, Sylviane l'applaudit...

*
* *

Une silhouette qui approche de la grande maison illuminée. Un homme qui se plante devant la bâtisse, les poings dans les poches. Un inconnu au visage tiré par le chagrin et la haine, qui tape du pied, une fois, deux fois – trois fois. Un inconnu ? Non. C'est François Bonnet.

Il s'était juré d'oublier la Noël – ou de faire semblant. Il n'a pas pu. Tout à l'heure, lorsque Mathilde a posé devant lui une assiettée de soupe, il s'est levé et il est parti, sans même prendre le temps d'enfiler son manteau. Qu'est-ce qui a bien pu lui passer par la tête ? Avait-il une idée précise de ce qu'il voulait faire ? Oui, bien sûr. Cela fait des semaines, maintenant, que l'idée de tuer Albert Amalric le hante. Cette nuit de la Nativité, avec l'absence éternelle d'Agnès, elle a pris corps, d'un coup...

François Bonnet est debout devant la maison d'Albert Amalric, le jeune homme qu'il tient pour l'assassin de sa fille. Il voit les silhouettes par les fenêtres illuminées. Il entend les rires qui s'échappent de la demeure. Et tout ce bonheur, toute cette douceur lui donnent la force qui lui manquait encore. D'un pas décidé, il s'avance vers le perron, grimpe les trois petites marches, sonne à la porte. Puis, poussant le domestique d'un revers du bras, il entre...

Un silence glacé accueille l'irruption de cet homme hagard, bleu de froid, la moustache et les cheveux figés par le gel. Une femme crie. François continue d'avancer. Avant que quiconque ait pu le retenir, il se précipite sur Albert, l'empoigne au cou et se met à le serrer de toutes ses forces, comme un dément... Aussitôt, la panique s'empare des convives. Les femmes reculent, les hommes se précipitent au secours d'Albert, dont le visage vire au violet. Il étouffe. Il perd sa respiration. Mais personne ne parvient à desserrer les doigts de François, personne ne parvient à faire entendre raison au forcené qui crie :

« Voilà pour Agnès, salaud ! Voilà pour Agnès ! »

Personne ? Si. Le vieux Gustave. D'un geste décidé, il empoigne un lourd chandelier d'argent et le brandit en hurlant :

« Écartez-vous ! »

Puis il l'abat sur le crâne de François Bonnet, avec une force incroyable. Comme foudroyé, l'agresseur tombe à la renverse sur la table, entraînant dans sa chute la vaisselle précieuse, les couverts d'argent et la nappe damassée...

XVI

LES JOURNALISTES sont revenus à Saint-Laurent. Peut-être plus nombreux encore qu'après l'assassinat d'Agnès. Sitôt connue la nouvelle de l'agression d'Albert, ils ont gagné le village en voiture ou en train. Les uns après les autres, ils ont commencé leur enquête. Première étape obligée : la grande maison des Amalric où, le soir de Noël, la fête a tourné au cauchemar...

Justin Gilles est arrivé la nuit même des faits. Le journaliste de *La Montagne noire* réveillonnait chez sa mère, à Mazamet, quand le téléphone a sonné. Au bout du fil, un gendarme de ses amis.

« Viens vite : François Bonnet a essayé de tuer le jeune Amalric. »

Justin Gilles est revenu dans la salle à manger où sa mère s'apprêtait à découper une dinde farcie aux marrons.

« Il faut que je parte », s'est-il excusé.

Comme elle le regardait, navrée, il s'est approché d'elle et l'a embrassée tendrement. Puis il lui a glissé à l'oreille :

« Allez ! ce n'est rien. Je viendrai demain pour déjeuner... »

Il était près de minuit lorsque Justin est entré dans la grande maison des Amalric. Là-bas, à l'église, on entonnait *Les Anges dans nos campagnes*. François Bonnet venait d'être admis à l'hôpital, les gendarmes étaient là, interrogeant un à un les invités réunis dans la salle à manger. Justin s'est fait le plus discret possible – il connaît bien la maréchaussée locale, mais on pourrait tout de même lui demander de sortir. Il a regardé. Il a écouté... Pour commencer, le vieux Gustave a fait sa déposition. D'une voix blanche, le visage navré, il a raconté l'irruption de François dans la salle et a expliqué au gendarme comment le jeune homme s'était précipité sur son garçon.

« Il allait le tuer ! Il fallait bien que je le défende... »

Gustave Amalric ne ment pas. Justin en a la conviction. Et les gendarmes, eux aussi, en sont persuadés. D'ailleurs, tous les témoignages des invités concordent.

Les enquêteurs ont rangé leurs petits carnets et ont pris congé. Justin est parti le dernier, prêt à rédiger son papier...

*
* *

« J'étais là quand Gustave Amalric a avoué... »

Le titre barre la une de *La Montagne noire*. L'article qui suit fait bien des envieux parmi les confrères de Justin, aucun n'ayant pu entrer chez les Amalric, retranchés dans leur maison comme dans une forteresse, ni même passer la grille solidement cadenassée. Dépités, ils se sont dirigés vers les Deux Tilleuls, dans l'espoir d'y trouver Mathilde Bonnet. Mais, là encore, ils ont trouvé porte close. Elle était partie à Castres veiller son mari, toujours inconscient. Alors, après avoir fait quelques photos des lieux, ils se sont déployés dans Saint-Laurent pour entamer une minutieuse enquête de voisinage. Leurs rédactions attendent de l'information ? Ils vont leur en donner, coûte que coûte ! Même si, pour cela, ils doivent se faire claquer la porte au nez par la moitié des villageois... Daniel Dufour, du *Figaro*, s'entretient avec la boulangère, qui lui raconte comment la petite Agnès quémandait timidement une brioche, lorsque sa mère venait chercher le pain. Un peu plus loin, Stéphane Farou, de *France Soir*, et Paul Dunod, de *La Dépêche du Midi*, ont obtenu une interview de la mercière – celle-là même qui vend les rubans que l'enfant portait parfois dans les cheveux...

« Elle était toujours bien habillée, cette petite fille... Mais quand même, elle avait l'air triste. »

Un silence. Puis, perfidement, la brave femme ajoute :

« Mais ça, c'est normal. Parce qu'avec sa mère, elle ne devait pas rire tous les jours... »

*
* *

31 décembre. Depuis six jours, Mathilde Bonnet est assise dans une minuscule chambre de l'hôpital de Castres, près de son mari. Incapable d'imaginer que François ait pu se comporter ainsi... Lorsque les gendarmes ont frappé à sa porte, la nuit de Noël, Mathilde a cru qu'il lui était arrivé un accident – ou, pourquoi pas, qu'il était parti se pendre, pour rejoindre sa fille... Mais lorsque l'enquêteur lui a expliqué ce qui s'était passé, elle ne l'a pas cru. Voilà maintenant près de dix ans qu'elle connaît François – et huit qu'ils sont mariés. Jamais elle n'a vu cet homme lever la main sur quiconque, ni même se mettre réellement en colère... Même quand les frères Faye ont détourné leur ruisseau, voilà deux ans, François a gardé son

sang-froid. Et il aurait tenté de tuer Albert Amalric ?

« Il le croit coupable de la mort de votre fille, a expliqué le gendarme. C'est ce qu'il a crié tandis qu'il l'étranglait. »

Mathilde n'a pas répondu. Elle est allée s'habiller chaudement, puis elle est sortie en compagnie des gendarmes et, après avoir fermé à double tour la porte de la ferme, elle est montée dans leur voiture. François lutte contre la mort, mais les enquêteurs ont décidé d'interroger son épouse. Pour en savoir plus sur le crime et tenter d'établir si, oui ou non, il était prémédité...

C'est ainsi que Mathilde est arrivée à Saint-Laurent. Une petite foule endimanchée sortait de l'église. Devant tous ses concitoyens, elle est entrée à la gendarmerie, encadrée de deux hommes en uniforme, la tête basse, les larmes aux yeux, l'air d'une coupable. Au-dehors, sur la place, les commentaires ont fusé. Qu'a-t-elle bien pu faire pour qu'on l'emmène ainsi, la nuit de Noël ? Et où est donc son mari, à l'heure où commence son interrogatoire ? Personne n'a de réponse à ces questions, bien sûr. Mais certains ont leur petite idée...

« Moi, dit Jeannette, cette jeune femme qui était éperdument amoureuse de François quelques années plus tôt, je crois qu'ils veulent l'interroger sur la mort de la petite. »

Et d'ajouter, serrant bien fort contre elle les pans de son châle de laine grise :

« Après tout, Mathilde, elle n'a jamais aimé sa fille... »

La phrase ne suscite aucun tollé. Bien au contraire. Sur le parvis de l'église encore illuminée, d'autres femmes renchérissent. L'une après l'autre, chacune y va de son anecdote. L'épouse du boucher raconte comment Mathilde a giflé Agnès, un jour que l'enfant la retenait par la manche pour capter son attention. La fille de l'instituteur fait remarquer que l'enfant ne souriait jamais. La mercière explique que Mathilde lui tirait les cheveux, lorsqu'elle attachait des rubans à ses nattes.

« Moi... Moi... Moi... »

Ça, c'est Léon Gasteaux, l'« idiot », l'ami d'Agnès, qui veut prendre part à la curée. Comme tous les ans, il est venu à la messe, et comme tous les ans, il a chanté avec ferveur de sa voix rauque, un peu cassée, couvrant toutes les autres. Puis il est allé communier, fermant les yeux pour recevoir du prêtre l'hostie sur sa langue, se recueillant ensuite un long moment, tête baissée, épaules voûtées. À la fin de l'office, il est sorti avec tout le monde et il a traîné là, de groupe en groupe, jusqu'au moment où

Mathilde est descendue de la voiture des gendarmes... La vue de la jeune femme, escortée des deux enquêteurs, l'a frappé de plein fouet. À présent, il tire sur la manche de sa voisine, la vieille Mireille.

« Moi, dit-il, je sais pourquoi les gendarmes ont arrêté la mère d'Agnès... »

*

* *

François est revenu précipitamment aux Deux Tilleuls. Il sent l'orage monter. Le ciel n'est guère menaçant, mais les nuages s'amoncellent au-dessus du Poussarou, loin vers l'est. Il sait déjà que la pluie sera forte. Il pleut aux Pays bas, vers Béziers et Saint-Chinian. L'orage qui vient n'est pas de ceux qui naissent au nord, vers les monts de Lacaune, qui font beaucoup de bruit mais donnent peu de pluie, comme s'ils se vidaient en passant sur Anglès, La Salvetat ou Saint-Peyres. Non, les gros nuages qui se forment à l'est sont plus lourds. Ils viennent de la mer, gorgés d'eau, poussés par le vent d'autan. Ils glisseront rapidement dans la vallée du Thoré. Saint-Pons subira les premières trombes d'eau, ensuite La Bastide. La ville y est habituée, au point qu'on la surnomme *lou pissadou de nostre seigne*[1]. Les stratus et les cumulus en ont fait un passage obligé. Puis, le front musclé et agité va s'engouffrer dans la vallée, arrosant les versants de ces pluies qui rappellent la mousson.

François court dans le pré de l'Église, suivi par Dop, le chien vacher qui a dispersé le troupeau apeuré avant l'heure.

« Allez, viens ! crie François. Va chercher les bêtes ! »

Puis, se rappelant que Dop ne comprend que le patois :

« *Vaï ten lou querre* ! »

Le troupeau ne se fait pas prier. Tous, hommes et bêtes, ont senti le changement d'atmosphère. Et cependant le ciel est limpide, le vent soutenu mais sans excès, l'air suave, délicieux, goûteux. On s'y roulerait.

Les vaches attendent en bas du pré, tête au centre et cul vers la haie. La barrière saute rapidement sous les doigts de François. Les bêtes s'engagent dans le chemin aux noisetiers, puis dévalent vers l'étable et vont prendre place devant la mangeoire, mues par la crainte innée du gros temps. François attache une à une ses vaches, ponctuant son approche d'un « *di Diou, marcarel, pousso té* ». La

1. *Le pot de chambre de Notre-Seigneur.*

main frappe vigoureusement le cuir, la vache est rassurée ; cette caresse est bien la marque du patron !

Il est 16 h 15. Les premières gouttes tombent. La terre fume longuement. La pluie sera brutale, violente. Des bruits venus de l'enfer gagnent la montagne.

En quelques minutes, les massifs forestiers se confondent avec l'horizon, puis ils éclatent de toute leur coupe sous les éclairs qui se multiplient au point de ne former qu'une seule et même foudre éclairant la montagne.

François est à l'abri. L'orage l'effraie. Il se souvient de la foudre tombée sur un tilleul, à Albine. Deux ouvriers s'étaient réfugiés sous l'arbre. L'un fut soulevé à plus d'un mètre et retomba sur le dos. On les croyait morts, mais ils revinrent à eux. Tous deux portaient, des épaules jusqu'aux jambes, l'empreinte des feuilles de tilleul – comme une photographie ! Le dessinateur le plus habile n'aurait pu faire mieux...

François attend la fin de l'orage pour sortir de son refuge. Les roulements de tonnerre se font de plus en plus forts, les lumières de plus en plus aveuglantes. Mais soudain, il s'aperçoit qu'il n'est pas dans la campagne fouettée par la pluie. Ce grondement, ce n'est pas le tonnerre... C'est plutôt le son d'un énorme chariot qui roule. Et ce rai lumineux qui vient frapper ses yeux, ce n'est pas le soleil revenu sur les champs... C'est une lumière électrique... De l'eau. On lui passe de l'eau sur le visage. La pluie ? Non... Le rêve se dissipe tout à fait. Oublié, le pré dans lequel, tout à l'heure, il ramassait ses vaches. Plus de bêtes. Plus de chien courant après leurs mollets. Plus de tempête ni de refuge.

François ouvre les yeux. Et la première personne qu'il voit, c'est Mathilde, assise près de lui. Et qui le regarde...

« Mathilde ? »

Que fait-elle là, assise sur cette chaise en plastique blanc, à pleurer en lui demandant de ne pas bouger ? Pourquoi se lève-t-elle maintenant ? Pourquoi appelle-t-elle une infirmière ? François n'est pas malade. Il a seulement mal à la tête... Surtout, il ne se souvient de rien du tout... Que s'est-il passé ? Comment est-il arrivé sur ce lit d'hôpital ? Car, à n'en pas douter, il est dans un hôpital. Un homme vêtu d'une blouse blanche s'approche de lui. Sur son badge, un nom : Dr Patrick Lecat.

« Alors ? On est réveillé ? »

Le juge Fontaine a interrompu le week-end qu'il passait dans sa famille, à Béziers, pour regagner précipitamment Albi. La tentative d'assassinat perpétrée par François Bonnet soulève dans la presse une tempête d'indignation. Tous les journalistes s'interrogent. Que compte faire le magistrat instructeur ? Va-t-il inculper François sur son lit d'hôpital ? Gustave devra-t-il répondre de coups et blessures devant un tribunal correctionnel ?

À son arrivée au palais de Justice, d'ordinaire désert à cette époque de l'année, Charles Fontaine a été assailli par les reporters et les photographes. Mais il n'a pas prononcé un mot et s'est enfermé dans son bureau, claquant la porte sur leurs protestations...

Là, posés sur la longue table de chêne, deux documents l'attendent. Le premier, c'est le procès-verbal dressé la nuit de Noël par les gendarmes qui ont entendu Gustave Amalric et ses invités. Le second, c'est le rapport d'expertise psychiatrique de Marie Bru. Le juge Fontaine s'empare du premier, le parcourt lentement, s'imprégnant de chaque mot. Puis il le repose. Il note : « Aller voir François Bonnet. » Puis il s'empare du second document, un texte serré de trois pages tapé à la machine.

> *Nous avons examiné Marie Bru à deux reprises,* a écrit l'expert psychiatre. *Elle nous a raconté dans le détail l'enlèvement et la mort de la petite Agnès Bonnet. Toutefois, compte tenu de ses antécédents psychiatriques, nous estimons que Marie Bru délire. Nous*

recommandons un internement suivi de soins attentifs...

Le lendemain, 2 janvier, Charles Fontaine se rend à l'hôpital de Castres, où François est toujours au repos. Il n'a prévenu personne de sa visite. Fait rarissime, il n'est pas accompagné de son greffier. C'est lui-même qui prend le volant de sa voiture...

François Bonnet est seul dans sa chambre. Mathilde, épuisée par tant de nuits de veille, est repartie aux Deux Tilleuls pour se reposer et soigner les bêtes, laissées à l'abandon pendant de trop longues journées. Le magistrat s'approche du convalescent, dont la tête est ceinte d'un énorme pansement. Puis, comme François ouvre les yeux, il s'assoit près de lui.

« Monsieur Bonnet, lui dit-il, je sais ce qui s'est passé. Je devrais normalement vous inculper de tentative d'assassinat sur la personne d'Albert Amalric. Néanmoins, je ne le ferai pas. »

Puis, comme François hausse le sourcil, étonné :

« Je sais pourquoi vous avez tenté de tuer Albert. Vous l'avez toujours cru coupable. Vous avez cru, aussi, que la justice se trompait, et vous avez décidé de réparer ses erreurs. Le chagrin vous a rongé, aveuglé, poussé à une solution extrême.

Vous avez commis une grave faute, c'est vrai. Cependant, en accord avec Gustave Amalric et son fils, je veillerai personnellement à ce que vous ne soyez pas poursuivi. »

Le juge se tait. Puis, détachant bien ses mots, il ajoute à mi-voix :

« Reposez-vous, monsieur Bonnet. Je me charge d'arrêter l'assassin de votre petite fille... »

XVII

À SOIXANTE-DIX ANS PASSÉS, la vieille Mireille n'a jamais quitté le village de Saint-Laurent. Menue, ridée comme une pomme reinette, elle vit dans une maisonnette adossée à la mairie. Plus jeune, elle a travaillé pour le compte de Gustave Amalric, dans cette usine où Agnès a laissé la vie. Elle était peigneuse. Elle a usé ses mains à étirer la laine des peaux... Mireille ne s'est jamais mariée. Non qu'elle fût laide – au contraire, elle était plutôt jolie fille, et elle aimait rire et danser. Mais elle n'a pas eu de chance. La Grande Guerre a éclaté l'année de ses dix-neuf ans. Frédéric, son promis, a été fauché parmi les premiers. Mireille ne s'est jamais vraiment remise de son deuil. Et le temps a passé...

Aujourd'hui, Mireille est vieille. Le seul qui lui rende encore visite de temps en temps, c'est Léon. L'idiot qui, le soir de la Noël, s'est agrippé à son bras. Sur la place enneigée, Mireille ne lui a pas vraiment prêté attention. C'est plus tard, pendant une nuit d'insomnie, que ses mots lui sont revenus à l'esprit : « Moi, je sais pourquoi les gendarmes ont arrêté la mère d'Agnès... » Curieuse comme elle l'est, Mireille s'est promis d'en savoir plus. Elle n'a pas eu à attendre longtemps. Léon est venu frapper à sa porte juste avant la nouvelle année, portant un petit bouquet de fleurs séchées d'une main et un gâteau à l'anis de l'autre. La conversation que Mireille a eue avec lui, ce jour-là, a bouleversé sa vie...

Que lui a donc dit Léon en buvant un petit verre de vin pour accompagner sa pâtisserie ? Cela, Mireille ne l'a encore révélé à personne. Mais depuis qu'elle connaît le secret du simple d'esprit, elle se demande ce qu'elle doit faire. Avertir la police ? Aller voir le juge ? Mais où habite-t-il, celui-là ? À Albi ? C'est loin. Trop loin pour ses vieilles jambes qui ne la porteront jamais jusque-là... Mais, tout de même, elle ne peut pas garder ce qu'elle sait pour elle. C'est trop grave...

Pour finir, Mireille attrape une vieille plume et une bouteille d'encre – de l'encre noire, épaisse d'être restée trop longtemps stagnante. Avec application, elle commence à tracer des mots sur une belle feuille de papier blanc...

Monsieur le juge,
Je vous informe que Léon Gasteaux, de Saint-Laurent, en sait long sur l'assassinat d'Agnès Bonnet. Si vous le convoquiez, il vous répéterait ce qu'il m'a confié.

Mireille se demande ensuite longuement si elle doit signer sa missive. Ça ne se fait pas d'envoyer une lettre anonyme à un magistrat. Et puis, si elle veut qu'il la prenne au sérieux, il faut bien qu'elle appose son nom au bas de la page. Mais Mireille se méfie. Les gendarmes ne vont-ils pas venir la chercher, lui demander des explications ? Ne risque-t-elle pas des ennuis ? À tout prendre, mieux vaut ne pas signer...

La vieille femme plie sa lettre et la glisse dans une enveloppe qu'elle cachette avec soin. Il ne lui reste qu'à inscrire l'adresse :

À monsieur le juge qui s'occupe de l'affaire Agnès Bonnet, palais de Justice, Albi...

*

* *

Charles Fontaine n'aime pas les lettres anonymes. Celle qui, depuis vingt-quatre heures maintenant, est posée sur son bureau ne lui est pas plus sympathique que les nombreuses autres déjà reçues au cours de sa longue carrière. Il n'empêche : en magistrat consciencieux, le juge s'est fait un devoir de vérifier les informations contenues dans la missive. Puis, il a chargé les gendarmes de lui amener Léon Gasteaux... En l'attendant, il s'entretient avec maître Borde, l'avocat de Marie Bru. Un homme imposant, à la crinière argentée, auquel il vient de communiquer le résultat de l'expertise psychiatrique de sa cliente. À demi-mot, Charles Fontaine lui suggère de déposer une demande de mise en liberté – et lui fait comprendre qu'il envisage d'accorder un non-lieu à Marie. Puis comme l'avocat s'éclipse, ravi, Charles Fontaine referme le dossier.

« Lâchez-moi ! Lâchez-moi ! Je n'ai rien fait ! »

Les cris viennent du couloir. Soudain, à la porte du magistrat, apparaît un homme échevelé, à demi dévêtu tant il s'est débattu. C'est Léon, bien sûr... Lorsque les gendarmes sont venus le chercher, il se trouvait en compagnie de Mireille. Malgré les exhortations de la vieille femme, il a refusé de les suivre. Mais les gendarmes ont insisté. Ils lui ont montré l'ordre du juge... Hélas ! l'effet a été l'inverse de celui qu'ils escomptaient : Léon a paniqué et s'est enfui. Rattrapé, Léon a sauvagement griffé l'un des gendarmes au visage et a mordu la main de l'autre. Pour finir, les deux enquêteurs l'ont menotté, avant de le jeter dans leur voiture... Durant une bonne partie du trajet, Léon a continué de laisser libre cours à sa rage et à sa peur. Peu à peu, ses cris se sont transformés en gémissements, puis en gros sanglots qui le secouaient tout entier.

« Mais pourquoi vous m'emmenez ? répétait-il. Pourquoi vous m'emmenez ? Puisque je vous dis que je n'ai rien fait... »

Arrivé à Albi, Léon a recommencé à se débattre, ameutant le palais de Justice tout entier par ses cris, avant qu'on le tire dans ce bureau où il tremble de tout son corps, mains menottées dans le dos...

« Détachez-le ! »

Charles Fontaine a lâché l'ordre d'un ton sec.

« Mais, monsieur le juge, hasarde l'un des deux gendarmes.

– Détachez-le, vous dis-je ! »

Le gendarme obéit, sort la clef de sa poche. L'instant d'après, Léon, libéré de ses entraves, se frotte longuement les poignets... Puis, d'un ton pitoyable, il répète pour la millième fois :

« Mais qu'est-ce que vous me voulez ? Je vous jure que je n'ai rien fait...

– Monsieur Gasteaux, dit alors Charles Fontaine d'un ton doux, rassurant, loin de moi l'idée de vous reprocher quoi que ce soit. Si j'ai demandé aux gendarmes d'aller vous chercher, c'est parce que j'ai là une lettre qui vous concerne. »

Il désigne de sa main infirme l'enveloppe posée sur son bureau. Léon, qui comprend de moins en moins de quoi il retourne, ouvre la bouche, hébété.

« Voulez-vous lire cette lettre, monsieur Gasteaux ?

– Lire ? »

Comme il reste sans réaction, le magistrat s'empare de la lettre et articule :

« Monsieur le juge, je vous informe que Léon Gasteaux, de Saint-Laurent, en sait long sur l'assassinat d'Agnès Bonnet. Si vous le convoquiez, il vous répéterait ce qu'il m'a confié... »

Silence. Charles Fontaine observe Léon, qui hoche la tête d'un air pensif.

« C'est vrai, reconnaît-il. Je sais des choses...

– Des choses ? Quelles choses ? »

Le juge s'est penché au-dessus de son bureau. Pour avoir conduit des centaines d'interrogatoires, il sait reconnaître la vérité, quand elle vient à s'exprimer devant lui. Et il est certain que le malheureux qui lui fait face ne se vante pas. Léon

Gasteaux détient peut-être, au fond de sa pauvre cervelle, la vérité sur l'assassinat de la petite Bonnet... Mais voilà. Il reste là, debout, se balançant d'une jambe sur l'autre. Sans rien dire. Parce qu'il a peur ?

« Monsieur Gasteaux, murmure le juge, qui s'efforce de cacher son excitation, vous pouvez parler. Je vous jure qu'il ne vous sera fait aucun mal... »

Une hésitation encore. Puis Léon ouvre enfin la bouche.

« Le jour où ça s'est passé, dit-il, j'étais allé ramasser les pièges que j'avais posés, du côté de l'usine de laine... »

Il fait chaud. Très chaud, même, en cette fin d'après-midi du mois d'août. Et Léon aimerait bien étancher sa soif... Mais il n'a pas emporté sa gourde. Et puis, il faut qu'il termine de ramasser ses pièges avant qu'on le surprenne. Une fois, déjà, un paysan l'a pris à braconner. Ce jour-là, il a bien cru sa dernière heure arrivée... Il se dépêche donc de jeter dans sa besace les bêtes qu'il a attrapées avec des boucles fines de fil de fer posées dans l'herbe haute. Au moment précis où il détache un gros lièvre gris – une bête magnifique qui doit bien peser trois kilos et qu'il vendra un bon prix sur le marché –, Léon aperçoit une femme qui se dirige vers l'usine de laine. D'abord, il ne la reconnaît pas. Sa vue est mauvaise, et il n'a jamais eu assez d'argent pour s'acheter des lunettes. Il faut qu'elle se rapproche pour qu'il la distingue mieux...

« C'était Mathilde Bonnet. Elle portait sa petite fille, qui avait l'air de dormir à poings fermés... »

*

* *

François Bonnet est rentré aux Deux Tilleuls. Il est très faible encore et ne quitte guère le lit. C'est Mathilde qui doit, à elle seule, assurer tout le travail de la ferme. Pendant l'absence de son mari, elle a reçu la visite de Gustave Amalric. Le vieil homme lui a assuré qu'il ne comptait pas résilier le bail qui les lie.

« Votre mari a travaillé dur sur cette terre, lui a-t-il dit. Aussi je ne l'en chasserai pas. Mais qu'il se tienne éloigné de ma maison... »

Le ton est doux, mais, dans le regard de Gustave, Mathilde Bonnet peut lire une détermination farouche. Sans parler, elle se contente de hocher la tête en signe d'assentiment. Oui, c'est promis. Elle veillera à ce que François ne se rende plus jamais chez les Amalric...

La promesse n'est pas difficile à tenir. François ne tient pas encore sur ses jambes.

Mathilde, elle, court d'un endroit à l'autre pour tenter de maintenir l'exploitation en état. Levée à l'aube, elle commence par traire les vaches. La semaine passée, elle a nettoyé en grand l'étable et l'a aérée. Puis elle s'occupe de Coquet et de Pêchard, avant de donner le grain aux poules. Puis, après avoir avalé un bol de café et mangé une tranche de pain agrémentée de la confiture de fraises du printemps dernier, elle sort nettoyer les fossés d'écoulement – une tâche ingrate, dure, qui la fait parfois pleurer d'épuisement. L'après-midi, elle débarrasse les clapiers, va cueillir quelques herbes pour les lapins. Penchée vers la terre si dure, elle s'écorche les mains et se tue le dos. Mais elle n'arrête pas. La journée n'est pas terminée. Il lui faut encore biner les choux et, une fois revenue à la ferme, préparer le beurre...

Enfin, quand la nuit tombe, Mathilde regagne sa maison. Puis elle monte s'occuper de son mari, un gisant qui ne trouve pas encore la force de descendre jusqu'à la cuisine pour avaler la soupe qu'elle a laissée au coin de l'âtre...

Oui. Mathilde Bonnet se tue à la tâche. Recluse chez elle, elle ne trouve même plus le temps d'aller chercher son pain et ne sait rien de ce qui se passe au village. Personne ne lui a dit que Léon Gasteaux a été conduit à Albi pour être entendu par le juge Fontaine. Personne ne lui rapporte, non plus, les vilaines rumeurs qui courent sur son compte...

*
* *

Justin Gilles est inquiet. Il sait qu'à Saint-Laurent on se monte la tête à propos de Mathilde. Il a entendu dire tout de go que la jeune femme était une mauvaise mère, et qu'il ne serait pas étonnant qu'elle ait quelque chose à voir avec la mort de sa fillette. La méchante rumeur ne repose sur rien de concret. Pourtant, de jour en jour, de semaine en semaine, elle enfle, démesurément. Ce n'est pas tout. Justin a aussi appris, par les gendarmes cette fois, que la libération de Marie Bru n'était qu'une question de jours. Et voilà que certains de ses confrères murmurent que le juge tient désormais un autre suspect... Si Justin pouvait se rendre à Albi, il en apprendrait peut-être un peu plus. Malheureusement, en ce début d'année, cela lui est impossible. Le rédacteur en chef de *La Montagne noire*, ravi d'avoir récupéré son localier, le noie de travail. Pour préparer les fêtes de la Septuagésime, qui doivent se dérouler dans moins de quatre semaines maintenant, il l'a envoyé à Dourgne, un village serti dans la partie déclinante de la Montagne noire, à trente kilomètres de Mazamet. L'endroit est au cœur d'un ensemble de chapelles et de lieux réputés magiques. *La Montagne noire* publiera une série de reportages pour les mettre en valeur. La mort dans l'âme, Justin Gilles est donc parti. Il a rédigé un premier papier sur le vallon de Saint-Marcaire, au sud-ouest de la ville, où coule une source qui, à en croire les anciens, guérit de tous les maux.

> *C'est le jour de la Saint-Jean,* écrit-il, *que la source serait la plus efficace. Ce jour-là, ses eaux sont réputées bouillir dans le bassin, alors que le soleil danse à son lever...*

Ensuite, le localier a successivement évoqué saint Stapin, protecteur de Dourgne, puis raconté les miracles de la chapelle de Saint-Ferréol. Toujours sur ordre, il a pris le chemin de lieux de pèlerinages telle Notre-Dame-de-la-Drèche, où les femmes venaient jadis chercher la fécondité, avant de gagner la forêt de la Grésigne, où l'on implore la Vierge à Notre-Dame-de-Mespel...

*
* *

En ce samedi de la Septuagésime, Marie Bru, qui vient tout juste d'être libérée, est aussitôt conduite par son mari chez les religieuses qui l'ont déjà soignée pendant de si longues années. Après son élargissement, Saint-Laurent bruit de rumeurs. On raconte que le juge Fontaine a reçu une lettre anonyme mettant en cause Mathilde Bonnet. On murmure aussi que le magistrat a l'intention de convoquer la jeune femme pour l'interroger et – qui sait – la faire jeter en prison. Mais qu'importe les rumeurs ! En ce jour de fête, Mathilde ne déroge pas à la tradition. Les procès, les juges, les gendarmes, les avocats n'ont guère d'emprise ni d'influence sur elle. Elle ira à Dourgne – comme elle le fait chaque année. Parce que cette fête du romarin, à laquelle toute sa famille participait, c'est un peu le rendez-vous de son enfance. En ce samedi de février, les conscrits défilent dans la ville. Ensuite, ils iront voler le romarin dans les jardins. Mathilde se souvient d'Anthony, de Julien, ces garçons intrépides venus chez sa tante, ici, lorsqu'elle avait quinze ans. Ce jour-là, elle a échangé un baiser furtif qui lui trotte encore dans le cœur... Et aujourd'hui, elle ne regrette pas ses deux heures de car, ni surtout de s'être éloignée du regard ironique et inquisiteur des habitants de Saint-Laurent. Ici, personne ne la juge. Et la fête s'annonce grandiose.

La municipalité a bien fait les choses. Garçons et filles, vêtus en costume moyenâgeux, font le tour du bourg, debout sur des charrettes décorées. Le cortège s'arrête devant la mairie, puis les garçons s'éclipsent et partent à la dérobade, glissant vers les clôtures, filant derrière les haies à la cueillette du brin qu'ils ramèneront à la jeune fille de leur choix. Cette coutume remonte à 1301, année où Dourgne fut rasée, après les combats qui opposèrent catholiques et hérétiques albigeois. On raconte que Philippe le Bel, de passage à Sorèze, la ville voisine, fut accueilli par les villageois qui, un bouquet de romarin à la main, lui demandèrent l'autorisation de reconstruire la ville. Philippe IV, touché par ce geste, y consentit. Le romarin devint alors le symbole de la nouvelle cité.

Mathilde connaît bien cette légende. À la naissance d'Agnès, elle s'était promis de l'emmener à Dourgne chaque année et de lui faire partager ce bonheur d'un jour. Ce qu'elle a fait les cinq années précédentes.

Mais aujourd'hui, Agnès n'est plus. Et Mathilde va bientôt devoir répondre d'un crime.

XVIII

C'EST À LA MI-AVRIL que les gendarmes sont venus la chercher.

Un printemps frileux fait naître de rares bourgeons aux arbres. François, à peine remis de sa blessure, recommence à travailler aux champs. Entre guéret et sillon, il va reprendre les labours.

Ici, aux Deux Tilleuls, la plupart des parcelles sont des terres sèches et caillouteuses. Le labour d'automne est le plus important, c'est lui qui retient l'eau de l'hiver, indépendamment de la pousse d'avril. À l'inverse, le pré du Colombier ou le Pradel de Trémengous sont des terres humides. Il faut les sarcler au printemps. Le travail du sol aère et facilite la pénétration de l'eau. Il aide aussi à l'évaporation et au ruissellement. Tout un art dont va dépendre la récolte. « Un bon paysan est un bon laboureur », répète François, fier d'être passé maître dans la préparation du sol. Ce 14 avril, il va de nouveau former son équipage, atteler Coquet et Pêchard. Il a graissé le versoir, le coutre et la rasette du brabant. Les étançons révisés, le talon et l'age réglés, le monosoc est prêt.

Tout est exécuté sans enthousiasme : François n'a pas le cœur à l'ouvrage. Malgré tout, il faut semer très vite blé, orge, avoine, peut-être un peu de seigle. Le seigle est le blé des terres pauvres, le meilleur moyen de ne pas perdre quelques ares. François le réservera pour le bas du Pradel. Il sait qu'il faut semer parce qu'il faut nourrir les vaches, les veaux, les agneaux et la volaille, les chevaux, les chiens, les chats. La terre est mère nourricière, elle a besoin d'être choyée pour donner son poids de paille et de grain.

Ce jeudi matin, le ciel est bas. Les nuages enlacent la Montagne noire d'un bandeau moite et humide. François a le regard perdu dans la ramure des vieux arbres qui ont du mal à faire leurs pousses.

Tout est gris. Comme hébété, François regarde ses pieds et caresse du bout des doigts la longe de cuir. La charrue est plantée, les chevaux attendent l'ordre d'aller, mais ils n'entendent que la parole du vent et de la terre. Décidément, tout a bien changé aux Deux Tilleuls.

Alors, dans un sursaut, il lance les chevaux qui arrachent la charrue d'un coup sec et décisif.

Au même moment, là-bas, à la ferme, deux gendarmes frappent à la porte...

Mathilde, qui terminait de laver la cuisine à grande eau, leur ouvre, les mains encore pleines de mousse. En tablier, les cheveux retenus par une barrette, les joues rosies par l'effort, elle est vraiment belle – mais les militaires n'y prêtent guère attention.

« Madame Bonnet ?

– Oui... »

Mathilde, l'œil interrogateur, dévisage les deux hommes en uniforme. Qu'est-ce qu'ils lui veulent encore, ceux-là ? Lui remettre une nouvelle convocation du juge ? Il faudra aller à Albi pour la troisième fois ? À cette seule idée, Mathilde sent son estomac se nouer. Hélas ! tous ses soupçons se confirment...

« Le juge Fontaine désire vous voir », dit l'un des deux gendarmes.

Mathilde soupire, essuie ses mains à son tablier.

« Très bien, dit-elle. Donnez-moi la convocation...

– Vous ne comprenez pas, madame. C'est maintenant que vous devez nous suivre.

– Maintenant ? Mais mon mari est aux champs !

– Votre mari n'est pas convoqué.

– Pas convoqué ? »

Mathilde pâlit. Elle ne comprend plus ce qui se passe. Mais elle devine que cela n'augure rien de bon.

« Allons, madame. Préparez-vous... »

Se préparer ? Mathilde jette un œil autour d'elle. Elle ne peut pas quitter la ferme. Elle a bien trop de travail. Il lui faut encore donner du grain aux poules, baratter le beurre et préparer le dîner. François lui a demandé de ravauder deux de ses pantalons, troués aux genoux. Surtout, l'une des vaches est sur le point de vêler...

« Madame Bonnet... Il faut venir avec nous. »

Le ton est rude. D'un coup, Mathilde comprend qu'il est inutile de discuter. Dans les yeux des gendarmes, elle lit de la détermination. Si elle refuse de les suivre, si elle proteste encore, ils l'emmèneront tout de même. De force. Alors, lentement, la jeune femme tourne les talons et va ôter son tablier dans la cuisine. Puis elle enfile des chaussures, passe son manteau, ramasse ses cheveux en un chignon plus serré. Elle écrit un petit mot d'explication à François. Puis elle sort, encadrée par les gendarmes comme une criminelle...

*
* *

« Madame Bonnet ! Enfin vous voilà... »

Mathilde est devant le juge. Durant tout le voyage, elle s'est demandé ce qu'il pouvait bien lui vouloir. Pourquoi cette convocation, qui ressemble étrangement à une arrestation ? Les deux gardes ne lui en ont rien dit. Bien au contraire, ils ont gardé le silence – un silence tendu, hostile, qui l'a mise mal à l'aise. Et maintenant, dans ce petit bureau sombre qu'elle commence à si bien connaître, son malaise s'accentue. Les autres fois, le juge Fontaine était venu les accueillir, elle et François. Il leur avait serré la main. Il les avait fait asseoir. Aujourd'hui, rien de tout cela. Charles Fontaine reste derrière son bureau, ses mains posées l'une sur l'autre, à la regarder fixement... Décontenancée, Mathilde finit tout de même par prendre place face à lui. Mais il ne lui adresse toujours pas la parole. Et comme le silence s'installe, c'est elle qui finit par demander :

« Pourquoi est-ce que vous m'avez fait venir, monsieur le juge ? »

Charles Fontaine attend quelques secondes. Puis, lentement, détachant bien ses mots, il dit :

« Mathilde Bonnet, j'ai l'intention de vous inculper de l'assassinat de votre fille Agnès... »

*
* *

Une lourde porte de fer, à la serrure énorme. Derrière, un couloir sombre, coupé de grilles. Une odeur de soupe mêlée à un relent d'encaustique. Mathilde Bonnet vient d'entrer dans la prison d'Albi... L'établissement, aménagé dans l'ancien cloître de la rue des Cordeliers, est sombre et vétuste. Sa plus grande partie est réservée aux hommes. Le quartier des femmes, dans lequel deux détenues seulement sont incarcérées, est à droite, un peu en retrait. C'est la femme du surveillant chef, une petite brune au visage empâté, au corps lourd engoncé dans un uniforme de toile grise, qui y conduit Mathilde...

Tout à l'heure, quand le juge Fontaine lui a dit qu'il allait l'inculper, la jeune femme a crié. Un hurlement de bête, affreux, sonore, qui s'est terminé en une longue plainte.

« Mais vous êtes fou ! Je ne l'ai pas tuée, moi, Agnès ! »

Puis elle s'est dressée, écumante de colère. Une belle femme aux yeux noirs pleins de rage, aux joues rosies, au souffle court, au verbe haut...

« Vous n'êtes qu'un imbécile ! a-t-elle crié au juge, tandis que les deux gardes se rapprochaient d'elle, prêts à la maîtriser. Vous n'êtes pas fichu de trouver le vrai coupable, alors vous vous en prenez à moi ! C'est ça, la justice ? S'en prendre à une innocente ? »

Mais toute sa rage, tous ses cris n'ont servi à rien. Le juge, coutumier de ce genre de manifestations, a attendu que Mathilde se calme. Puis il l'a fait rasseoir.

« Mathilde Bonnet, lui a-t-il dit calmement, je vous conseille de choisir un avocat. Si vous n'en connaissez pas, ou si vous n'avez pas les moyens de le payer, vous pouvez vous adresser au bâtonnier de l'ordre, qui en commettra un d'office. Sachez aussi que j'ai décidé de vous faire incarcérer à la maison d'arrêt d'Albi, d'où je vous ferai extraire lorsque je souhaiterai vous interroger... »

Et c'est ainsi que Mathilde est arrivée dans ce couloir glacé et humide, à l'odeur écœurante.

On la fait entrer dans un petit bureau. Sur le battant de bois, six lettres tracées à la peinture noire. Elle lit : « GREFFE ». À l'intérieur, un surveillant en uniforme. Sous sa casquette, un visage rond, barré d'une grosse moustache qui lui mange la lèvre supérieure. S'emparant des doigts de la prévenue, il les imprègne l'un après l'autre d'encre bleue et les appuie avec force sur des fiches de carton pour y déposer une empreinte circulaire – les empreintes digitales de Mathilde... Quand il en a terminé, il inscrit sur les fiches, d'une belle écriture cursive : « Mathilde Bonnet, n° 804. »

« 804 ? demande Mathilde. Qu'est-ce que c'est ?

– Eh bien ! c'est votre numéro d'écrou. »

Un numéro d'écrou ? Mathilde réprime un haut-le-cœur. Ces trois chiffres sont le symbole de sa condition. Désormais, ici, elle n'aura plus ni nom, ni prénom, Elle ne sera que le numéro 804 – rejoignant ainsi la cohorte anonyme des autres prisonniers.

« Tenez », dit le surveillant.

Il tend à Mathilde un chiffon graisseux pour qu'elle s'y essuie les doigts. L'étoffe est tellement imbibée d'encre que Mathilde ne réussit qu'à se poisser les mains. En le lui rendant, elle songe aux piles de torchons soigneusement rangés dans son armoire, aux Deux Tilleuls, à l'eau claire du puits, et à ce savon récemment acheté au marché, en grosses barres... Elle la détestait, cette ferme. À présent, elle donnerait sa vie pour y retourner. Certes, elle n'est pas vraiment en prison, ce n'est que l'antichambre, mais elle sent déjà les murs se refermer autour d'elle. Et la cour, et les champs, et les tilleuls aux grosses branches lui manquent infiniment.

Un nouveau couloir. De nouvelles grilles. D'énormes barreaux d'acier fermés d'une lourde serrure. La femme du surveillant chef y introduit une grosse clef. Mathilde passe de l'autre côté, pénètre dans une nouvelle salle aux murs nus, meublée d'une seule chaise paillée. Pourquoi l'a-t-on amenée ici ?

« Déshabillez-vous, madame Bonnet... »

La surveillante, vêtue de gris, a refermé la porte en prononçant cet ordre sans appel. Mathilde la fière, Mathilde la rebelle ne peut qu'obéir. Pour elle, si pudique, qui n'a jamais montré son corps nu à son propre mari, se déshabiller devant une étrangère est un supplice... Lentement, méthodiquement, elle ôte sa robe, ses gros bas de coton, sa chemise, son jupon – et même son soutien-gorge. Une hésitation. Puis, d'un geste rapide, la culotte de coton blanc va rejoindre le reste. Voilà Mathilde totalement nue. Mais ce n'est pas terminé. À présent, la surveillante – plus tard, Mathilde saura qu'elle s'appelle Josette et qu'elle vient d'Algérie, d'où l'insurrection l'a chassée – s'approche d'elle.

« Levez les bras », ordonne-t-elle.

Rapidement, elle jette un œil aux aisselles, semées d'un duvet sombre, puis, de la main, défait le chignon, fouille les cheveux.

« Tournez-vous. »

Mathilde obéit.

« Baissez-vous. »

Se baisser ? Mathilde Bonnet hésite.

« Baissez-vous. »

La voix claque, aussi définitive que l'ordre du gendarme, tout à l'heure. Mathilde finit par obéir. Et elle sent – horreur ! – une main s'immiscer dans son intimité, fouiller la partie la plus secrète de son anatomie, pour s'assurer qu'elle n'y a rien dissimulé...

*

* *

Lorsque François est rentré des champs, ce soir-là, il a trouvé le mot de Mathilde sur la table. Tout de suite, il s'est inquiété. Il ne connaît pas bien la justice, mais, jusque-là, jamais les convocations du juge Fontaine n'avaient pris cette forme. Et puis, à cette heure, Mathilde devrait déjà être revenue... Pourtant, François attend. Le dernier car passe à 19 heures sur la place de Saint-Laurent. Peut-être Mathilde s'y trouvera-t-elle. Peut-être, d'ici une heure tout au plus, poussera-t-elle la porte de la ferme. Elle entrera dans la cuisine, s'assoira et lui expliquera tout... Mais le temps passe, et Mathilde n'arrive toujours pas. Il est 20 heures, à présent.

20 h 30. Presque 21 heures... François ne sait pas ce qu'il doit faire. Continuer à tourner en rond dans cette cuisine froide ? Ou bien aller voir les gendarmes, à Saint-Laurent, et les prévenir qu'il a dû arriver quelque chose à sa femme ? Quelques minutes passent. Puis, n'y tenant plus, il sort atteler Coquet...

Nuit noire. François fait rouler la jardinière sur le petit chemin qu'il a déjà emprunté tant de fois. Ce soir, il lui paraît étranger. Est-ce l'obscurité ? Ou bien le vent d'autan, qui fait frémir les cimes des arbres ? Chaque bosquet semble plein de fantômes. Tout seul, dans cette nuit si profonde, François se rappelle la légende que lui contait sa grand-mère : celle d'un esprit sorti de la rivière et hantant la campagne, métamorphosé en homme, en loup ou en cheval pour se jouer des paysans... La nuit, il fréquente les étables et affole les bêtes. Mais il guette aussi les voyageurs solitaires pour fondre sur eux et les déchiqueter de toutes ses dents...

Assis sur le devant de sa jardinière, François hausse les épaules. Allons ! Il ne va pas croire à ces sornettes ! Il n'est plus un enfant et il est en parfaite sécurité sur ce chemin qui le mène au village...

Un cahot. Coquet fait un écart. Là, sur le chemin, une forme allongée. Une bête ? François Bonnet arrête son attelage, descend, s'approche.

À quelques pas, on dirait un corps – celui d'une enfant endormie là, au beau milieu de la route. Agnès ? C'est Agnès ? François avance, fou d'espoir, prêt à croire que c'est sa fille qui lui est revenue, tout droit sortie de sa tombe. Il a prié Dieu si fort pour qu'il la lui renvoie...

Hélas ! la forme couchée sur la route n'est qu'une grosse souche d'arbre jetée là par le vent. Et la douleur familière recommence à lui transpercer la poitrine – d'autant plus forte qu'il comprend que la folie s'est un instant emparée de son esprit, pour lui souffler qu'il avait retrouvé son enfant morte...

*
* *

« Justin ! Justin ! »

Justin Gilles est en train de terminer son papier sur les noces d'or de Frédéric Bruel et de sa femme Armony. Il est en retard, comme d'habitude. Contrarié d'être dérangé, il lève le nez. Devant lui, Sylvestre, le secrétaire de rédaction, l'air surexcité, les joues très rouges, les yeux brillants, lui lance :

« Ça y est ! Mathilde Bonnet vient d'être incarcérée... »

Justin pose sa plume, redresse la tête. Très pâle, tout à coup. Mais pas étonné. Il est bien placé pour savoir que, depuis des semaines, la mère d'Agnès est soupçonnée du pire. Pour commencer, ça n'a été qu'une toute petite rumeur – insidieuse, méchante, mais très faible. Puis, petit à petit, comme un ruisseau en crue, la rumeur a grossi. Ces derniers jours, Justin a même entendu des commerçants de Saint-Laurent affirmer que Mathilde avait quelque chose à voir avec la mort de sa fille... Mais il n'est pas allé la voir, comme il aurait dû le faire. Et aujourd'hui encore, il reste assis, cloué sur sa chaise...

« Justin, lui dit Sylvestre, étonné, vous ne filez pas à Albi ?

– Si. »

Justin Gilles baisse les yeux sur sa feuille.

« Je termine mon papier, dit-il. Il n'y a que trois ou quatre lignes de conclusion à rédiger. Je te laisse mes notes... »

*

* *

Albi. Le vieux palais de Justice est en état de siège. Les journalistes sont partout. Devant l'ancienne salle du chapitre, où siège désormais le tribunal d'instance. Face au couloir menant au bureau du juge Fontaine. Dans la cour pavée. Il y a là tous les grands chroniqueurs judiciaires du moment. Au milieu, Justin Gilles qui attend. Cette fois, ses relations ne lui ont servi à rien. Le journaliste de *La Montagne noire* n'a pu voir personne – ni policier, ni magistrat instructeur. Comme les autres, il bat la semelle – les traits tirés, le regard inquiet. On raconte que le procureur en personne va faire une déclaration à la presse. On murmure – vrai ou faux ? – que Mathilde Bonnet a commencé une grève de la faim. Et l'on dit aussi qu'en ce moment même, son mari est assis dans le bureau du juge Fontaine, qui lui explique les raisons pour lesquelles il a fait incarcérer son épouse...

« Messieurs... »

Le procureur Delmas vient d'apparaître. Un grand homme au visage en bec d'oiseau, aux sourcils fournis, aussitôt entouré, pressé, assiégé par la presse...

« Messieurs, répète-t-il, je vous informe que Mathilde Bonnet a été inculpée de l'assassinat de sa fille Agnès. Elle a été incarcérée à la prison d'Albi, voilà quelques heures. De nombreuses charges pèsent sur elle... »

Il a terminé. Déjà. Il s'éclipse. Les journalistes le suivent, hurlant des questions auxquelles il ne répond pas. Justin, lui, sort du palais. Pour la première fois de sa carrière, il n'a pas envie de savoir. Et de Mathilde, il ne veut se rappeler que la douceur de la peau, le regard noir et velouté. Et ses lèvres...

Il descend lentement les quelques marches qui mènent à la rue. Puis il s'arrête. Étonné. Là, devant lui, se tient un homme qu'il connaît bien – un grand gaillard aux épaules larges, aux cheveux bruns et drus, à la démarche un peu lourde. François Bonnet – tout juste sorti du bureau du juge Fontaine par une porte dérobée et qui avance, hagard...

Alors, d'un coup, l'instinct reprend le dessus. Justin Gilles n'est pas journaliste pour rien, depuis si longtemps. Et il a beau être troublé, il ne peut passer son chemin. François Bonnet, c'est l'homme que tous ses confrères voudraient interviewer. Et lui le laisserait partir ? C'est impossible...

« Monsieur Bonnet ? »

Justin s'est porté à la hauteur de François. Et, comme celui-ci se retourne, il sursaute. Ces traits tirés, ces yeux creux, ces lèvres tremblantes... François Bonnet ressemble à un vieillard.

« Monsieur Bonnet, demande Justin, vous avez vu le juge ? »

Un silence.

« Oui.

– Qu'est-ce qu'il vous a dit, pour Mathilde ? »

François secoue la tête. Puis, d'une voix pleine de colère :

« Il m'a dit qu'on l'a vue rentrer dans l'usine. Elle portait Agnès. Et quand elle est ressortie, la petite n'était plus dans ses bras... »

XIX

UNE PETITE CELLULE SOMBRE, fermée d'une porte sans poignée. Un lit en métal. Une table branlante, un tabouret de bois. Et très haut, percée dans le mur, une fenêtre barrée de trois morceaux de fer. La première fois que Mathilde est entrée dans sa cellule, il était déjà très tard, près de 23 heures. Après le voyage jusqu'à Albi, l'interrogatoire du juge, le choc de son incarcération, et cette fouille humiliante qu'elle venait de subir, elle était épuisée. Et c'est avec une sorte de bonheur – oui, de bonheur ! – qu'elle a étendu sur le lit les draps de toile rêche qu'on lui avait donnés, et qu'elle s'est allongée. Ensuite, elle a fermé les yeux et s'est pelotonnée sur elle-même. Puis, sans plus penser à rien, elle s'est endormie...

« Tournez-vous ! Tournez-vous, je ne vous vois pas ! »

Mathilde se réveille. Mais où est-elle ? À l'hôpital, veillant François ? Non. La lumière électrique inonde une petite pièce aux murs nus qu'elle ne reconnaît pas. Derrière la porte, un œil l'observe à travers une sorte de judas... Machinalement, la jeune femme lève la tête. D'un coup, la lumière s'éteint. Puis il y a un cliquetis lourd – le cercle de fer de l'œilleton qui se rabat. Et elle entend les pas de la surveillante qui s'éloignent... Qu'est-ce qu'elle lui voulait ? Pourquoi ne l'a-t-elle pas laissée en paix ? Est-ce qu'elle va revenir ? Quand ?

Plus tard, bien plus tard, Mathilde aura la réponse à ces questions. En prison, on veut éviter que les détenus se suicident. Alors, la nuit, on les observe, toutes les vingt minutes environ. Et s'ils se recouvrent la tête de leurs draps, on les réveille. Pour s'assurer qu'ils sont bien vivants... Mais pour le moment, bien sûr, Mathilde ne sait rien de tout cela. Dans l'incertitude, elle ne parvient pas à retrouver le sommeil. Et l'aube la trouve debout, marchant de long en large. Quatre pas en avant... Quatre pas en arrière...

7 heures. Pour les trois détenues de la maison d'arrêt d'Albi, c'est le début de la journée. Les unes derrière les autres, elles vont vider dans la cuvette commune le pot dans lequel, cette nuit, elles ont fait leurs besoins. Ensuite, la surveillante les conduit au réfectoire, où elles déjeunent d'un bol de café et de

pain. Puis, retour à la cellule, avant une courte promenade...

Une petite cour carrée, au sol boueux. Des murs hérissés de barbelés. Et des corbeaux gras, noirs et lourds, posés sur les épines de fer. C'est la cour dans laquelle Mathilde « tourne ». Un peu à l'écart, les deux autres prisonnières. Elles ne lui ont pas adressé la parole, mais elle n'y prête aucune attention. Elle marche et ferme les yeux, laisse la pluie qui tombe dru laver son visage. Et elle se transporte en imagination dans le Champ Grand, où François travaille d'habitude à cette époque. Au fond, très loin, se dresse la barrière sombre de la Montagne noire, caressée par le rideau de pluie qui fera pousser la luzerne. Tout autour, l'espace immense – et une odeur douce qui s'élève de la terre mouillée...

« Mathilde Bonnet ! »

La surveillante appelle. Mathilde rouvre les yeux. Tout à coup transie.

« Vous avez de la visite !

– De la visite ?

– Votre avocat... »

Elle lève la tête, étonnée. Elle n'a pas demandé d'avocat. Mais il est vrai que, depuis hier, tout marche à l'envers dans sa vie. Alors, docile, elle suit Josette – prenant soin de bien essuyer ses pieds maculés de boue pour ne pas salir le parquet soigneusement ciré, jour après jour, par les détenus de corvée...

*
* *

« Mathilde Bonnet ?

– Oui... »

Les voilà face à face. L'avocat et la prisonnière. Mathilde ne connaît pas le grand homme brun à la crinière léonine qui lui tend la main. Elle ne sait pas que Daniel Jonquières est l'une des figures du barreau de Toulouse. Un ténor, aussi connu dans la région que le sont maîtres Floriot ou Pollack à Paris... Il y a trois ans, il a sauvé la tête d'un misérable qui avait assassiné sa propre mère. Depuis, il vole de succès en succès. On raconte qu'il sera un jour le meilleur avocat de France...

Lorsque Justin Gilles est venu le trouver pour lui demander de prendre la défense de Mathilde, Jonquières n'a pas hésité. Une femme accusée de l'assassinat de son enfant, c'est une affaire difficile, mais passionnante – de celles qui font vibrer les pénalistes les plus endurcis. Et maintenant, il est assis dans le parloir aux murs nus, blanchis à la chaux, face à cette présumée meurtrière...

Mathilde est belle, sans nul doute. Même l'uniforme gris des détenues ne parvient pas à masquer sa silhouette, à cacher la rondeur de ses seins, la finesse de sa taille. Cette femme de paysan a un port de tête de reine. Une nuque bien droite, des épaules rejetées en arrière, et cette façon de planter ses yeux dans les vôtres, sans baisser un seul instant les paupières... Toute cette fierté, toute cette beauté risquent bien de jouer contre elle devant la cour d'assises. Les jurés détestent les accusés forts en gueule, au physique trop avantageux – tous ceux, en fait, qui sortent de l'ordinaire. Au moment du procès, il faudra conseiller à Mathilde de baisser les yeux, de ployer la nuque. Et aussi de garder un ton doux et mesuré, ce ton réservé aux femmes de bonne condition. Mais pour l'heure, d'autres tâches l'attendent.

« Madame Bonnet, commence maître Jonquières, j'ai vu votre dossier. Il faut que je vous parle des charges qui pèsent contre vous... »

*

* *

La nuit est revenue. Allongée sur son étroite couchette, Mathilde fixe le plafond de ses yeux grands ouverts. C'est curieux, elle n'a pas de larmes.

Ni même de colère ou de ressentiment. C'est un peu comme si elle était née dans cette cellule... Elle devrait hurler, taper à la porte, griffer les murs de ses ongles jusqu'à les casser. Elle n'en a même pas envie. Comme certains mourants, elle se laisse porter au gré des événements – guider dans cet univers étranger où l'espace n'existe plus. Tout à l'heure, Daniel Jonquières lui a expliqué que Léon, l'idiot, a affirmé l'avoir vue entrer dans l'usine de laine, portant Agnès endormie.

« De nombreux villageois prétendent que vous étiez une mauvaise mère », a-t-il continué.

Puis il en a fait la liste, nom après nom... Mathilde, effarée, a découvert que les habitants de Saint-Laurent interprétaient le plus insignifiant de ses gestes, le moindre de ses mots.

« Ils me haïssent, a-t-elle murmuré. Ils me haïssent tous... »

Daniel Jonquières a laissé passer quelques secondes. Puis de sa voix chaude, teintée d'un fort accent garonnais, il a continué à parler, expliquant cette fois comment il comptait la défendre. Mathilde, elle, n'a plus prononcé un mot. Simplement, au moment de partir, elle lui a glissé à mi-voix :

« Remerciez Justin. Et embrassez-le pour moi... »

Mais ce soir, alors qu'elle est étendue sur son petit lit de fer, Mathilde ne pense pas à Justin, ni à François – ce mari dont elle n'a aucune nouvelle. Ils sont dehors, quelque part, loin des murs qui l'enserrent. Pour elle, ils ne sont déjà plus que de vagues fantômes, des spectres sans chair, ni os, ni sang. La prison a pris possession de Mathilde. Hormis elle-même, tout lui devient étranger...

*
* *

Ainsi passent les jours et les semaines, semblables les uns aux autres. Mathilde Bonnet ne sait plus rien de l'extérieur. Elle n'a pas le droit de lire les journaux, ni d'écouter la radio. Chaque matin, elle se lève à 7 heures, déjeune, revient dans sa cellule, marche dans la cour hérissée de fils de fer barbelés. L'après-midi, elle lit parfois l'un des ouvrages que lui prête la femme du surveillant chef, ou bien elle tricote de longues écharpes ou reprise des chaussettes pour les pauvres. Le soir, extinction des feux à 20 heures. Le lendemain matin, tout recommence. Et le dimanche – seule distraction –, la messe, dite par un prêtre qui s'éclipse sitôt prononcé l'*ite missa est*. Chaque journée est interminable – et pourtant, le temps passe à une vitesse folle. Voilà déjà un mois et demi que Mathilde est emprisonnée. Sa cellule est toujours aussi fraîche – les murs épais empêchent la chaleur de juin d'y pénétrer. À cette époque, aux Deux Tilleuls, la nature éclate de splendeur. Tandis que François moissonne l'orge et le foin, Mathilde travaille du matin au soir, semant les choux, repiquant les haricots, récoltant une partie des fruits des arbres qui ploient, et commence déjà les confitures et les conserves...

François. En songeant à son époux, Mathilde ressent un pincement au cœur. Depuis qu'elle est ici, François ne s'est pas manifesté. Elle lui a écrit, pourtant, et à deux reprises. Elle a également demandé à Daniel Jonquières de lui adresser un courrier. François n'a pas répondu. Mathilde pressent qu'il la croit coupable...

*

* *

2 juillet. Aujourd'hui, Mathilde Bonnet doit être entendue par le juge Fontaine. Une trêve dans la routine immuable de la prison. On lui amène la robe qu'elle portait en arrivant – le seul vêtement, à vrai dire, dont elle dispose encore, puisque personne n'est venu lui apporter du linge. La robe est trop chaude et n'a pas été lavée. Mais Mathilde n'a pas le

choix. Elle l'enfile, passe ses bas, se chausse. Puis elle parcourt le chemin inverse de celui qui l'a amenée au fond de la prison...

Devant la porte de fer, l'un des gardes qui l'accompagnent lui passe aux poignets de fines chaînes métalliques, il les serre si fort que Mathilde étouffe un cri. Mais elle ne se plaint pas, ne prononce pas même un mot. Trop émue à l'idée de franchir la porte de sa geôle.

Quelques secondes encore. Un surveillant introduit une énorme clef dans la serrure de la porte de la prison. Avec effort, il tire le battant vers lui. Une lumière chaude, crue, inonde Mathilde, qui cligne des yeux, éblouie. Et qui aperçoit, effarée, la petite foule qui l'attend sur la place...

À Albi, le palais de Justice et la prison ne sont séparés que de quelques mètres. Mais ce jour-là, il faudra à Mathilde et à ses gardes plus de vingt minutes pour aller de l'un à l'autre. Car la foule s'est refermée sur eux sitôt sortis – une populace haineuse qui conspue la prisonnière et réclame sa mort... Elle regarde les visages rouges, agressifs, les lèvres tordues en des rictus terribles, les mains qui se tendent vers elle pour tenter de l'attraper, de la mettre en pièces... Puis, d'un coup, elle sursaute et s'immobilise, saisie d'une nausée. Une matrone vient de lui lancer au visage un énorme crachat, qui coule sur sa joue sans qu'elle puisse l'essuyer de ses mains entravées...

Comment les gardes sont-ils parvenus à tirer Mathilde Bonnet de la foule et à l'amener jusqu'aux portes du palais ? La jeune femme ne s'en souviendra jamais. Tout ce qu'elle se rappellera, c'est le sentiment de paix qui l'a saisie quand, enfin, elle s'est retrouvée dans le bureau du juge Fontaine. Un endroit calme, silencieux – une pièce confortable, où la fureur de la foule n'était plus qu'une vague rumeur.

« Madame Bonnet, je suis désolé pour ce que vous venez de subir... »

Charles Fontaine est assis derrière son bureau. Aussi calme, aussi impassible qu'à son habitude. D'un signe, il demande à l'un des gardes de détacher Mathilde.

« Votre avocat ne devrait pas tarder, dit-il. Acceptez-vous que nous commencions cet interrogatoire sans lui ? »

*

* *

Août. Aux Deux Tilleuls, la chaleur est caniculaire. Mais François ne prête aucune attention à la sécheresse, qui l'a pourtant privé d'une bonne partie de sa récolte. Pour la première fois depuis qu'il est ici, même le petit ruisseau qui, d'ordinaire, coule sur ses terres s'est tari. Et ce ne sont pas les Faye qui l'ont détourné, cette fois... Il n'a pas plu depuis des mois. Les blés ont séché sur pied. Dans l'étable, les vaches amaigries ne donnent plus de lait. La moindre étincelle, le moindre départ de feu causerait un désastre... Mais François travaille, comme si de rien n'était. Comme un automate. Parce qu'il faut bien qu'il se lève, qu'il accomplisse les tâches qui sont les siennes depuis tant d'années. Depuis l'incarcération de Mathilde, pourtant, quelque chose s'est brisé en lui...

Lorsqu'il est arrivé au palais de Justice d'Albi, le lendemain de la disparition de sa femme, François Bonnet écumait de colère. Les gendarmes de Saint-Laurent avaient fini par lui apprendre ce qui était arrivé à Mathilde. D'ailleurs, l'après-midi même, la nouvelle s'étalait à la une de *La Montagne noire*. Alors, François est monté quatre à quatre chez le juge, puis, sans même frapper, écartant le garde qui tentait de s'interposer, le jeune homme a fait irruption dans le bureau de Charles Fontaine. Celui-ci n'a même pas cillé. Levant les yeux du dossier qu'il était en train de lire, il a regardé François. Puis il lui a demandé de s'asseoir...

Ce que François a appris ensuite l'a décontenancé. Il aurait pu mettre en doute les ragots, ignorer les perfidies des commères de Saint-Laurent, et même balayer d'un revers de manche les insinuations malveillantes des propres membres de sa famille. Mais le témoignage de Léon Gasteaux l'a pétrifié. Léon, il le connaît bien. C'est un idiot, c'est vrai. Mais il ne ment pas. Il n'invente rien. S'il dit qu'il a vu Mathilde près de l'usine, c'est qu'il l'a vue près de l'usine. D'ailleurs, à la réflexion, Mathilde s'est drôlement comportée, après la mort d'Agnès... Elle n'a pas pleuré. Elle n'a pas crié. Au cimetière, c'est à peine si elle a frémi quand on a mis la petite en terre.

François n'a jamais voulu aller plus loin dans ses réflexions. Il n'a jamais osé imaginer Mathilde tuant leur petite fille, dans cette grande usine déserte, avant de rentrer aux Deux Tilleuls lui jouer la comédie. Mais maintenant, il ne veut plus être lié à elle de quelque manière que ce soit. Il sait que, s'il la voit, la douleur qui le torture sera si forte qu'il en aura l'esprit assombri et qu'il se jettera sur elle comme il s'est jeté sur Albert Amalric, pour tenter de la tuer...

Alors, François se terre aux Deux Tilleuls – un ermite de plus en plus maigre, de plus en plus hâve. Et la ferme, jadis si pimpante, se met à lui ressembler – une maison désolée, qui a perdu son âme. Voilà beau temps que le ménage n'est plus fait, le linge plus lavé. La poussière s'accumule sur les meubles, les cendres s'entassent dans l'âtre. Et François, veuf sans l'être, tente vainement d'oublier que sa fille est morte et que sa femme sera bientôt jugée par la cour d'assises d'Albi...

XX

Une instruction, c'est une toile d'araignée tissée patiemment, fil après fil. Charles Fontaine, en la matière, est un orfèvre. Durant un an, il a multiplié les auditions. Il a entendu, un à un, tous les membres de la famille Bonnet. Puis les villageois de Saint-Laurent – et, bien sûr, la mère de Mathilde. À deux reprises, il a interrogé Léon Gasteaux. Il l'a même confronté à Mathilde – une entrevue dramatique, au cours de laquelle Léon a réitéré ses dires, pour la troisième fois.

« Je ne peux pas me tromper, a-t-il affirmé en regardant Mathilde Bonnet, assise à deux mètres de lui. Je la connais bien. Et pour avoir souvent joué avec elle, je connaissais aussi la petite... »

Pour clore son dossier, Charles Fontaine a auditionné François Bonnet. Dans le secret de son bureau, l'époux de Mathilde lui a fait part de ses doutes, de ses angoisses – une déclaration qui devrait, elle aussi, peser lourd devant la cour d'assises.

En pénaliste chevronné, maître Jonquières est bien conscient que tous ces témoignages forment autour de sa cliente un faisceau de présomptions serré – pour ne pas dire accablant. Depuis le début, il tente de leur trouver des contrepoids. Mais aujourd'hui, à la veille de l'audience, il doit bien l'admettre : à l'issue de l'enquête préliminaire, Mathilde Bonnet fait une coupable parfaite... Et son attitude ajoute encore à la difficulté du dossier. Mathilde, en effet, a toujours refusé de répondre aux questions, même les plus simples. À chaque interrogatoire, elle s'est contentée de répéter qu'elle était innocente. Innocente ? Peut-être. Hélas ! outre sa réputation détestable, elle n'a pas d'alibi.

« Où étiez-vous, à l'heure où Léon Gasteaux affirme vous avoir aperçue près de l'usine de laine ? lui a demandé le juge Fontaine.

– J'étais chez moi, à la ferme ! »

Malheureusement, il n'y a personne pour en témoigner. Et Mathilde elle-même ne paraît pas convaincue. Et lorsque Daniel Jonquières lui conseille de se montrer plus combative, Mathilde hausse simplement les épaules.

« À quoi est-ce que cela servirait ? dit-elle, pensive. Le juge Fontaine a décidé que c'était moi. »

Puis, plus bas, elle termine :

« Alors, ce sera moi... »

Daniel Jonquières se fâche, il crie que rien n'est encore joué, mais Mathilde se referme sur elle-même. Absente... C'est simple : malgré les exhortations de son défenseur, elle n'a même pas déposé de demande de mise en liberté provisoire.

« Mais vous affirmez votre innocence ! lui dit Daniel Jonquières. Les innocents n'acceptent pas de rester en prison...

– De toute façon, réplique Mathilde, le juge ne me libérera pas. Vous le savez bien... »

Drôle d'accusée, vraiment. Résignée, et seule au monde... François, son mari, sera sans aucun doute le plus terrible des témoins de l'accusation, avec Albert Amalric, qu'elle a failli faire jeter en prison. Comme si ce n'était pas suffisant, la presse lui est très hostile. De nombreux journalistes ont demandé à s'entretenir avec Daniel Jonquières. Tous sont persuadés de la culpabilité de sa cliente. Tous ? Non. L'un d'entre eux fait front, seul. Il a réussi à persuader son rédacteur en chef que la partie, pour l'avocat général, n'est pas totalement jouée.

Ce journaliste, c'est Justin Gilles. L'homme qui a demandé à Daniel Jonquières de faire sien cet épineux dossier. L'avocat se rappelle encore le moment où, pour la première fois, il s'est assis face à lui. Dans ce petit bureau haut de plafond, aux murs lambrissés, au sol recouvert d'un précieux tapis persan, Justin Gilles s'est livré, sans fard, à une véritable confession. Les yeux plantés dans les yeux de l'avocat, il lui a raconté comment Mathilde et lui s'étaient aimés, dans l'étable, l'espace d'un court après-midi.

« Je sais que je ne ferai pas ma vie avec elle, a-t-il dit ensuite. Cette femme-là n'est pas faite pour moi. Mais je ne veux pas la laisser seule dans l'épreuve. Je vous demande de prendre sa défense. »

Justin Gilles s'est tu quelques secondes. Puis il a ajouté :

« Je paierai vos honoraires. Je vous donnerai également de l'argent que vous remettrez au greffe de la prison, à son attention. »

Justin a tenu parole. Il a payé Daniel Jonquières. Il est venu le voir très régulièrement, pour lui remettre de l'argent destiné à Mathilde. Et c'est lui, encore, qui est allé acheter à Toulouse le tailleur gris que portera la jeune femme à son procès...

*

* *

Le printemps est revenu. Encore un printemps, celui de l'année 1958. Mathilde ne sait rien de ce qui se déroule outre-mer, en Algérie. Elle ignore que Saint-Laurent, comme nombre de villages du pays, paie un lourd tribut aux « événements ». De nombreux fils d'agriculteurs ont été tués là-bas et sont aujourd'hui ensevelis dans le petit cimetière, tout près de la tombe d'Agnès. C'est toute la vie de Saint-Laurent qui s'en trouve bouleversée...

Dans l'enceinte de la prison d'Albi, rien de tout cela ne filtre. Le printemps nouveau n'y fait entrer qu'un air plus doux, où ne flotte aucun parfum de révolte – un air qui n'a rien à voir avec le grand souffle qui ravage les Aurès. Tout est exactement semblable au dernier printemps. Lorsqu'elle s'aperçoit qu'une année entière s'est écoulée, Mathilde a tout à coup le tournis. Pourtant, le temps s'est enfui, et la jeune femme s'est peu à peu transformée... Physiquement, elle n'a pas changé. Ses cheveux sont plus longs, mais un peu moins fournis. Une ride se creuse au coin de son nez. Ses mains, qui ne connaissent plus le dur travail de la terre, sont douces, et ses ongles sont longs, de vrais ongles de dame. Sa taille s'est peut-être un peu épaissie – l'inactivité... François reconnaîtrait sans peine son épouse. Mais s'il parlait avec elle, ce serait différent. Mathilde ne ressemble plus à la paysanne incarcérée il y a un peu plus de douze mois. En prison, elle a rencontré des femmes qui lui ont ouvert les portes d'autres mondes.

Il y a eu Rose, la gitane, qui lui a expliqué comment ses propres parents lui ont enseigné son art : le vol à la tire. Puis Patricia, la faiseuse d'anges. Une petite femme menue, aux yeux battus, à la mine triste, qui s'est confiée à Mathilde.

« J'ai été dénoncée ! lui a-t-elle dit. Pourtant, jamais aucune femme n'a eu d'ennuis à cause de moi. Quand je les avortais, je le faisais proprement, et pour un prix raisonnable... »

Patricia a très vite été transférée vers une autre prison, à Toulouse. Michèle, la prostituée, lui a succédé. Lorsque la belle fille rousse, à la poitrine plantureuse, au large sourire, est entrée dans la cour, ç'a été comme un grand souffle d'air frais. Très vite, en l'écoutant, Mathilde a découvert un univers dont jamais elle n'avait soupçonné l'existence. Michèle lui a parlé de son enfance marseillaise, près d'une mère qui faisait le plus vieux métier du monde. Elle a ensuite évoqué son mari, un « beau mec » qui a de l'honneur et ne la fait « travailler » que depuis qu'il est « tombé »...

« Lorsqu'il était dehors, lui dit-elle, je n'ai jamais eu à me plaindre. Il me donnait de l'argent, et même à poignées ! Mais maintenant, il faut que j'assure à mon tour. Le tapin, c'est juste pour lui envoyer de l'argent et pour payer son "baveux"... »

Michèle a continué d'égrener ses souvenirs. Elle a parlé des soirées passées entre « filles » à papoter pendant que les hommes jouent au poker ou préparent un nouveau coup, des valises pleines d'armes dormant sous les lits, des bijoux confiés aux « fourgues » – les receleurs –, et aussi des clients que l'on dépouille parfois de leur portefeuille, au moment où ils se rhabillent...

C'est ainsi que, face à une Mathilde ébahie, Michèle a recréé le monde de la nuit, l'univers du « mitan », ce monde affranchi de toutes les lois, à des années-lumière de l'univers paysan... Très vite, il est devenu aussi familier à Mathilde que l'était jadis le travail de la ferme. Pour un peu, en écoutant Michèle, elle aurait envie de se fondre, elle aussi, dans la troupe de ces filles de joie, amoureuses de voyous trop généreux pour rester honnêtes... Mais Michèle est libérée après deux mois de détention.

Deux autres filles sont arrivées dans la cour – des voleuses, encore. La première, Sidonie, a fauché le portefeuille de la patronne qui l'employait comme bonne à tout faire. La seconde, Chantal, a dérobé de la lingerie fine dans un magasin ;

lorsqu'elle a été prise, elle a giflé le gendarme qui voulait l'emmener au poste...

« Vol, coups et blessures, rébellion, dit-elle à Mathilde : tout ça ira chercher dans les six mois, surtout que je ne suis pas primaire ! Oh ! Regarde ! »

Chantal s'est arrêtée, le doigt pointé sur l'oiseau qui vient de se poser dans la cour.

« Une pie. C'est signe de souci... »

Signe de souci ? Mathilde hausse les sourcils, étonnée. L'autre lui apprend alors quelques superstitions propres aux prisons... Voir une pie le matin, c'est gage de souci. Deux pies, signe que le facteur apportera du courrier. Croiser les doigts avant que la surveillante ouvre la porte de la cellule évite les fouilles. Lorsqu'on est enfin libérée, il ne faut pas se retourner et regarder en arrière. Sinon, on risque d'être de nouveau incarcérée...

Oui. Depuis un an qu'elle côtoie la lie de la terre, Mathilde Bonnet a bien changé. Mais rien de tout ce qu'elle a pu subir ne l'a préparée à l'épreuve qu'elle va affronter. Dans quelques jours maintenant, elle va sortir de sa prison et prendre place dans le box de la cour d'assises d'Albi. C'est là, dans cette salle immense, que se jouera sa liberté...

*

* *

Avril. Aujourd'hui, c'est le dimanche des Rameaux. Une foule de villageois emplit l'église de Saint-Laurent. Ils ont apporté le brin de buis ou de laurier – ici, c'est la coutume – qui sera tout à l'heure béni par le prêtre. Ensuite, les brins iront rejoindre les images pieuses posées sur les buffets – un porte-bonheur qui, selon certains, éloigne les loirs des treilles. Les autres années, François Bonnet n'aurait manqué la cérémonie pour rien au monde. Mais cette fois, il n'est pas là. Et sa place vide ne manque pas de faire jaser. Car les Rameaux, à Saint-Laurent, c'est une tradition à laquelle aucun paysan ne déroge. Dans la nef, les commentaires vont bon train, jusqu'à ce que le prêtre commence la messe... Ensuite, c'est le silence, le grand recueillement qui accueille le mystère de l'Eucharistie. Mais tout de même. On se regarde. On plisse les yeux. On désigne le banc vide d'un signe de tête.

À la sortie, on recommence à jaser... Certains, à Saint-Laurent, ont déjà reçu des convocations pour la cour d'assises. Cités comme témoins, ils devront passer tout le procès enfermés dans une petite pièce, en attendant de faire leur déposition. Combien de temps cela va-t-il durer au juste ? On leur a répondu évasivement qu'on n'en savait rien, mais qu'ils recevraient une somme d'argent destinée à les dédommager...

« Qui gardera ma fille, pendant tout ce temps ? fulmine Chantal Bonnet. Je me le demande !

– Ta fille, réplique une autre commère, tu n'as qu'à la laisser à ta mère ! Mon homme, il est convoqué lui aussi. Et personne ne fera le travail de la ferme à sa place ! »

Elle s'interrompt brusquement. Léon Gasteaux vient de sortir de l'église où il est resté plus longtemps que les autres fidèles. Perdu dans ses pensées, il s'avance sur le parvis. Un murmure monte de la petite assemblée. Puis un cri – une question, posée pour la dixième, pour la centième fois :

« Léon, c'est vrai ce qu'on raconte ? Tu l'as vue, la Mathilde, près de l'usine ? »

Léon ne répond pas. Mais il prend l'air important. Puis, rejetant les épaules en arrière, bombant le torse, il secoue négativement la tête.

« Je n'ai pas le droit de vous le dire. Le juge me l'a défendu. Mais venez donc au procès ! Vous entendrez ce que j'ai à raconter... »

*

* *

Avril, toujours. François Bonnet se prépare à aller à Albi. C'est là-bas que, demain, on juge sa femme. Voilà un peu plus d'un an qu'il ne l'a pas revue. Un an qu'il essaie de ne pas penser à elle – ni à leur enfant disparue. Un an qu'il trime sur ses terres, pour bien peu de profit – après la sécheresse, les vignes ont attrapé le phylloxéra ; il a fallu les arracher les unes après les autres. Puis c'est l'une des vaches qui est morte en vêlant – suivie par son petit veau. Et enfin, Coquet, le bon Coquet, s'est fracturé la jambe en faisant une mauvaise chute dans une ravine...

C'était il y a dix jours. Il pleuvait – de cette pluie drue qui transforme le sol en bourbier en moins d'une heure. François rentrait des champs sur sa charrette. Coquet et Pêchard allaient au pas. Tout à coup, allez savoir pourquoi, une ombre sur le chemin, un insecte qui s'est fiché dans l'un de ses naseaux, Coquet a fait un brusque écart. Il était du côté droit, tout près de la petite ravine qui borde la route. Il aurait dû reprendre son équilibre. Mais à côté de lui, Pêchard a pris peur à son tour et s'est mis à piaffer et ruer. Le temps que François reprenne les rênes que, bercé par les cahots, il avait posées, c'était trop tard. L'attelage était renversé. François était indemne et Pêchard se relevait lourdement, mais Coquet était à terre, hennissant de souffrance, empêtré dans ses harnais, la patte cassée en deux – un bout d'os dépassant méchamment de la fracture ouverte...

C'est François lui-même qui a abattu son vieux compagnon, d'une décharge de fusil en pleine tête. Il a fait vite, le plus vite possible, pour abréger ses souffrances. Mais quand enfin Coquet a cessé de hennir et de se débattre, quand sa bonne grosse tête s'est couchée sur la terre, alors François s'est allongé à son côté et, le visage contre le flanc de l'animal, il s'est mis à pleurer.

Depuis, François Bonnet n'a pas desserré les dents. Et voici venu le jour du procès...

XXI

MATHILDE s'est éveillée bien avant l'aube. Il faisait très sombre encore dans sa cellule quand elle s'est assise sur son lit. C'est l'heure où, en prison, on n'entend aucun bruit, heure exceptionnelle car, dès le lever, les détenus vivent dans le vacarme. Les surveillants ouvrent les grilles. Ils les referment. Deux fois par jour, ils entrent dans les cellules, vérifient si les barreaux des fenêtres ne sont pas descellés en les tapant de haut en bas avec leurs grosses clefs. Et les couloirs résonnent de leurs appels et de leurs ordres. Parloir ! Avocat ! Fouille ! Promenade ! Les détenus eux-mêmes participent largement au tumulte général. Certains hurlent. « Sortez-moi ! Sortez-moi de là ! » D'autres pleurent. Ou bien ils se hèlent, s'interpellent. Et l'on aurait tort de croire que tout cela cesse avec la nuit. Bien au contraire, c'est après l'extinction des feux, quand le désespoir est le plus profond, le chagrin le plus lourd, que les cris des prisonniers se font entendre. Et il faut attendre l'aube pour qu'enfin – enfin ! – règne un silence précaire. En prison, jamais de paix. Sauf au tout petit matin, dans cette aube qui voit parfois exécuter les condamnés à mort...

6 h 30. Mathilde, assise sur son lit, immobile, profite du répit avec une sorte de béatitude. En fermant les yeux, elle pourrait presque se croire dans sa chambre, aux Deux Tilleuls, et rêver que François dort à ses côtés. Un homme au corps puissant, tout alangui par un sommeil paisible. Elle avait cessé de l'aimer, parce qu'il avait manqué aux promesses faites dans la vieille église, juste avant leurs épousailles. Elle lui en voulait, parce qu'il était attaché à leur ferme. Mais à présent, Mathilde comprend son mari. La terre lui manque à elle aussi, cette terre dans laquelle, voilà si peu de temps encore, elle enfouissait ses mains, ses poignets, cette terre dure, qu'il fallait bêcher, piocher, fertiliser pour qu'enfin elle donne ses fruits. Depuis quelques jours, Mathilde rêve de champs de blé ondulant sous le vent et d'arbres aux branches chargées de fruits mûrs – des cerises, des pommes, des prunes juteuses, dont elle se gorgerait, dont elle ferait des confitures...

Un soupir. La jeune femme se redresse, puis, d'un geste machinal, commence à défaire ses nattes, libérant une chevelure toujours aussi lourde, désormais striée de quelques fils blancs. C'est bien d'elle, vraiment, de rêver de fruits et de cuisines odorantes, le matin même de son procès ! Que dirait son avocat, s'il surprenait ses pensées ? Depuis le temps qu'il s'efforce de la préparer, comme il dit, à cette audience... Il lui rend visite deux à trois fois par semaine. Ensemble, ils ont passé en revue toutes les cotes du dossier, analysé toutes les dépositions, les mauvaises, nombreuses, et les bonnes. Ensuite, il lui a expliqué comment elle devait se comporter devant la cour d'assises.

« Ne haussez jamais le ton, a-t-il dit. Ne soyez pas insolente. Ne montrez surtout pas qu'une question ou un témoignage vous déplaît. Répondez au président avec politesse, clarté et fermeté... »

Mathilde a acquiescé. Mais il a dû répéter les mêmes conseils, encore et encore. Puis ils ont commencé à répondre fictivement à toutes les questions susceptibles de lui être posées. Dans ce petit parloir, où ils ont passé des heures assis l'un face à l'autre, Daniel Jonquières et Mathilde ont tout envisagé.

N'empêche. La jeune femme, recluse depuis un peu plus d'un an, et finalement protégée par les murs épais de sa prison, ne peut imaginer l'épreuve qui l'attend...

*
* *

« Mathilde Bonnet, êtes-vous prête ? »

C'est l'heure de partir pour le palais. Vêtue d'un beau tailleur gris et d'un chemisier blanc à col empesé, les cheveux relevés, elle a l'air d'une dame. Elle s'est mordu les lèvres au sang, pour les rendre plus rouges. Elle a passé au bas de ses yeux un peu de charbon, dérobé à la cuisine par une codétenue. Elle suit la surveillante qui l'emmène jusqu'à la sortie. Cette fois, il n'y a personne sur la place. La police, voulant éviter tout incident, en a fait bloquer l'accès. La foule – car foule il y a – est contenue loin derrière des barrières ; on ne verra pas Mathilde entrer dans le palais et s'engouffrer, avec ses gardes, dans le couloir menant à la salle d'audience, un couloir désert lui aussi... C'est étrange. À marcher ainsi, seulement entourée de policiers, Mathilde a l'impression que le monde n'existe plus.

Et puis, tout change...

D'abord, Mathilde n'entend qu'une faible rumeur – une sorte de chuchotement excité. Puis le bruit s'amplifie, jusqu'à devenir une sorte de houle – et elle comprend que, derrière la cloison, la foule parle, crie, gesticule – et que c'est elle que tous ces inconnus attendent...

Elle n'a pas le choix. Il lui faut avancer. Les gardes qui l'entourent tirent sur les chaînes qui lient ses poignets. Alors, baissant la tête, avec une sorte de fatalisme, elle les suit et pénètre dans la cour d'assises...

Pour commencer, elle ne voit rien, aveuglée par la lumière intense des lustres accrochés au plafond, elle qui vit dans une semi-obscurité depuis si longtemps. Puis elle aperçoit la foule, debout dans la pièce immense, de style Empire, aux murs crème lambrissés. Et elle distingue les couleurs. Rouge, la robe de l'avocat général assis face à elle. Noires, les robes des défenseurs. Une touche de blanc, sur l'épaule : l'hermine accrochée à l'épitoge. Noire, encore, la robe de l'huissier, et bordeaux, le velours des sièges... À présent, Mathilde s'est habituée à la lumière. Elle pose ses yeux sur les dizaines d'hommes et de femmes tournés vers elle, qui la dévisagent avec une sorte d'avidité... Qu'est-ce que tous ces gens lui veulent ? De quel droit murmurent-ils en la désignant du regard ou du doigt ? Mathilde recule – comme un cheval qui se dérobe. Et d'un coup, elle, si passive d'ordinaire, tente de faire marche arrière, elle essaie de s'échapper. Mais c'est trop tard. Elle est prise au piège. La porte donnant sur le couloir s'est refermée, gardée par un policier...

Le silence. Un silence total, de ceux qui accompagnent toujours l'amorce des grands procès, quand tous s'observent et que rien encore ne s'est joué. Dans ce grand calme, Mathilde lève de nouveau les yeux. Un à un, elle aperçoit les visages de ses proches... Le premier, c'est François, son mari. Il est debout, au premier rang, vêtu du costume gris et de la chemise blanche qu'il portait le jour du baptême de leur petite fille, son chapeau à la main. Mais Dieu qu'il a vieilli ! Son visage rond s'est creusé de rides. Sa silhouette trapue est devenue maigre, sèche, comme celle des épouvantails qu'ils plantaient dans les champs pour éloigner les oiseaux de leur récolte... Mais ce qui frappe le plus Mathilde, ce sont ses yeux. Elle les a connus bleus, d'un bleu outremer, si dur qu'elle en était bouleversée quand il la regardait. Et voilà qu'à présent, on dirait qu'ils ont pâli, qu'ils se sont délavés... Surtout, le regard a changé. Jadis, quand il se posait sur Mathilde, il était chargé d'amour. Aujourd'hui, plus aucune trace de tendresse, ni même de simple connivence. Bien au contraire. François semble rempli de rancœur. Mathilde, qui ne lui a jamais vu cette expression, détourne la tête...

Au banc de la presse, assis au milieu de ses confrères, Justin... En prison, elle a souvent pensé à lui. Et dans le secret de ses nuits, elle a reconstruit leur unique étreinte, scène après scène. Mais à trop ressasser ses souvenirs, elle les a usés. À présent, les traits de son amant se recomposent devant elle : les petits yeux plissés, la moue ironique, le nez droit, et ces mains aux doigts un peu forts, qui ont su trouver le chemin de son plaisir...

Un grand remue-ménage. Une sonnerie. Entre le président, Didier Boujeat, un homme sec au menton orné d'un bouc, à la lippe dédaigneuse. Magistrat depuis plus de trente ans, il a gagné au fil du temps une réputation de sévérité. Mais Daniel Jonquières a expliqué à Mathilde qu'à ses yeux, c'était aussi un magistrat juste... Didier Boujeat s'assoit, toise l'assistance. Puis, d'une voix forte et sèche, il lance :

« Je déclare l'audience ouverte ! Huissier ! Veuillez, je vous prie, procéder à l'appel des témoins... »

L'officier ministériel obéit. Un à un, les hommes et les femmes qui seront appelés à déposer se lèvent. Il y a François, bien sûr. Mais aussi Chantal Bonnet, et Marie Bru. Puis la vieille rebouteuse à laquelle, jadis, Mathilde a demandé de la délivrer. Et Jeannette, qui s'était prise de passion pour François, simplement parce qu'il l'avait embrassée, le jour de la Saint-Jean. Et les frères Faye...

« J'appelle Jacques Didier... »

La voix de l'huissier résonne avec force dans la salle silencieuse. Mais personne ne lui répond. Jacques Didier, l'ancien détenu, convoqué à la requête de la défense, n'est pas là. Déjà, Daniel Jonquières se lève, un rien théâtral.

« Monsieur le président, dit-il, je vous demande d'aller faire chercher cet homme. Pour la clarté de l'affaire, je souhaite que les jurés entendent sa déposition... »

*

* *

Aujourd'hui, premier jour du procès de Mathilde Bonnet, Jacques Didier n'a pas ouvert son épicerie. Les villageois, venus se fournir en marchandise, ont dû rebrousser chemin les uns après les autres. Mais aucun d'eux, bien sûr, n'a imaginé un seul instant que Didier était là, dans sa maison, et qu'il les regardait aller et venir derrière ses persiennes closes... Voilà quinze bons jours déjà, il a reçu la convocation devant la cour d'assises. Et depuis, la peur lui noue le ventre. Il a répondu aux questions des gendarmes venus l'interroger quelques mois après la mort d'Agnès. Il s'est même déplacé à Albi, quand le juge Fontaine a souhaité l'entendre à son tour. Après l'inculpation de Mathilde Bonnet, il croyait en avoir terminé avec toute cette affaire. Il avait tort. Le voilà convoqué une nouvelle fois. Il sait, par expérience, que ce n'est pas pour rien. Daniel Jonquières, le brillant avocat de la défense, est prêt à tout pour obtenir l'acquittement de sa cliente. À tout, y compris à le mettre en cause, avec l'habileté qu'on lui connaît... Et à l'idée de comparaître une nouvelle fois devant une cour d'assises, même comme simple témoin, Jacques Didier sent son sang se glacer.

Au cours de son premier procès, il n'a pas eu peur. Il était trop révolté pour cela. Les années suivantes, rien n'a pu le faire plier. Mais aujourd'hui, Jacques est un homme différent. Ses rêves l'ont transformé. Les mêmes rêves, nuit après nuit... Dans son sommeil, Jacques Didier retourne en prison, dans cette centrale de Clairvaux où il a passé tant d'années. Cette fois, sans aucune perspective de sortie. Quand il hurle qu'il a déjà été jugé pour les faits qu'on lui reproche, quand il demande pourquoi on ne le libère pas, on lui rit au nez. Et il comprend, alors, qu'il finira ses jours dans cette geôle, à jamais prisonnier, sans recours, ni devant Dieu, ni devant les hommes... Alors, Jacques Didier se réveille, le cœur battant, en sueur. Et il met plusieurs minutes à prendre conscience qu'il dort dans son lit, juste au-dessus de la petite épicerie familiale... Mais il a beau faire, l'effroi ne le quitte jamais complètement. À la seule idée d'entrer dans un prétoire, il défaille.

Là-bas, dans l'enceinte de la cour d'assises d'Albi, le président vient d'ordonner aux gendarmes d'aller le chercher. Son sort est scellé. Qu'il le veuille ou non, il va devoir comparaître...

*
* *

Midi. Le président vient de suspendre l'audience. Mathilde est fourbue, déjà. Elle a assisté au tirage au sort des jurés – tous des hommes, de solides campagnards au visage tanné de soleil, aux mains calleuses. Puis elle a écouté la lecture d'un arrêt de renvoi accablant, qui a fait frémir la salle au moment où il a été question de la mort d'Agnès...

« Il résulte des déclarations de Léon Gasteaux, consignées à la cote D 44, a lu le greffier, que la dame Bonnet est entrée dans l'usine de laine, portant sa fillette dans ses bras. Léon Gasteaux n'a pas vu ce qui s'est passé ensuite. Mais il a vu ressortir Mathilde Bonnet seule, il apparaît donc comme plausible que la dame Bonnet ait lié les mains et les poignets de son enfant, avant de la tuer et d'abandonner son corps... »

Un cri étouffé au fond de la salle. Une femme se met à pleurer. Mathilde, elle, n'a pas une larme. Assis au banc de la défense, Daniel Jonquières, qui la regarde en coin, se demande comment elle peut rester si froide, si distante, alors qu'on évoque la mort de sa propre enfant...

« Si la foudre n'était pas tombée sur l'usine, continue le greffier, il est probable que l'on n'aurait retrouvé ce cadavre que des semaines, voire des mois plus tard. En effet, plus personne ne fréquentait ce bâtiment désaffecté... »

La voix s'arrête. Puis, d'un geste lent, le greffier pose la dernière page de l'arrêt de renvoi sur son petit pupitre. Ensuite, il se dirige vers une longue table en bois massif plantée au beau milieu du prétoire. Sur le bois, un sac de plastique noir fermé par deux cachets de cire, dont il se saisit...

« Vous pouvez l'ouvrir », dit le président.

L'huissier obéit. Il sort du sac un petit grelot de métal à demi fondu, et quelques débris d'une robe qui a dû être grise. Tout ce qui reste de la Bécassine d'Agnès. Ensuite, du même sac, l'huissier extirpe une corde noircie par endroits. Il montre aux jurés ce qu'il reste des liens qui enserraient les poignets et les chevilles de la fillette. La scène est poignante. Mathilde Bonnet ne bronche toujours pas...

Aux yeux de tous, elle est indifférente. Et de fait, elle ne ressent rien – quand elle devrait se mettre à crier, à hurler, à tempêter qu'elle est innocente. Mais elle a beau faire, elle n'y arrive pas. Une sorte de chape de glace l'isole du monde extérieur. C'est elle que l'on juge. Mais elle n'est pas là. Même lorsqu'elle se lève pour répondre aux questions du président, c'est une étrangère qui parle à sa place...

« Mathilde Bonnet ! l'apostrophe le magistrat. Vous êtes bien née le 25 avril 1930, à Saint-Laurent ?

– Oui... »

Mathilde a répondu. Mais elle-même a de la peine à reconnaître sa voix. Elle est faible, ténue – si peu audible, en fait, que le président lui demande de hausser le ton.

« Je vous rappelle, dit-il ensuite, que vous êtes inculpée d'avoir assassiné votre fille, Agnès, âgée de cinq ans. Je vous rappelle également que vous encourez la peine de mort... »

XXII

« … JE VOUS RAPPELLE que vous encourez la peine de mort... »

La phrase a été prononcée, et Mathilde n'entend plus rien d'autre. Bien sûr, Daniel Jonquières l'a prévenue, et à plusieurs reprises, qu'elle risquait la peine capitale. Mais par un réflexe d'autodéfense commun à beaucoup d'accusés, elle lui a ri au nez. Condamnée à mort, elle ? Impossible, puisqu'elle est innocente. Son avocat l'aurait-il oublié ? Jamais elle n'est entrée dans cette usine, et encore moins avec sa petite fille. On ne va tout de même pas lui faire payer l'assassinat de sa propre enfant, alors qu'elle ne l'a pas commis...

Devant les protestations de Mathilde, face à ses haussements d'épaules, Daniel Jonquières n'a pas insisté. Mathilde, elle, s'est efforcée de ne plus jamais penser à l'issue de l'audience – laissant couler le temps comme de l'eau, vivant au jour le jour, se berçant des menues joies de la prison : une orange au dessert, une chemise de nuit au tissu moins rugueux qu'à l'ordinaire, de l'eau bien chaude pour laver ses cheveux... Mais aujourd'hui, plus d'échappatoire. La veuve se dresse devant elle, avec ses bois sombres et sa lame d'acier aiguisée...

« Mathilde Bonnet, poursuit le magistrat, avant d'aborder les faits, parlons de vous... De votre enfance... »

Silence. Mathilde fixe la cour, comme hébétée.

« Madame Bonnet, répondez aux questions ! »

Répondre aux questions ? Mathilde le voudrait bien. Mais elle a beau essayer, sa voix s'étrangle dans sa gorge tant elle est effrayée. Le président, passant outre, poursuit :

« Selon les renseignements figurant au dossier, vous avez été à l'école jusqu'à votre certificat d'études. Vous aviez la réputation d'être une bonne élève, mais une mauvaise camarade... »

Mauvaise camarade. Voilà le premier jugement porté sur l'accusée, et il est négatif. Pourtant, Mathilde ne se rappelle pas s'être disputée avec ses compagnes de classe. Mais qu'importe ses souvenirs ? D'autres en ont pour elle. À commencer par le premier témoin de cette audience : Jeannette...

Voilà dix ans, quand elle a embrassé François, un soir de la Saint-Jean, c'était une fille plutôt jolie, aux joues rondes, à la silhouette replète, mais appétissante. Aujourd'hui, c'est une grosse femme boudinée dans une robe noire qui se dresse. Mais le visage reste beau, avec ses grands yeux verts et ses cheveux drus qui tombent sur les épaules en boucles lourdes... Jeannette s'avance dans la salle muette. Elle s'arrête devant la barre réservée aux témoins. Après avoir décliné son identité, elle commence à parler sans hésiter, sans chercher ses mots – à croire qu'on lui a écrit un texte sur mesure. Mathilde, de son box, entend avec stupéfaction cette quasi-étrangère évoquer son enfance et son adolescence...

« Mathilde Bonnet était une fille prétentieuse et poseuse, dit Jeannette, l'air assuré. Elle se croyait supérieure aux autres. Elle disait toujours qu'elle irait à la ville et qu'elle deviendrait une dame...

– Vouloir devenir une dame, quand on est fille d'ouvrier agricole, c'est un signe d'ambition ! »

La réflexion est venue du banc de la défense. Tous les regards se tournent vers Daniel Jonquières.

« À mon avis, poursuit-il, c'est tout à l'honneur de ma cliente !

– Peut-être, réplique Jeannette, pincée. Mais à l'école, Mathilde n'a jamais eu aucune amie. On la tenait même à l'écart...

– Voilà une déposition bien catégorique ! rétorque maître Jonquières. Dommage qu'elle soit celle d'une jeune femme qui, de notoriété publique, était amoureuse de monsieur Bonnet ! Dans ces conditions, je ne pense pas qu'elle puisse être tout à fait objective... »

Un point pour la défense, observe Justin, qui suit les débats avec attention. Malheureusement, l'avantage pris par Daniel Jonquières est vite perdu. Une vieille femme édentée, au visage ridé, aux mains noueuses, vêtue d'une longue robe grise, s'avance dans le prétoire. C'est Madeleine, la rebouteuse à laquelle Mathilde avait demandé de « faire passer » Agnès...

Dans son box, l'accusée tressaille. À peine a-t-elle vu Madeleine qu'elle comprend, tout à coup, le mal qu'elle va lui faire...

« Mathilde Bonnet, lance la vieille Madeleine, elle n'a jamais voulu de son enfant ! »

Un murmure. Le public remue, foule mouvante, méchante, peuplée de visages hostiles. Dans son box, Mathilde ferme les yeux. Elle est donc jugée pour avoir souhaité la mort d'Agnès avant sa naissance. Ce n'est pas juste...

« Quand elle est venue me voir, poursuit la vieille femme, elle n'y est pas allée par quatre chemins. Elle m'a dit : "Je veux avorter..." Je lui ai répondu que c'était interdit. Mais elle a insisté. Elle était tenace. Elle a même sorti de l'argent de l'une de ses poches... »

Madeleine se tait, savourant son effet. Derrière son pupitre, l'avocat général prend des notes. Daniel Jonquières, lui, tapote nerveusement son gros dossier.

« Pour finir, conclut Madeleine, je lui ai donné des herbes. Je lui ai expliqué qu'elle devait en faire une tisane et la boire, après quoi, elle se mettrait à saigner. Seulement, je savais bien que mon remède ne marcherait pas. Je ne suis pas folle, moi ! Je ne vais pas contre la loi...

– Vous préférez tromper les malheureuses qui viennent vous demander de l'aide ! » s'exclame Daniel Jonquières d'une voix puissante.

L'avocat s'interrompt. Puis, se tournant vers l'audience, le visage grave :

« Messieurs et mesdames, Mathilde Bonnet a peut-être, au tout début de sa grossesse, voulu se débarrasser de l'enfant qu'elle portait. Mais qu'est-ce que cela prouve ? Rien ! Sinon que ma cliente était très jeune, et qu'elle a eu peur à l'idée d'assumer le rôle de mère... »

Il monte d'un ton, s'emporte, tourné vers la foule, le poing serré, les yeux durs.

« Et je pense, messieurs et mesdames, continue-t-il, que beaucoup d'entre vous ont un jour ou l'autre été dans cette situation. Laquelle d'entre vous, mesdames, n'a pas tremblé à l'idée d'une grossesse non désirée ? Lequel d'entre vous, messieurs, n'a pas pesté à l'idée d'être de nouveau père ? Mathilde Bonnet a voulu avorter, c'est vrai. Mais cela ne prouve nullement qu'elle a assassiné l'enfant que la nature l'a forcée à mettre au monde ! »

*

* *

15 heures. Assis dans la salle réservée aux témoins, François Bonnet se ronge les sangs. Voilà bientôt six heures qu'il est là. Il n'est même pas sorti pour déjeuner – un huissier a amené une collation froide et un pichet de vin pour qu'il puisse se restaurer. En dépit de la faim qui lui tenaille le ventre, il n'a touché à rien. Trop angoissé...

Ce matin, en arrivant au palais de Justice, il croyait encore qu'il détestait Mathilde. Il avait dans l'oreille toutes les phrases de Léon Gasteaux. Et il s'imaginait qu'en voyant sa femme, il n'aurait qu'une seule envie : prendre sa gorge dans ses mains et la serrer le plus fort possible, pour qu'elle paie enfin la mort de leur fille. C'est avec ce désir de vengeance forcené qu'il l'a attendue, tandis que la salle se remplissait peu à peu – villageois de Saint-Laurent, avocats, journalistes, une foule entière remplissant le prétoire, jusqu'à ce que toutes les places, absolument toutes, soient occupées. Puis un ordre bref a retenti. Et dans un grand brouhaha, Mathilde est entrée, toute frêle, dans ce tailleur gris que François ne lui connaît pas... C'est en la voyant que tout a changé en lui. Car, en une seconde, il a retrouvé le visage aux joues rondes, les yeux noirs, la bouche pulpeuse qu'il aimait tant embrasser, et ce magnifique port de tête... À cet instant précis, François a compris qu'on lui avait menti. Mathilde, il la connaît bien. C'est un peu lui qui l'a faite, toutes ces nuits qu'ils ont passées couchés l'un sur l'autre, à s'embrasser. Il l'a vue grosse, posant avec tendresse sa main sur son ventre gonflé. Il était là quand elle a ramené l'enfant chez eux, aux Deux Tilleuls. Il a vu quelles précautions elle prenait pour la tenir, avec quelle douceur elle la couchait dans son berceau. Durant les années suivantes, il l'a regardée s'occuper d'Agnès. C'est vrai, elle n'était pas très démonstrative. Mais elle l'aimait, à sa manière un peu brusque, un peu sauvage. Et l'enfant ne s'y trompait pas, qui l'aimait aussi... Pourquoi l'aurait-elle tuée ?

Assis dans la salle des témoins, François hoche la tête pour mieux accompagner ses pensées. Puis il jette un bref regard autour de lui. Léon

Gasteaux est là, à deux pas – qui attend d'être entendu. Le témoin principal de l'accusation. Un idiot, qui remue maladivement la tête de gauche à droite... Tout à l'heure, il va une fois de plus accabler Mathilde. Mais François sent qu'il ne racontera pas la vérité. Léon a tout inventé, sans doute pour se donner le beau rôle. Trop content d'intéresser les villageois et de captiver ces journalistes qui courent après lui et l'accablent de compliments, dans le seul but d'obtenir une interview...

« Chantal Bonnet ! »

L'huissier vient d'ouvrir la porte. La belle-sœur de François se lève et passe devant lui, lui jetant au passage un regard complice. Mais François, lui, détourne la tête. Il sait qu'elle aussi s'apprête à accabler sa femme...

*

* *

Clairvaux. Mende. Saint-Martin-de-Ré. Assis sur son lit, dans la pénombre, Jacques Didier revoit une à une, en pensée, toutes les prisons dans lesquelles il a vécu. Il reconstitue leurs cellules aux murs couverts de graffitis, il gémit en songeant à la literie infestée de puces et de punaises, aux rats courant le long des plinthes, et à ce gel qui, l'hiver, opacifiait les fenêtres de l'intérieur. Il a résisté à tout cela. Aujourd'hui, il n'en serait plus capable. Pas plus que d'affronter ses rêves. Cette nuit, il a fait le plus effroyable des cauchemars... Il était allongé sur la paillasse d'une cellule nue. C'était l'aube. Une aube blafarde, un petit jour très gris, de ceux qui ne paraissent jamais devoir émerger de la nuit. Dans la prison, tout était calme. Puis des pas feutrés ont commencé à résonner. Ceux d'un cortège qui se dirigeait vers le réduit où il était reclus. Quand sa porte s'est ouverte, il n'a d'abord pas compris ce qui se passait. Que lui voulaient, à cette heure, le directeur, le procureur, et ce prêtre en soutane à l'air attristé ? Puis, en une seconde, la lumière s'est faite dans son esprit. Il avait été rejugé par une cour d'assises et reconnu coupable de l'assassinat d'Agnès Bonnet. Tous ces gens étaient là pour l'emmener à l'échafaud...

C'est à cet instant précis que Jacques Didier s'est réveillé. En sueur. Le cœur battant. Les yeux fous. Depuis, il ne se remet pas. Il continue de trembler, recroquevillé sur lui-même, comme un enfant effrayé...

*

* *

« Procès Bonnet. Une première journée défavorable à l'accusée... »

Assis au café situé juste à côté du palais de Justice, Daniel Jonquières lit la presse, tout en dégustant un café noir très serré et un croissant tout frais. Il est très tôt, un peu moins de 7 heures. Quand il plaide devant les cours d'assises, le jeune défenseur aime se lever à l'aube. Ainsi, il prend le temps de réfléchir, de peaufiner ses arguments ou, tout simplement, de « prendre la température » des débats en parcourant les comptes rendus d'audience. Malheureusement, aucun des articles qu'il a lus jusqu'à présent n'est favorable à sa cliente – sauf, bien sûr, celui de Justin Gilles, et encore ! Même *France Soir* vilipende Mathilde, reproduisant textuellement le témoignage de la vieille Madeleine, mais aussi celui de Chantal Bonnet...

> *Cette jeune femme,* écrit le chroniqueur judiciaire, *est bien placée pour connaître l'accusée. Ce qu'elle a dit hier démontre, à l'évidence, que Mathilde Bonnet n'a jamais aimé sa fille. Ainsi, elle a refusé de lui donner le sein, au prétexte que « le lait de vache était assez bon pour elle ». Chantal Bonnet a également expliqué qu'au cours de la veillée funèbre précédant l'enterrement de la petite*

Agnès, sa mère n'avait pas eu une larme, mais qu'au contraire, « elle affichait un visage serein et tout à fait reposé »...

Daniel Jonquières repose son journal. Agacé. Aujourd'hui, il va avoir fort à faire pour redresser la barre. Il redoute le témoignage qui va ouvrir la journée. Celui de François Bonnet...

*
* *

« François... »

Échappant pour la deuxième journée consécutive à l'obscurité de sa prison, Mathilde Bonnet vient d'entrer dans le box des accusés de la cour d'assises. Elle fixe son mari qui se dirige vers le centre du prétoire. Au début du procès, elle ne l'a entrevu qu'un instant, avant qu'on l'enferme dans la pièce réservée aux témoins. Aujourd'hui, elle peut le regarder tout à loisir et mesurer à quel point il lui a manqué. Elle ne l'aime pas, c'est sûr – d'ailleurs, l'a-t-elle jamais aimé ? Mais elle donnerait beaucoup pour s'appuyer contre lui, retrouver la force de son torse, la douceur de ses bras, le sentiment de plénitude qui l'enveloppait parfois, quand ils marchaient, ensemble, le long des champs... Aujourd'hui, tout cela est loin. François se tient à moins de dix mètres d'elle. Mais c'est comme si des milliers de kilomètres les éloignaient l'un de l'autre, tant est grande la distance qui sépare les prisonniers des hommes libres.

« François », répète Mathilde à mi-voix.

Il pose son regard bleu sur elle. Surprise, la jeune femme n'y lit plus la haine qu'elle a cru y voir, mais une infinie tendresse. Daniel Jonquières, assis devant elle, tressaille lui aussi. Il vient de comprendre que François Bonnet ne sera pas l'un des piliers de l'accusation, comme il en était persuadé. Au contraire il va peut-être faire basculer l'audience...

Et il a raison. François Bonnet, avec des mots simples, des phrases courtes, dresse de son épouse un portrait à la fois élogieux et objectif. C'est vrai, Mathilde est une femme fière, parfois même hautaine. Elle n'est pas très affectueuse non plus, et Agnès a parfois eu à en souffrir. Mais elle est courageuse, travailleuse. Et droite, aussi...

« Monsieur Bonnet, demande l'avocat général, surpris, comme tout le monde, par ce revirement, vous avez pourtant déclaré au juge Fontaine que vous étiez persuadé que votre épouse était coupable ? »

François Bonnet serre les poings.

« Monsieur, dit-il, vous avez peut-être des enfants. Si c'est le cas, je ne vous souhaite pas d'en perdre un. Si cela vous arrivait un jour, votre raison chavirerait peut-être, comme la mienne a chaviré. Pendant un temps, j'ai cru en la justice. Mais on m'a trompé. Le juge Fontaine a commencé par me dire qu'Albert Amalric était coupable. Je l'ai cru. Ensuite, il m'a dit qu'il s'était trompé, et que c'était Marie Bru qui avait assassiné ma fille. Puis il a encore changé d'avis, et il m'a montré les déclarations de Léon Gasteaux accablant ma femme. Pour la troisième fois, j'ai accepté ses explications. Pendant un an, j'ai vécu chez moi, enfermé, ne m'occupant que de ma terre. Je ne suis pas allé voir Mathilde en prison. Je ne lui ai pas envoyé d'argent. Et, Dieu me pardonne ! Je n'ai même pas répondu aux lettres qu'elle m'a envoyées. Je n'étais habité que par une seule chose : le besoin de me venger et de voir condamner l'assassin de ma fille... »

François Bonnet s'interrompt. Puis, prenant une grande inspiration, il continue.

« Quand je suis arrivé ici, hier matin, j'ai attendu Mathilde, comme tout le monde. Et quand je l'ai revue, pour la première fois depuis un an, j'ai compris que, pour la troisième fois, la justice m'avait trompé. Ma femme a des défauts, c'est vrai. Mais elle n'aurait jamais touché un cheveu de notre petite fille. J'en mettrais ma main au feu... »

*
* *

« C'est moi, la coupable ! »

Troisième jour. Après Jeannette, après la vieille Madeleine, après François, après les villageois de Saint-Laurent, c'est au tour de Marie Bru de déposer. Elle est vêtue de noir. Son visage maigre est livide. Et son regard sombre est celui d'une folle... Debout, oscillant sur elle-même, Marie se tord les mains, comme désespérée. Fixant le président, elle répète le discours qu'elle a déjà tenu à Aimé Boyard, puis à Charles Fontaine. Ce long aveu qui l'a fait inculper et jeter en prison...

« Mes deux enfants étaient seuls, dit-elle. Il fallait bien que je leur trouve un camarade de jeu ! Le jour de la fête, j'ai vu passer la petite Bonnet. J'ai alors eu l'idée de la prendre et de l'emmener avec moi dans l'usine de laine... Là-bas, je l'ai attachée. Ensuite, j'ai mis mes mains devant sa bouche et son nez et je les y ai laissées jusqu'à ce qu'elle ne respire plus. Je n'ai pas eu de remords. Car vous savez, je sais qu'il existe une vie après la mort. Mes deux enfants sont là-haut, au ciel, et ils jouent avec elle...

– Messieurs les jurés... »

Daniel Jonquières se lève.

« Vous venez d'entendre la déposition d'une femme qui avoue le meurtre d'Agnès Bonnet. Et dans le détail, encore ! Mais ces aveux-là, personne n'en veut. Je ne poserai qu'une seule question : pourquoi ?

– Marie Bru est démente ! »

L'avocat général s'est levé, le visage empourpré de colère.

« Et vous le savez, maître ! Pourquoi osez-vous insinuer qu'elle pourrait être coupable, alors qu'elle a bénéficié d'un non-lieu !

– Rien ne prouve pourtant que, toute folle qu'elle soit, Marie Bru ne dit pas la vérité !

– Selon l'expert psychiatre qui l'a examinée, c'est impossible !

– Depuis quand les experts psychiatres sont-ils infaillibles ? »

Daniel Jonquières se lève, joint ses mains derrière son dos et se met à marcher de long en large.

« La psychiatrie, cette science qui consiste à sonder les âmes, donne-t-elle vraiment toutes les réponses ?

– Maître, coupe l'avocat général, ce n'est pas Marie Bru qu'on a vue, près de l'usine de laine, la petite Agnès dans les bras. C'est votre cliente ! »

L'avocat général se tourne vers le président.

« Je souhaite, dit-il, qu'à ce stade de l'audience, nous entendions le témoignage de Léon Gasteaux ! »

*
* *

C'est aujourd'hui, troisième jour de l'audience, que les gendarmes d'Albi se présentent chez Jacques Didier. L'homme n'a toujours pas répondu à la convocation adressée par la cour d'assises. Cette fois, le président a dû dépêcher la maréchaussée. Mais lorsque les militaires arrivent à Saint-Laurent, l'épicerie est toujours close. Personne ne répond à leurs coups de sonnette et à leurs appels... Pourtant, là-haut, derrière les persiennes tirées, il y a de la lumière. Jacques Didier est donc bien là. Pourquoi ne répond-il pas ?

« Ouvrez ! Ouvrez, au nom de la loi ! Ou je fais enfoncer la porte ! »

Personne ne répond. Les persiennes restent closes. Et tout à coup, le bruit d'une détonation de fusil se fait entendre...

*
* *

« Vous vous appelez bien Léon Gasteaux ? »

La cour d'assises d'Albi entend maintenant le témoin le plus important de ce procès. Pour l'occasion, Léon a passé son plus beau costume. Il a plaqué ses cheveux en arrière avant de les enduire de gomina, donnant à son visage un aspect encore plus lunaire... Planté au beau milieu de la salle, il se réjouit, c'est évident, d'être le centre d'intérêt. Et c'est d'une voix forte qu'il répond aux questions du président.

« Monsieur Gasteaux, lui demande le magistrat, le jour du drame, vous vous trouviez bien à côté de l'usine de laine, n'est-ce pas ?

– Exact !

– Qu'y faisiez-vous, exactement ?

– Je me promenais...

– Monsieur Gasteaux, fait remarquer Daniel Jonquières, vous avez avoué aux gendarmes que, ce jour-là, vous alliez relever des pièges... »

Léon Gasteaux pique du nez, tout à coup embarrassé.

« Oui, c'est vrai...

– Rassurez-vous, reprend le président d'un ton bonhomme. Vous n'êtes pas inculpé de braconnage ! Dites-nous donc ce que vous avez vu...

– Eh bien ! répond Gasteaux, j'ai vu Mathilde Bonnet qui allait vers l'usine. Elle tenait sa petite contre elle. Agnès semblait dormir. Elles sont entrées toutes les deux dans le bâtiment.

– Et ensuite ?

– Mathilde Bonnet est ressortie. Seule. »

Un frémissement parcourt la salle.

« Monsieur Gasteaux, demande alors maître Jonquières, êtes-vous bien sûr de vous ? Est-ce bien Mathilde Bonnet que vous avez aperçue, ce jour-là ?

– Oui !

– Voulez-vous, je vous prie, vous tourner et regarder au fond de la salle ? »

Léon Gasteaux obéit. Un rien surpris.

« Regardez, lui dit alors l'avocat. Il y a là-bas une femme, au troisième rang. Pouvez-vous me dire qui elle est ? »

Léon Gasteaux plisse les yeux. Puis, après quelques secondes de réflexion, il répond :

« Je ne la connais pas...

– Mais si, vous la connaissez ! s'exclame l'avocat de la défense. Au moins aussi bien que vous connaissiez Mathilde Bonnet, puisque cette dame n'est autre que la boulangère de Saint-Laurent ! »

Un murmure de surprise parcourt l'audience.

« Seulement, vous ne pouvez pas la reconnaître de là où vous vous trouvez, conclut l'avocat. Car vous êtes très myope. Et malheureusement, vous n'avez jamais eu assez d'argent pour vous payer les lunettes qui vous permettraient de corriger ce défaut...

– Léon Gasteaux est peut-être myope, tonne alors l'avocat général, dont les joues se sont empourprées sous l'effet de la colère, mais l'instruction a établi que, le jour des faits, il était tout près de Mathilde Bonnet ! »

Il s'interrompt. L'huissier vient en effet d'apporter un mot au président. Le magistrat se penche, lit rapidement. Puis, alors que tous le regardent, intrigués, il dit pensivement :

« On m'informe que Jacques Didier s'est donné la mort d'une décharge de fusil en pleine tête, au moment où les gendarmes allaient l'appréhender pour l'obliger à comparaître... »

*

* *

Quatrième jour. Daniel Jonquières se lève pour plaider. Il fixe l'avocat général, qui vient de requérir vingt ans de réclusion contre Mathilde Bonnet. Puis il commence à parler.

« Voilà un réquisitoire à la mesure de votre embarras, monsieur l'avocat général ! lance-t-il d'emblée. Car de deux choses l'une. Soit ma cliente est coupable, et alors, vous auriez dû requérir contre elle la peine de mort. Soit elle est innocente, et alors, il fallait abandonner votre accusation. Vous n'avez fait ni l'un ni l'autre. Vous avez demandé une peine qui n'en est pas une – une sanction hésitante qui reflète bien votre incertitude. Et pour cause ! Dans ce dossier, il n'y a aucune charge contre Mathilde Bonnet. Seulement des ragots, et les affirmations d'un simple d'esprit affligé de myopie. Peut-on condamner sur ces simples dépositions ? Je réponds que non ! Surtout quand un repris de justice, qui ne dispose d'aucun alibi le soir du crime, se tire une balle dans la tête plutôt que de venir témoigner devant une cour d'assises... »

*

* *

Voilà six heures maintenant que les jurés se sont retirés pour délibérer. Mathilde attend. Seule, dans le réduit grillagé où les détenus sont enfermés pendant les suspensions d'audience. La jeune femme n'a pas peur. Elle est vide, toute vide, comme si jamais aucune émotion ne l'avait habitée. Ce long procès l'a épuisée. À l'heure où son sort se joue, son cœur ne bat même pas un peu plus vite... Tout à l'heure, Daniel Jonquières est venu lui rendre visite. Il s'est éclipsé après quelques minutes seulement. À présent, il doit faire les cent pas dans le hall du palais. Peut-être avec Justin Gilles, qui lui a transmis, par son intermédiaire, un salut très amical... Mathilde l'a eu en face d'elle, tout le temps de ce procès. Si elle est acquittée, le reverra-t-elle ? Justin n'est pas un homme pour elle. Elle n'est qu'une paysanne, elle appartient à la terre. Elle n'aurait rien à faire avec un monsieur comme lui. Aujourd'hui, après tant de mois passés en prison, après tant d'épreuves, elle ne souhaite plus qu'une seule chose : pouvoir marcher encore le long du Champ Grand et rentrer ensuite respirer l'odeur des deux tilleuls.

Elle qui rêvait de la ville n'aura connu d'Albi et de Castres que les palais de Justice et les geôles. Et tous ses rêves d'enfant sont morts...

Une sonnerie. Les gardes se lèvent. Ouvrent la porte de la cage où Mathilde est assise. Elle entre pour la dernière fois dans le box des accusés. Face à elle, les sièges encore vides du président et des jurés. Une nouvelle sonnerie, plus impérieuse. D'un coup, la salle presque vide se remplit. Voilà les journalistes, les avocats, voilà la foule, curieuse, impatiente d'entendre enfin le verdict... Tout à l'heure, dans la salle des pas perdus, on a pris les paris. Les uns donnent Mathilde coupable. Les autres accusent Jacques Didier...

« La cour ! »

L'huissier vient de crier. Le président, ses assesseurs, les jurés prennent place. Au banc de la défense, Daniel Jonquières pâlit.

« Quelles sales gueules, murmure-t-il.

– Mathilde Bonnet, levez-vous ! » ordonne le président.

Mathilde obéit. Une automate, vêtue de gris, au regard vide, aux mains moites.

« À la question : Mathilde Bonnet a-t-elle assassiné sa fille Agnès, la cour a répondu... »

Un silence, une fraction de seconde. Long comme une éternité. Justin Gilles en oublie de respirer.

Debout à quelques mètres de lui, François prie. Daniel Jonquières, lui, scrute les traits des juges, comme pour y déchiffrer le verdict...

« ... non, à la majorité des voix. »

Non. Mathilde ne comprend pas encore la signification de ce mot. Les journalistes, eux, ont compris. Déjà, certains quittent leur banc pour aller téléphoner la nouvelle au plus vite à leur rédaction. Et c'est dans le brouhaha que le président achève :

« En conséquence, Mathilde Bonnet est acquittée... »

XXIII

FRANÇOIS ET MATHILDE sont rentrés ensemble aux Deux Tilleuls. Ils se sont retirés sur leurs terres, réfugiés comme des ermites. Avec fureur, François a redonné vie à la ferme, arrosant les talus, défonçant les lisières comme pour étendre un territoire déjà trop vaste pour ses deux bras.

L'année suivant sa libération, Mathilde a mis au monde un petit garçon, prénommé Pascal, parce qu'il a vu le jour la veille du dimanche de Pâques. Puis Antoine est né. Avec ses deux fils, Mathilde a découvert, enfin, la joie pure d'être une mère. Agnès ne l'intéressait guère. Antoine et Pascal l'ont transformée. Il faut dire que ce sont deux gaillards, à la fois affectueux, drôles et courageux, qui, à douze et treize ans, manient déjà le tracteur et soignent les bêtes. Tous unis, les Bonnet ont prospéré, raflant les meilleures places aux concours agricoles. Ils ont eu les plus belles vaches, les plus beaux taureaux et les plus beaux rendements. Une réussite dans la vallée.

Les deux garçons, arrivés à l'âge adulte, ont construit leur maison dans le petit Pradel qui jouxte la ferme. Guidés, aidés par l'architecte bâtisseur du village, Daniel Arnaud, ils ont creusé des fossés, coulé la dalle à fleur de sol. Les cloisons ont jailli, entrecroisées. Ils ont monté les murs, ouvert les fenêtres. Le toit a couvert l'ensemble...

Quand enfin la construction a été achevée, les deux frères Bonnet, d'un commun accord, ont entrepris de nettoyer les abords noyés sous l'herbe grasse du printemps. Côte à côte, faux à la main, Pascal et Antoine avancent, gestuelle en forme de ballet, et l'herbe s'incline avec une sorte de magie sourde, au rythme des pas qui se répètent sans faiblir. La lame entame en douceur le pied ombreux et moite des touffes drues. Un parfum de menthe et d'ortie monte aussi vite que les brins se couchent. Les frères Bonnet ont soif de leur terre. Ils la soignent avec l'affection du paysan d'autrefois. Et Albert Amalric, leur propriétaire depuis la mort du vieux Gustave, ne s'en plaint pas. Sa propriété est citée en exemple. Elle figure même au palmarès des fermes fleuries. Elle est pimpante, la « boïre », avec ses ourlets de campanules, d'aubriètes, de capucines et d'hortensias, l'arbre à papillons et le chèvrefeuille devant la porcherie, les clématites, la sauge et le delphinium le long de l'étable, le gunnéra et l'iris des marais autour de la mare. Et les géraniums qui dégoulinent des fenêtres...

*

* *

Quarante ans ont passé. L'an 2000 est venu et, aux Deux Tilleuls, François et Mathilde regardent travailler leurs fils. Mais le temps, désormais, n'est plus à la gaieté. Pascal et Antoine parlent même de tout arrêter. Au fil des ans, les vaches sont parties à la boucherie, remplacées par un troupeau de moutons plus faciles à garder. Les agneaux sont vendus sur pied à l'âge des broutards. Pas de traite à assurer deux fois par jour. Une partie des terres est en friche, comme le veut la loi. « C'est pour réguler les excédents », dit Antoine qui suit à la lettre les directives européennes. L'agriculteur d'aujourd'hui n'est plus le paysan d'antan. Il n'est plus « l'homme d'un pays », mais l'homme de l'Europe. Tout ce qui se passe ici, aux Deux Tilleuls, est régi par Bruxelles, « là-bas, dans le Nord ». François, lui, a perdu pied depuis longtemps. Il se passionne davantage pour les bouleversements climatiques que pour la mondialisation. Le passage des chevaux au tracteur fut un plaisir, de la batteuse à la moissonneuse un régal, des vaches aux moutons un soulagement. Mais comment imaginer que le maïs qui germe ici, sur ces terres caillouteuses, se négociera à Bruxelles en fonction des rendements des Italiens, des Allemands, des Espagnols ? François laisse faire ses fils, des gars vifs et volontaires, qui ont installé avec leurs voisins une coopérative d'utilisation de matériel agricole (C.U.M.A.), se sont groupés en G.A.E.C., ont recours à un centre de gestion et accrochent au mur leur code rural. Des paysans modernes, qui font référence dans le canton. Mais qui assistent, impuissants, à la mort programmée de la petite agriculture... Aujourd'hui, à l'aube du troisième millénaire, il est impensable de vivre à deux familles, voire trois, sur quarante hectares de moyenne montagne. Dans dix ans, les fermes auront disparu. Alors ils s'acharnent à tuer leurs cochons et quelques moutons, en cachette. Pour éviter de les mener à l'abattoir, comme l'exige la loi. La France perd sa ruralité. La voici urbaine. L'espace rural se rétrécit.

« Mais nous la tiendrons, notre revanche ! martèle Antoine lors des réunions syndicales. Quand nos terres seront dévorées, envahies par les ronces, les fougères et les genêts, qui va entretenir les paysages ? »

L'agriculteur jardinier vient de naître. Déjà la Beauce, la Brie, le Val de Loire ou le Nord nourrissent l'Europe de leur blé, leurs betteraves, leurs fruits, leurs pommes de terre ou leur maïs. Et les paysans de petites cultures deviennent les jardiniers de la nature – entretenant les champs pour le plaisir des yeux et le repos des citadins.

Antoine et Pascal sont deux de ces jardiniers. Entre deux labours, ils nettoient. Les montées de chardons sont immédiatement broyées par la débroussailleuse attelée à la prise de force de l'IH 423 qu'ils ont acheté d'occasion – un 40 CV, conçu dans les années 60. Et, tout à leur travail, ils en oublient l'angoisse que leur cause la santé de Mathilde... Voilà trois semaines, elle s'est plainte de violents maux de tête. Le médecin qu'elle a consulté l'a envoyée passer un scanner à l'hôpital de Mazamet. Le diagnostic est tombé. Mathilde Bonnet souffre d'une tumeur au cerveau. Inopérable. Mais, curieusement, la vieille femme n'a pas semblé affectée par la nouvelle. Bien au contraire. Elle est rentrée à la ferme comme apaisée. Et maintenant, elle passe le plus clair de ses journées assise sous les tilleuls aux longues branches, endormie par les calmants qu'on lui fait absorber...

C'est Antoine qui l'a retrouvée morte un soir, en rentrant des champs. Mais Mathilde Bonnet n'a pas eu de veillée funèbre. Le jour même, alors qu'elle reposait dans la chambre où elle avait dormi tant d'années, un déluge d'eau s'est abattu sur la région. Les pluies cévenoles, déjà si violentes, si abondantes, se sont conjuguées avec une ligne d'orages venue du Nord de la France. François, en homme d'expérience, a bien vu ces nuages gorgés d'eau qui ont pris naissance au-dessus d'une Méditerranée déjà chauffée par un soleil d'été. Mais il n'a pas senti l'orage poindre derrière les monts de Lacaune. Et la conjugaison des deux a déclenché un véritable cataclysme. Il est 20 heures. Des pluies torrentielles se déversent dans la vallée. Le Thoré enfle. Si ce déluge persiste, la nuit sera tragique...

Effectivement, la nuit a été désastreuse. De mémoire de Tarnais, on n'avait jamais vu un pareil déferlement d'eau. Le Thoré si calme, si paisible a quitté son lit, la rivière est devenue fleuve incontrôlable, emportant tout dans sa furie. Les vingt et une vaches des frères Petit ont été emportées par le cours d'eau sur cinq kilomètres, comme des jouets, de Lacabarède à Saint-Laurent... Spectacle hallucinant que ces veaux accrochés aux arbres, ces maisons éventrées, dévastées, ces usines détruites, noyées sous trois ou quatre mètres d'eau à Saint-Pons, Saint-Amans ou Mazamet. Des inondations qui resteront dans les annales...

On en a presque oublié l'enterrement de Mathilde Bonnet. Ils étaient bien peu, dans la petite église de Saint-Laurent, à assister à la messe de ses funérailles. Il n'y avait aucun journaliste – aucun, sauf

Justin Gilles, un vieillard encore alerte, promettant de faire un centenaire bien vert...

C'est le lendemain qu'il a téléphoné au rédacteur en chef de *La Montagne noire*.

« Réservez-moi de la place, lui a-t-il demandé. J'ai un papier pour vous. »

Ensuite, Justin s'est assis à sa table de travail. Et il a commencé à rédiger l'article qui le hante depuis quarante ans...

> *LA VÉRITÉ SUR L'AFFAIRE AGNÈS BONNET.*
>
> *Je dois enfin le confesser, Mathilde Bonnet et moi étions très proches. C'est sans doute la raison pour laquelle, au lendemain de son acquittement, elle m'a révélé la vérité... En définitive, c'est bien elle qui a tué Agnès. Mais ce crime n'en était pas un, car il était involontaire...*
>
> *Mathilde Bonnet rêvait depuis son enfance d'aller vivre à la ville. Pour décider son mari à quitter leur ferme, elle a d'abord accusé Albert Amalric d'attouchements sur la petite Agnès. C'était faux, mais elle espérait que son mari se fâcherait, le frapperait, le blesserait, et qu'ils seraient renvoyés. Malheureusement, pourrait-on dire, ce stratagème n'a pas fonctionné. Alors, Mathilde a imaginé autre chose : un*

enlèvement. Elle s'est dit que, cette fois, François Bonnet prendrait vraiment peur. Et qu'ils quitteraient les Deux Tilleuls...

C'est le soir de la fête du village qu'elle a réalisé son projet. Juste avant de reprendre la jardinière, elle a proposé à Agnès de boire une grenadine dans laquelle elle avait discrètement fait dissoudre un somnifère. La fillette s'est endormie, et elle a ainsi pu l'emmener tranquillement jusqu'à l'usine de laine. Elle l'y a laissée, après lui avoir lié les pieds et les poings... Bien sûr, elle ne voulait pas qu'elle meure. Elle comptait la laisser là pour la nuit et la « retrouver » le lendemain... Mais la foudre a frappé l'usine. Et Agnès a brûlé avec...

Voici les dernières paroles que Mathilde a prononcées au cours de notre entretien.

« Tu ne peux pas savoir combien j'ai souffert, Justin, quand c'est arrivé. Après ma mort, j'espère que je retrouverai ma petite fille. Peut-être pourrais-je enfin lui demander de me pardonner... »

Je n'ai jamais revu Mathilde Bonnet après cette confession. Aujourd'hui, elle est peut-être près d'Agnès. C'est en tout cas ce que je leur souhaite, à toutes les deux...

Après avoir écrit ces lignes, Justin est resté assis un long moment à réfléchir. Puis, d'un geste lent, il a repris le téléphone pour prévenir le rédacteur en chef de *La Montagne noire* que, finalement, il n'y aurait pas d'article. Ensuite, il a mis le feu aux feuillets qu'il venait de rédiger, il est sorti et il a jeté les cendres au vent.

Ce vent d'autan qui souffle sur la Montagne noire... Ce vent qui rend fou, et que Mathilde détestait tant...

DANS LA MÊME COLLECTION

Les textes de la collection Terre de Poche nourrissent la mémoire collective à travers des histoires fortes, des récits de voyage, des documents historiques ou des chroniques intimes.

1 - *La Bête du Gévaudan,* François Fabre et Jean Richard
2 - *Voyages avec un âne dans les Cévennes,* Robert Louis Stevenson
3 - *Le Pain de Lamirand,* Jean Anglade
4 - *La Burle,* Paul Perrève
5 - *La Montagne aux sabots,* Georges Rey
6 - *La Dernière Estive,* Antonin Malroux
7 - *Clémentine,* Jean-Louis Chantelauze
8 - *Tintinou, paysan,* Justin Bourgeade
9 - *Le Pain de cendre,* Paule Valette
10 - *Le Retour de Rose,* Yveline Gimbert.
11 - *Le Troisième Prétendant,* Jean-Pierre Fournier la Touraille
12 - *Les Porteurs de terre,* Jean Rosset
13 - *Les Galoches Rouges,* Paul Perrève
14 - *La Meule Éclatée,* Paule Valette
15 - *La Tondue,* Marie de Palet
16 - *Julien, berger des collines,* Julien Ventre
17 - *Le Secret de Marie,* Jean Chauvigné
18 - *La Roque-Basse,* Claude-Rose Touati
19 - *Le Refus*, Christian Marcon
20 - *Les Arbres de mai,* François Cognéras
21 - *La Tuile à loups,* Jean-Marc Soyez
22 - *Le Sentier Aride,* Marie de Palet
23 - *La Petite Fadette,* George Sand
24 - *La Vallée des forges,* Joseph Gourgaud
25 - *Antoinette, une vie de femme en 1900,* René Proriol
26 - *La Demoiselle du presbytère,* Yvette Frontenac
27 - *Jacquou le Croquant,* Eugène Le Roy

28 - *La Belle Ouvrage,* Gérard Boutet
29 - *Mémoires de femmes,* Gérard Boutet
30 - *Saisons paysannes,* Gérard Boutet
31 - *Les Encriers de porcelaine,* Jean-Paul Malaval
32 - *Comme le scorpion sous la lauze,* René Évrard et Aimé Vielzeuf
33 - *L'Étoile rousse,* Yvette Frontenac
34 - *La Rosée blanche,* Jean-Paul Malaval
35 - *Là où les chèvres sont pires que les loups,* Michel Verrier
36 - *Adieu lou païs,* Micheline Boussuge
37 - *Les Mains au dos,* Jean Anglade
38 - *Le Destin des Vanbergh,* Gilberte-Louise Niquet
39 - *L'Enfant oublié,* Marie de Palet
40 - *Les Forestiers,* Gérard Boutet
41 - *Métiers insolites,* Gérard Boutet
42 - *Nos grands-mères aux fourneaux,* Gérard Boutet
43 - *Les Jours derrière la montagne,* Paule Valette
44 - *Les Années buissonnières,* Roger Bichelberger
45 - *La Batteuse,* Charles Briand
46 - *L'Empreinte du dieu,* Maxence Van Der Meersch
47 - *L'Enfant de la Borie,* Jean Rouquet
48 - *Le Dernier Regain,* Francis Grembert
49 - *La Ferme des neuf chemins,* René de Maximy
50 - *L'Enfant de la Montagne noire,* Laurent Cabrol
51 - *Les Enfants du beffroi,* Gilberte-Louise Niquet
52 - *Des croix sur la mer,* Jean-François Coatmeur
53 - *La Robe bleue d'Hélène,* Jean Mouchel
54 - *La Bâtisse aux amandiers,* Henri Julien
55 - *L'Ivraie et le Bon Grain,* Jean Anglade
56 - *Mensonges,* Jacques Mazeau
57 - *Au café de l'Église,* Jean-Marc Soyez
58 - *La Passe-Vogue,* Simone Chamoux
59 - *Le Bal des sabots,* Georges Rey

60 - *Le Pensionnat,* Josette Alia
61 - *Les Disparues de la Saint-Jean,* Laurent Cabrol
62 - *Les Ombres du Léman,* Daniel Vigoulette
63 - *Les Rustres,* Jacques Rouil
64 - *Apollonie,* Henri Jurquet et Marie Rouanet
65 - *La Ferme d'en bas,* Jacques Mazeau
66 - *L'Atelier du vannier,* François Gardi
67 - *Le Chat derrière la vitre,* Gilbert Bordes
68 - *Le Mal rôde,* Jean-Claude Sordelli
69 - *Le Moulin des retrouvailles,* Bernadette Puijalon
70 - *Les lentilles vertes,* Henri-Antoine Verdier
71 - *Orgueilleuse,* Suzanne Lardreau
72 - *Le Chemin des larmes,* Christian Laborie
73 - *La Bouzoute,* Armand Toupet
74 - *Le Pays oublié,* Jean Anglade
75 - *Les Gens de la vallée,* Jean Ribes
76 - *Les Souliers ferrés,* Maurice Bouchet
77 - *Jeantou, le maçon creusois,* Georges Nigremont
78 - *Le Nid de la hulotte,* Dicta Dimitriadis
79 - *Les Cinq Filles du Grand-Barrail,* Geneviève Callerot
80 - *La Taille de la Saint-Vincent,* Michel Verrier
81 - *Les Vieux Démons,* Joël Sélo
82 - *La Vie en plus,* Georges-Patrick Gleize
83 - *La Servante,* Louis-Olivier Vitté
84 - *Le soleil de Monédière,* Antonin Malroux
85 - *Le blé germe en hiver,* Marie Nicole Cappeau

Poches pratiques

P1 - *Saints, Anges et Démons*
P2 - *Mots d'amour*
P3 - *Citations, Proverbes et Dictons*
P4 - *Trucs et Conseils à l'ancienne*
P5 - *Grandes et Petites Histoires de la gourmandise française*
P6 - *Aux plaisirs du Jardin*
P7 - *Confitures et Gourmandises*
P8 - *Vertus et Bienfaits des plantes*
P9 - *La Cuisine sauvage au jardin*
P10 - *La Cuisine sauvage des haies et des talus*
P11 - *Le Saisonnier - Guide du jardinage naturel*
P12 - *Secrets de beauté*
P13 - *Confidences de guérisseurs*
P14 - *Votre santé par les élixirs*
P15 - *Votre beauté par les plantes*
P16 - *Les Légumes de votre marché*
P17 - *Secrets de fruits*

D i s p o n i b l e

Les Disparues de la Saint-Jean

Laurent Cabrol

La nuit de la Saint-Jean est-elle maudite ? En l'espace de quatre ans, trois gamines disparaissent tour à tour, mystérieusement. Alors que les gendarmes concluent à des fugues, un journaliste local impute ces faits à une main criminelle. Un coupable est confondu, mais l'affaire est-elle close pour autant ?

D i s p o n i b l e

L'Étoile rousse

Yvette Frontenac

Julien et Bérengère étaient promis l'un à l'autre dès le berceau… jusqu'à ce que la jeune femme décide de partir. Vingt ans plus tard et toujours célibataire, Julien engage Élise pour aider sa mère victime d'un grave malaise. Attiré par les charmes de la servante, il ne parvient pourtant pas à chasser l'ombre de la belle absente…

D i s p o n i b l e

Les Années châtaignes

Yvette Frontenac

Pour fuir les disputes incessantes avec la grand-mère, les parents de Yolaine quittent la ferme familiale de la vallée pour s'installer, avec leurs quatre enfants, dans une métairie au cœur d'une châtaigneraie. L'acclimatation réserve bien des surprises à Yolaine, plongée dans les affres des amours débutantes…

126

D i s p o n i b l e

La Soupe des autres

Yvette Frontenac

Valérien, abandonné par sa mère peu de temps après sa naissance, est recueilli par Bertille qui l'élève en même temps que sa propre fille, Jeannette. À l'école, tout les sépare. Elle est brillante, il est en butte aux railleries des autres enfants. Dans le cœur de Valérien, des blessures secrètes s'ouvrent.

108